Hertha Kratzer

Die Nibelungen

UEBERREUTER

Das säurefreie und alterungsbeständige Papier EOS liefert Salzer, St. Pölten
(hergestellt aus chlorfrei gebleichtem Zellstoff aus nachhaltiger Forstwirtschaft).

ISBN 978-3-8000-5621-7

Umschlaggestaltung und Umschlagillustration: Nele Schütz Design, München

Gedruckt in Österreich
1 3 5 7 6 4 2

Ueberreuter im Internet: www.ueberreuter.at

Inhalt

Der Drachentöter

Ein Reiter jagt sein Ross durch den Nebel, gibt ihm die Sporen, hetzt es unerbittlich durch die grauen Schleier und achtet nicht auf die Tropfen, die ihm wie Nadeln eiskalt ins Gesicht stechen. Wie lange er schon unterwegs ist, weiß er nicht. Es kümmert ihn auch nicht. Mit seinem weißen Zauberpferd hat er das Meer überflogen. Wie die Windsbraut war der Schimmel mit seinem Reiter über Berge geeilt, hatte Ströme und Seen durchschwommen und ihn im sausenden Galopp über alle Hindernisse getragen, bis er hoch droben im Norden, am Ende der Welt, seine Hufe auf die in Nebel gehüllte Insel aus Feuer, Wasser und Eis setzte.

Was hat den hoch gewachsenen Mann mit dem blonden Haar und den stahlblauen Augen, der auf dem Pferd sitzt, als wären Tier und Mensch ein einziges Geschöpf, zu diesem Ritt bewogen? Was hetzt ihn vorwärts in immer dichter werdende Nebelschwaden ohne sich Rast und Ruhe zu gönnen?

Der Gesang eines Vogels ist es, der ihm einst süß in den Ohren klang und ihm, dem Helden, ein weiteres Abenteuer verkündete, eine Tat, die es in einem fernen Land zu vollbringen gilt und die seinen Ruhm noch weiter verbreiten würde. Der Vogel hatte von einem fernen Land im Nordmeer gesungen, in dem Berge Feuer speien und kochend heiße Quellen aus der Erde springen und dampfend in die Luft schießen, von einer Insel, die wie eine Festung aus der wildwogenden See aufragt. Dort, so sang der Vogel, sei eine Jungfrau, eine Walküre, in einem Flammenring gefangen und zu ewigem Schlaf verdammt. Nur wer es wage, durch das Feuer zu reiten und die Waberlohe, das lodernde Flammenmeer, zu durchdringen, sei auserwählt sie zu erwecken und zu erlösen.

Mit Staunen hatte er damals erkannt, dass er die Sprache des Vogels verstand. Es war, nachdem er in schwerem Kampf ein Ungeheuer, einen Drachen, der Flammen spie und Menschen verschlang, getötet hatte. Er hatte im Drachenblut gebadet und seine Haut war zu Horn geworden bis auf eine Stelle unter seinem Schulterblatt. Er hatte das Drachenherz gegessen und plötzlich gehört, was ihm der Vogel sang.

Jetzt, im Sattel seines Zauberrosses, steigt die Erinnerung daran wieder auf, durchlebt er noch einmal jene Taten und Kämpfe, deretwegen ihn die Menschen als Befreier von der Bestie preisen und die Sänger ihn in ihren Liedern als Helden und Drachentöter rühmen. Aber alles, was er bisher vollbracht hat, scheint ihm nun als bloßes Vorspiel zu jenem Wagnis, zu dem ihn der Vogel verlockt hat und zu dem er unterwegs ist.

Die Gedanken des Reiters schweifen zurück in die Zeit seiner Kindheit und Jugend am Königshof zu Xanten am Niederrhein. Dort war er als einziger Sohn Siegmunds, des Königs der Niederlande, und der Königin Sieglinde zur Welt gekommen. In alten Überlieferungen hieß es, dass sein Ahnherr Sigurd gewesen sei, der Held, den die Römer Arminius nannten und der in der gewaltigen Schlacht im Teutoburger Wald ein übermächtiges römisches Heer geschlagen hatte. So furchtbar soll der Kampf gewesen sein, dass die Weser noch eine Woche lang rot vom Blut der getöteten Römer zur Nordsee strömte.

Siegmund und Sieglinde gaben ihrem Sohn den Namen Siegfried. Als Thronerbe und künftiger König sollte er Sieger sein in allen Kriegen und Schlachten und dem Königreich den Frieden sichern – denn Friede, so dachten sie, sei nur durch Siege erreichbar.

Siegfried erinnert sich, welch wildes und ungebärdiges Kind er gewesen war. Mit neun Jahren war er so groß und stark wie ein Fünfzehnjähriger. Er lief so schnell, dass er jeden Hasen fangen konnte, er schwamm mit den Fischen um die Wette und sprang höher und weiter als ein Hirsch. Jedes Pferd, und wäre es noch so wild gewesen, konnte er mit dem Druck seiner Schenkel und der Kraft seiner Fäuste zähmen. Er warf auch den Speer so weit wie noch keiner vor ihm. Ein Waffenmeister wurde bestellt, um ihn im Schwertkampf zu unterrichten, ein anderer, um ihn die Kunst des Bogenschießens zu lehren. Aber er war so stark und wild, dass er jedes Schwert und jeden Bogen zerbrach und im Wettkampf alle Edelknappen, auch die älteren, besiegte. Wenn er jagen wollte, brauchte er keinen Speer, auch nicht Pfeil und Bogen. Er hetzte hinter dem flüchtenden Wild her, warf sich mit einem Satz dem Eber oder Hirsch auf den Rücken, umschloss mit eisernem Griff den Hals des Tieres und drückte zu, bis es sein Leben aushauchte. Er liebte das Heulen der Wölfe, lauerte ihnen auf, wenn sie sich zu nahe an Häuser oder ans Vieh auf den Weiden heranwagten und brachte sie mit seinem Würgegriff zur Strecke.

Auch so manchen Bären hatte er auf diese Weise erlegt und als Beute nach Hause geschleppt.

Siegmund und Sieglinde sahen mit Sorge, dass keiner der Edlen am königlichen Hof im Stande war ihren Sohn zu bändigen, geschweige denn zu belehren. Nur wenn Sänger und Spielleute zu Gast waren und von Göttern und Menschen sangen, von der Macht des Schicksals und den Taten kühner Helden, saß der Knabe still. Dann lauschte er und eine Sehnsucht schlich sich in sein Herz, hinaus in die Welt zu ziehen und zu kämpfen wie sein Ahnherr Arminius. Er wollte die Mächte des Bösen und der Finsternis besiegen und als strahlender Held in die Heimat zurückkehren.

Als er herangewachsen und die Zeit der Schwertleite gekommen war, gaben König Siegmund und Königin Sieglinde ihrem Sohn zu Ehren ein großes Fest. Vierhundert Knappen, die zur gleichen Zeit in den Ritterstand aufgenommen werden sollten, waren geladen und mit ihnen kamen Eltern, Freunde und Verwandte an den Königshof. Schon tags zuvor hatte man den Turnierplatz abgesteckt und mit Sand aufgeschüttet, auch die Zelte für die vielen Teilnehmer standen bereit.

Es war ein strahlend schöner Pfingstsonntag, an dem die Luft warm und sanft vom Rhein aufstieg und die Wellen in der Sonne glitzerten, als die Hofgesellschaft mit den Gästen vom Königshof zum Dom zog, um die heilige Messe zu besuchen. Nach dem Segen des Bischofs trat König Siegmund zu seinem Sohn, gürtete ihn mit dem Schwert, legte ihm die Sporen an und sprach: »Mein Sohn, dein Schwert ist nun gesegnet und du bist Ritter geworden, denke stets an deine ritterliche Ehre und erweise dich deiner Geburt und deines Adels würdig. Sei demütig, wahrhaftig und ohne Falsch, sei gütig und hochgesinnt gegen die Armen und gerecht gegen die Reichen, verteidige die Schwachen und ehre die Frauen. Nicht Gold und Zobelpelz seien dein Schmuck, sondern Treue und Großmut.« Dann reichte er ihm mit den Worten »Möge dir die Kraft Gottes das Heil zu deiner Ritterschaft geben!« den Schild und erklärte ihn feierlich zu seinem Thronerben.

Nun war Siegfried zum Ritter geschlagen und jetzt reichte er den geladenen Knappen Schwert, Sporen und Schild, schlug sie zu Rittern und beschenkte sie mit Burgen und Ländereien. Nach diesen Zeremonien zog die Gesellschaft unter dem Jubel des Volkes zum Turnierplatz, wo sich hinter den Absperrungen Hunderte von Zuschauern aus der Stadt und den umliegenden Dörfern drängten, die mit Ungeduld das Spektakel der Ritterspiele erwarteten.

König Siegmund und Königin Sieglinde und die Vornehmsten des Reiches nahmen auf den Tribünen Platz, der Herold stellte jeden Teilnehmer vor und blies dann in sein Horn. Die Spielleute ließen ihre Trommeln und Trompeten, ihre Flöten und Hörner erklingen und die jungen Ritter, deren Rüstungen im Sonnenlicht wie Silber glänzten, nahmen unter Trompetenklang und Hörnerschall Aufstellung. Die Musik verstummte und der Waffenmeister des Königs verkündete die Regeln des Wettstreits.

Den Anfang der Spiele machte ein Turnier, bei dem Gruppen gegen Gruppen kämpften. Mit Lanzen und Schwertern sprengten die Ritter los, Lanzen splitterten, Schilde barsten, Helme wurden in Stücke gehauen und Reiter stürzten vom Pferd. Waffenknechte und Diener eilten herbei und halfen den Verletzten, die sich nicht mehr aus eigener Kraft erheben konnten. Siegfried war der Schnellste und Mutigste. Keiner saß so fest im Sattel wie er und keiner handhabte das Schwert so geschickt wie der junge Thronerbe. So manche Dame vergaß bei seinem Anblick, für wen sie bisher gehofft und gezittert hatte.

Am Pfingstmontag, der wieder mit dem Besuch der heiligen Messe begann, fand der Buhurt statt, bei dem die Teilnehmer mit stumpfen Waffen kämpften und versuchten den Gegner vom Pferd zu stoßen. Hunderte Hufe wirbelten den Sand auf und ein wildes Getümmel, begleitet vom Beifall und den Zurufen der Zuschauer, hob an. Reich geschmückte Damen und edle Fräulein auf den Tribünen erhofften bebend den Sieg desjenigen Ritters, der in ihrem Herzen schon längst als Sieger feststand. So manche aber musste erleben, wie ihr Held vom Pferd stürzte oder seine Waffe verlor und unter Spott und Schmähreden vom Sieger gefangen genommen wurde. Von der glänzenden Schar der jungen Ritter, die sich auf dem Kampfplatz tummelten und ihre Kräfte maßen, war Siegfried in seiner prächtigen Rüstung mit blitzendem Helm und schimmerndem Schild wieder der strahlendste. Ihm war kein Gegner gewachsen.

Am dritten Tag fand der Tjost, der beliebteste Schaukampf, statt. Nach einem Anlauf in vollem Galopp versuchten jeweils zwei Ritter, sich mit Hilfe ihrer Lanzen aus dem Sattel zu heben. Siegfrieds Pferd war schweißnass und Schaum stand ihm vor dem Maul, aber der Reiter saß so fest im Sattel, als wäre er festgewachsen. Er war lachender Sieger in jedem Wettstreit.

Sieben Tage dauerte das Fest und jeden Abend wurde bis tief in die Nacht gefeiert, getafelt und getanzt.

Siegfried, der junge Ritter, war nun Thronerbe, doch er dachte nicht daran, sein Erbe anzutreten. Das Königreich seines Vaters am Niederrhein, so groß es auch war, ihm war es zu klein für seine Kraft und seine Abenteuerlust. Die Welt, die er kannte, wurde ihm zu eng und er ging hinaus in die Welt, die er nicht kannte und die ihm so verlockend schien wie der Morgen eines Frühlingstags.

Er verließ die Burg seiner Väter und wanderte dahin, bis der Tag sich neigte und aus den Wiesen der Dunst aufstieg. Als die Dämmerung in Dunkelheit überging und die Nacht hereinbrach, wusste er nicht, wo er war, doch das kümmerte ihn nicht. Was ihn kümmerte, war sein Magen, denn er hatte Hunger. Er ging durch einen Wald, und als er durch das Dickicht einen Feuerschein leuchten sah, ging er ihm nach und kam zu einer Lichtung, die von hohen Fichten umgeben war. Der Geruch von Rauch stieg ihm beißend in die Nase und er hörte den rhythmischen Klang von Hammerschlägen.

Der Feuerschein kam aus einer Hütte, aus der Werkstatt des Schmiedemeisters Mime, in der bei Tag und bei Nacht geschmiedet und gehämmert wurde. Siegfried trat ein und glühende Hitze und ohrenbetäubender Lärm schlugen ihm entgegen. In der Esse brannte Feuer und Funken stoben in die Luft. Davor stand mit rußgeschwärztem Gesicht der Meister und hielt ein Stück glühendes Eisen ins Feuer, während ein halb nackter Geselle, dem der Schweiß über Rücken und Brust lief, den Blasbalg trat und von unten Luft in die hell auflodernden Flammen blies. Jedes Mal, wenn der neue Luftstrom unter das Feuer fuhr, sprühten und flogen die Funken. Ein breitschultriger Bursche mit Händen wie Pranken trug mit einer Zange ein rotglühendes Eisenstück zu einem Bottich mit Wasser, das laut aufzischte, als er es zum Abkühlen hineinwarf. Ein dritter Bursche stand am Amboss und schlug im Takt mit einem Hammer auf eine silbrig glänzende Klinge. In einem Nebenraum lagen geordnet Beile und Äxte, Helme und Rüstungen, Schwerter und Schilde, Dolche und Lanzen.

»Gott zum Gruß!«, sagte Siegfried und trat ein. »Ich habe Hunger. Habt Ihr etwas zu essen?«

»Wer nicht arbeitet, braucht auch nicht zu essen«, sagte Meister Mime und streifte Siegfried mit argwöhnischem Blick.

»Dann will ich arbeiten, gebt mir einen Hammer!«

»Das Bübchen in den feinen Kleidern wird sich die Hand verstauchen«, sagte einer der Gesellen, worauf die anderen in wieherndes Gelächter ausbrachen. Meister Mime aber zog eine glühende Eisenstange aus dem Feuer, legte sie auf den Amboss und gab Siegfried einen Hammer. »Zeig, was du kannst!«

»Der Hammer ist ein Spielzeug«, sagte Siegfried, »ich will ein Werkzeug!«

Da reichte ihm Mime seinen größten Hammer. Die Gesellen standen da und grinsten. Siegfried nahm den Hammer, holte aus und schlug auf den Amboss, dass das Eisen, das darauf lag, brach und wie im Feuerflug durch die Luft sauste. Der Amboss aber sank einen Klafter tief in die Erde.

»Du magst bleiben!«, sagte Mime und kniff ein Auge zu.

So wurde der Königssohn zum Schmiedegesellen. Er trat den Blasbalg, er schleppte Kohlen und Wasser, er hämmerte und schmiedete und griff überall zu, wo es Not tat.

Bald zeigte sich, dass Siegfried nicht nur über außerordentliche Kraft verfügte, sondern auch sehr geschickt und gelehrig war. In Kürze wusste er, wie man an der Glutfarbe des Eisens den Grad der Hitze erkennt, damit es mit dem Hammer bearbeitet werden kann. Nicht gelb, nicht rot, nicht violett durfte die Glut leuchten, sondern in einem rötlichen Goldgelb. Nur so wurde Eisen zu Stahl, nämlich hart und elastisch zugleich.

Die Zeit lief dahin, und ohne dass Siegfried es recht merkte, verging ein Jahr. Immer öfter kamen nun Ritter zu Meister Mime und verlangten nach Schwertern und Schilden, die Siegfried geschmiedet hatte.

»Keiner schmiedet so gut wie dein neuer Geselle!«, sagten sie zum Meister.

Das aber war Mime, der sich für den besten aller Schmiede hielt, nicht recht und den Gesellen schon gar nicht. Wenn sie sahen, wie beliebt Siegfried bei den vornehmen Kunden war, mit denen er sich in wohlgesetzten Worten zu unterhalten verstand, standen sie stumm und dumpf daneben und überlegten, wie sie ihm das Leben schwer machen könnten. Sie versteckten ihm den schweren Hammer, den nur er handhaben konnte, schütteten das Wasser, das er vom Bach herbeigeschleppt hatte, wieder aus oder verklagten ihn beim Meister. Wenn der Königssohn ihnen auf die Schliche kam, schwoll ihm die Zornesader, er packte den, der ihm am nächsten stand, und prügelte ihn windelweich. Immer öfter kam es zu Streitereien und Meister Mime dachte nach, wie er den unliebsamen Gehilfen, der ihm so viel Ärger machte, bei gutem Wind loswerden könnte.

Da kam es ihm gelegen, dass ein Ritter, der seinen fertigen Schild abholte, von dem großen Wehklagen berichtete, das allenthalben herrschte, weil ein Ungeheuer, ein Drache, nach sieben Jahren Schlaf wieder aufgewacht war und Mensch und Vieh bedrohte. Immer öfter höre man, so erzählte der Ritter, dass ein Bauer oder ein Hirte von dem Untier verschlungen worden sei und Ritter, die ausgezogen waren, es zu bekämpfen, einen grausamen Tod gefunden hätten. Der Drache sei, so raunten die einen, die noch an die alten Götter glaubten, der verfluchte Sohn eines Riesen, der den eigenen Vater getötet habe. Und die anderen, die sich zur neuen Religion, dem Christentum, bekehrt hatten, hielten ihn für einen Dämon, eine Ausgeburt der Hölle.

»Das Ungeheuer haust in einer abgelegenen Schlucht im Wald«, sagte der Ritter. »Dort lauert es in seiner Höhle hinter einem Felsvorsprung, bis sich ein Mensch oder ein Tier nähert, dann schießt es Feuer speiend hervor, packt seine Beute mit messerscharfen Tatzen, zermalmt sie mit seinen Giftzähnen und verschlingt sie. Immer wieder haben Ritter versucht den Drachen zu töten, doch sie alle haben ihren Mut mit dem Leben gebüßt. Die Gegend ist bereits menschenleer. Die Bauern, die ihres Lebens nicht mehr sicher waren, haben Haus und Hof verlassen und sind mit Frau und Kind in die Fremde gezogen. Die Ernte auf den Feldern verfault und die Höfe verfallen.«

Mit Grausen hatten der Schmiedemeister und seine Gesellen zugehört. Als der Ritter gegangen war, seufzte Mime laut auf und sagte: »Ein Elend, dass keiner stark genug ist dieses Untier zu erlegen. Wie viele Unschuldige werden noch sterben müssen!«

Siegfried hörte es und sein Blut wallte auf. »Ich will es wagen!«, rief er. »Ich bin stark genug. Ich werde den Drachen töten!«

Die Gesellen lachten höhnisch. Meister Mime aber hatte erreicht, was er wollte. Der Drache, so hoffte er, würde ihn von dem lästigen Gesellen befreien. Zum Schein malte er Siegfried die Gefahren aus, die ihm drohten, und erzählte von den vielen edlen und mutigen Rittern, die vergeblich gekämpft hatten und von dem Ungeheuer zerfleischt worden waren. »Du bist zu jung und zu unerfahren. Es wäre schade um dein junges Leben!«, sagte er und legte die Stirn in Falten. Damit stachelte er jedoch Siegfrieds Kampfgeist nur noch mehr an. »Gebt mir ein Schwert, Meister!«, rief er. »Ich wage es und wenn der Preis mein Leben ist!«

Recht so, dachte Mime, laut aber sagte er: »Ich habe dich gewarnt. Doch wenn du unbedingt willst, kannst du dir ein Schwert schmieden!«

Nun holte Siegfried das beste Stück Eisen, das er finden konnte, und hämmerte und schmiedete drauflos. Er arbeitete tagelang und immer wieder schlug er die Klinge, die entstanden war, entzwei, weil sie ihm nicht hart genug war. Erst die siebte Klinge fiel so aus, dass er zufrieden war. Jetzt machte er sich daran, ihr die letzte Schärfe zu geben. Einen ganzen Tag lang feilte und schliff er sie. Als er auch den Griff fertig gestellt hatte, nahm er das Schwert, schwang es in die Luft, ließ es mit gewaltigem Schlag niedersausen und spaltete den Amboss bis zum Fuß. Das Schwert aber zeigte keine einzige Scharte. Darauf ging er zum Bach, warf eine Wollflocke ins Wasser und ließ sie gegen die Schneide der Klinge treiben. Das Schwert schnitt die Wollflocke entzwei, so scharf war es.

Meister Mime hatte beide Proben mit Schrecken gesehen. Nur fort mit ihm, dachte er, der Bursche ist mir unheimlich! Um ihn so rasch wie möglich loszuwerden, schenkte er ihm ein Pferd und eine Rüstung, wünschte ihm viel Glück und hoffte ihn nie mehr sehen zu müssen.

Siegfried ritt dahin, trieb sein Ross zu immer schnellerer Gangart an, fieberte dem Kampf mit dem Drachen entgegen. Er war nicht mehr der unbedarfte Königssohn, als der er vor Jahren vom Hof zu Xanten aufgebrochen war. Er hatte gelernt seine Kräfte zu zügeln und er hatte Hinterlist und Tücke erfahren und sich dagegen gewehrt. Nun konnte er seinem Mut und der Kraft seiner Fäuste vertrauen und er hatte ein Schwert. Ein Schwert, wie keiner der Ritter eines hatte.

Er ritt den Rhein entlang, an dessen Ufern die Rebhügel grünten, Obstbäume blühten und die Felder bestellt waren. Es war ein Bild heiteren Friedens. Dann ließ er den Strom hinter sich und wandte sich gegen Osten. Die Landschaft erschien ihm jetzt fremd, fast unheimlich. Er wusste nicht warum, denn Wälder und Sträucher waren grün und die Sonne warf goldene Sprenkel auf seinen Weg. Doch sie gab ein kaltes, klares Licht, ohne Leben spendende Wärme. Scharen von Dohlen und Krähen kreisten in der Luft und ihr Krächzen klang wie eine Warnung. Doch Siegfried ließ sich nicht beirren und hatte nach Stunden den Wald erreicht, in dem der Drache hausen sollte. Er war finster und abweisend, die Wipfel rauschten bedrohlich und das Knacken der Äste, die er streifte, klang wieder wie ein Warnsignal. Er merkte erst jetzt, dass der Gesang der Vögel verstummt war und kein Tier mehr seinen Weg kreuzte. Ein Schleier bedeckte die Gräser und das Grün der Büsche. Nach einer Weile sah er, dass manche Bäume kahle Äste hatten, als hätte ein frühzeitiger Frost sie ihres Laubes beraubt. Als er zu Boden blickte, entdeckte er am Wegrand einen rostigen Schild, ein zerbrochenes Schwert und in einiger Entfernung dann eine Ritterrüstung ohne Helm. Ein Totenschädel glotzte ihn an. Es schauderte ihn. Plötzlich scheute sein Pferd. Mit gespitzten Ohren und hocherhobenem Kopf, bis zur letzten Faser angespannt, stand es da, bereit zur Flucht. Vor ihm lag der Kadaver eines toten Rosses mit aufgerissenem Bauch und herausgequollenen Gedärmen.

Siegfried presste seinem Schimmel die Schenkel in die Flanken, dann gab er ihm die Sporen, trieb ihn an zum scharfen Galopp. Nun waren auch die Sträucher kahl mit verstümmelten Ästen und schwarzen Zweigen, die dem Reiter ins Gesicht schlugen und ihm die Haut ritzten. Im braun und gelb versengten Gras lagen zerbeulte und aufgebrochene Rüstungen mit verkohlten Körpern. Es waren die Leichname der Ritter, die nach vergeblichem Kampf mit dem Drachen im Feueratem des Ungeheuers verbrannt waren. Er war im Reich des Drachen angekommen, einer Stätte des Todes.

Das Tal, in dem der Drache hauste, verengte sich, Felsen ragten empor, rückten näher zusammen und bildeten gleichsam ein Tor. Es war der Eingang zur Schlucht. Nun hörte er aus dem Inneren des Berges ein Rollen und Dröhnen wie ferner Donner. Wieder scheute Siegfrieds Pferd, bäumte sich auf und stieg, doch Siegfried zwang es nieder und ritt langsam auf die Höhle zu, in der das Untier lauerte. Da lag es, so lang wie drei Männer, den schuppigen Schwanz um den grässlichen Leib geringelt, und starrte ihn mit bösen, gierigen Drachenaugen an.

Siegfried stieg vom Pferd, band es fest und ging langsam mit dem Schwert in der Hand auf die Bestie zu, die dumpf aufbrüllte. Dann stand er ihr gegenüber, Aug in Aug, Menschenaug in Drachenaug. Da schoss der gehörnte Drachenkopf hervor und der lange schuppige Schwanz begann zu schlagen, dass die Höhle erzitterte und Gesteinsbrocken durch die Luft flogen. Siegfried sprang zur Seite, ein Steinhagel ging neben ihm nieder. Nun kroch der Drache ganz heraus, verkrüppelte, mit Krallen bewehrte Krötenbeine schoben seinen Leib vorwärts, er riss das Maul auf und ließ drei Reihen spitzer gelber Giftzähne sehen. Die hervorquellenden Augen hatte er auf die vermeintliche Beute gerichtet, aus dem gelbroten Schlund spie er Flammen. Der beißende Gestank des Feueratems stach Siegfried in die Lunge. Er rang nach Luft und glaubte ersticken oder in der Gluthitze verbrennen zu müssen. Schon hatte das Ungeheuer seine mächtigen, scharfkralligen Tatzen ausgestreckt, als Siegfried sein Schwert schwang und es dem Drachen in den aufgerissenen Rachen rammte. Er führte den Schlag mit solcher Wucht, dass das

Schwert im Schlund stecken blieb. Ein dumpfes Gurgeln und Röcheln und dann schoss eine Fontäne schwarzen Bluts aus dem Maul und in dem Schwall flog wie ein silberner Fisch das Schwert mit heraus. Der Drache hatte es ausgespien. Rasch fing Siegfried es auf, und als das Ungeheuer sich nun auf den Schwanz stützte und sich mit Gebrüll in seiner ganzen Länge aufbäumte, sprang Siegfried hoch und stieß ihm das Schwert ins Drachenherz. Ein letztes Aufheulen, das die Felsen zum Zittern brachte, dann krümmte sich das Untier, sackte zusammen und war tot. Blut rann aus der tödlichen Wunde und Blut quoll aus dem halb offenen Maul. Zwei dunkle Ströme ergossen sich und liefen in einer Mulde zusammen zu einem schwarzen Tümpel.

Siegfried war blind vor Erschöpfung zu dem Baum gestolpert, an dem sein Pferd festgebunden stand, und hatte sich ins Gras geworfen. Nach ein paar Atemzügen richtete er sich auf und strich sich mit der Rechten das schweißverklebte Haar aus dem Gesicht. Da merkte er, dass die Hand, mit der er das Schwert aufgefangen hatte und die vom Blut des Ungeheuers bespritzt worden war, von einer Hornhaut überzogen war. Er ritzte seinen Handrücken mit der Klinge des Schwerts, doch die Haut blieb unverändert hart. Das Drachenblut hatte sie undurchdringlich und unverwundbar gemacht. Er legte seine Kleider ab, sprang in den Tümpel und badete im Blut des Drachen. Dabei wurde sein Leib von Kopf bis Fuß von einer Hornhaut überzogen. Der Drachentöter wurde zum gehörnten Siegfried und keine Rüstung hätte ihn besser zu schützen vermocht als seine neue Haut. Nur eine Stelle war vom Drachenblut unberührt geblieben.

Hoch über der Höhle, dem Schlupfwinkel des Drachen, stand nämlich eine junge Linde, die der Feueratem der Bestie nicht erreicht hatte, sodass ihr grünes Laub unversehrt geblieben war. Als Siegfried badete, löste sich im sanften Windhauch ein Lindenblatt, schwebte herab und fiel ihm zwischen die Schulterblätter. An dieser Stelle war der Drachentöter verwundbar.

Das Bad hatte ihn erfrischt, doch nun spürte er den Hunger in seinen Eingeweiden nagen. Er nahm sein Schlageisen, das er zum Feuermachen stets bei sich trug, schlug es gegen einen Feuerstein, bis rotglühende Splitter das vertrocknete Gras zum Glimmen brachten, und fachte mit seinem Atem die Glut an, bis ein Feuer brannte. Dann schnitt er dem Drachen das noch zuckende Herz aus dem Leib, briet es und aß es. Da fühlte er, dass sich seine Kräfte verdoppelten und seine Sinne sich schärften.

Plötzlich hörte er Vogelgesang. Die tödliche Stille der Drachenschlucht war gebrochen, das Leben an die Stätte des Todes zurückgekehrt. Siegfried lauschte und zu seiner Verwunderung verstand er, was der Vogel sang. Er sang von einem Schatz, einem Hort von Gold und Geschmeiden in unvorstellbarer Fülle, der dem Drachentöter bestimmt sei. Und er sang von einer Walküre, einer Flammenfrau, die auf einer Insel von Feuer umgeben schlief und der Erlösung harrte. Der Drachentöter sei auserwählt sie zu befreien. So lautete die Botschaft des Vogels. Wie im Traum bestieg Siegfried sein Pferd, ritt dahin und ließ es gehen, wohin es wollte.

Er ritt, bis der Abend kam und die Nebel aus den Wiesen stiegen. Er ritt weiter, die Schwaden lösten sich auf, am Himmel erschien der Mond als schmale helle Sichel und die Sterne flimmerten. Er ritt die ganze Nacht, und als der Morgen dämmerte und die Sterne verblassten, war er ans Ende der Welt gekommen, in das Nebelreich König Nibelungs, in das Land des Goldes.

Die Straße, die er ritt, senkte sich und mündete in einen Talkessel, der von bewaldeten Bergen und aufragenden Felswänden umgeben war. Die Luft wurde feucht, von den Gesteinen sickerte und rauschte Wasser. Nebelschleier bedeckten das Grün der Bäume und Sträucher. Ein Trommelwirbel, dem ein dumpfes, rhythmisches Schlagen folgte, ließ ihn aufhorchen, dann erklang ein schauerlicher, lang gezogener Klagelaut.

Siegfried hielt sein Ross an und nun sah er im Nebel einen Zug seltsamer Gestalten, die sich langsam einem kreisrunden Platz näherten. Es war ein Trauerzug. Auf einem von zwei Rappen gezogenen Wagen lag auf Strohmatten gebettet ein in kostbare Felle gehüllter Leichnam, dessen Stirn eine Krone aus rotem Gold schmückte. Der Körper des Toten hatte die Größe eines siebenjährigen Kindes, der Kopf war der eines erwachsenen Mannes, das von wirrem weißem Haar umrahmte Gesicht hatte die Züge eines Gnoms. Der Tote war König Nibelung, der einst mächtige Herrscher des Nibelungenreichs und Herr unermesslicher Schätze. Er war gestorben, die Seele hatte den Leib verlassen und war in das Reich seiner Ahnen geflogen, in das Reich der Schatten.

Des Königs Söhne Nibelung und Schilbung waren die Ersten im Trauerzug. Ihre Rüstungen waren aus Gold, an den Scheiden ihrer Schwerter funkelten Edelsteine. Nibelung war groß gewachsen, mit einem männlich schönen Gesicht, Schilbung war klein und gedrungen und glich im Aussehen dem toten König. Ihre Mutter, die Königin des Nibelungenreichs, war eine

Menschenfrau gewesen, die der König geraubt hatte. Nibelung, der ältere Sohn, war nach ihr geraten, sein Bruder Schilbung nach dem Vater.

Den Söhnen des Königs folgten zwölf Ritter in silberglänzenden Rüstungen, ihnen schloss sich eine weitere Schar von Rittern in schwerer Rüstung an und danach trippelte eine unübersehbare Menge kleiner hässlicher Männchen. Sie gingen auf kurzen krummen Beinen, ihre Gesichter mit den rotfunkelnden Augen waren greisenhaft, schwarzes, struppiges Haar und lange Bärte ließen sie bleich und blutleer aussehen. Es waren Zwerge, die nur selten aus der Düsternis ihrer Höhlen an das Licht des Tages kamen. Sie lebten im Inneren der Berge, in Stollen und zerklüfteten Felsspalten, wo sie Waffen, Schilde und kostbaren Schmuck schmiedeten. Ihre Welt war die Finsternis und das Dunkel, erhellt nur vom Glanz des Goldes und vom Schimmern und Glitzern der Geschmeide.

Der Zug hielt vor einem aus Eichenstämmen errichteten Holzstoß in der Mitte des Platzes. Zwei Ritter hoben den Leichnam vom Wagen und legten ihn auf den Scheiterhaufen. Nibelung trat hinzu und entzündete ihn, während die Zwerge Trauergesänge anstimmten. In der feuchten Luft brannte das Holz anfangs nur spärlich, schwelte und zischte und Rauchschwaden stiegen auf. Dann aber fraß sich das Feuer durch die Stämme, die Flammen loderten und warfen zuckende Schatten auf die Gesichter der Brüder Nibelung und Schilbung und der silbernen Ritter, die sich um den Holzstoß geschart hatten. Der Leichnam wand sich und krümmte sich, der Scheiterhaufen brannte herab und der König des Nebelreichs zerfiel zu Asche. Ein letztes Klagelied aus den rauen Kehlen der Zwerge ertönte, das wie die Saiten einer gerissenen Harfe klang, und die Zeremonie war beendet.

Nibelung und Schilbung gingen zu einer Felswand, an deren Fuß sich von Gebüsch versteckt eine dunkle Öffnung befand, die den Eingang zu einer Höhle bildete. Die zwölf Ritter folgten ihnen, zogen die Schwerter aus den Scheiden und nahmen Aufstellung, während das Zwergenvolk in der Höhle verschwand. Bald darauf drang der Feuerschein von Fackeln aus dem finsteren Gang und ein Zwerg nach dem anderen trippelte von einem Fackelträger begleitet schwer beladen heraus. Sie schleppten Rüstungen aus Gold und Silber aus dem Berg, reich verzierte Helme und Schwerter mit funkelnden Steinen im Knauf, goldene Kronen und Diademe, Hals- und Armreifen, kostbare Ringe, Broschen und Fibeln. Je zwei trugen Schatullen, die mit Diamanten, Smaragden und Bergkristall gefüllt waren. Sorgsam legten sie vor dem Eingang Rüstung zu Rüstung, Schmuck zu Schmuck und Schatulle zu Schatulle. Der Zug der Zwerge schien kein Ende zu nehmen, unentwegt kehrten sie in den Berg zurück und holten neue Schätze aus dem Inneren.

Mit starrem Blick standen die Ritter wie steinerne Wächter vor der Höhle. In den Augen der Königssöhne aber war ein Flackern, ein gefährliches Feuer. Gier verzerrte das schöne Gesicht Nibelungs und Neid machte das hässliche Gesicht Schilbungs noch hässlicher.

Verwundert über das seltsame Schauspiel ritt Siegfried näher und hielt sein Pferd an. Da trat Nibelung auf ihn zu. »Sei uns willkommen, Siegfried, Siegmunds Sohn!«

»Du kennst mich?«

»Wer hat nicht von Siegfried, dem Drachentöter, gehört? Dein Ruhm ist bis zu uns ins Nibelungenreich gedrungen. Es wurde uns geweissagt, dass du kommen würdest, denn eine Aufgabe harrt deiner, bei der du ebenso viel Ruhm und Ehre erringen kannst wie bei deinem Kampf mit dem Drachen.«

»Wovon sprichst du?«

Nun trat der klein gewachsene Schilbung hinzu und ein Lauern war in seinem Blick, als er sagte: »Was du hier siehst an Schätzen und Kostbarkeiten ist der Nibelungenhort, das Erbe unseres Vaters. Hilf uns ihn gerecht zu verteilen. Wir werden es dir lohnen.«

»Balmung soll dein Lohn sein«, sagte Nibelung. »Es ist das Schwert des Königs, unseres Vaters, dem keines gleichkommt in der Welt. Die Zwerge haben es im Inneren des Berges geschmiedet und an unterirdischen Feuern gehärtet. Es schneidet durch Stahl und Stein, und wer es schwingt, ist unbesiegbar.«

Auf einen Wink Schilbungs trat einer der zwölf Ritter zum Eingang der Höhle, bückte sich und flüsterte einem Zwerg etwas zu. Wenig später traten zwei Zwerge heraus, die gemeinsam ein Schwert herbeischleppten, wie Siegfried noch keines gesehen hatte. Die bläulich schimmernde Klinge hatte aus Gold geschmiedete Drachenköpfe als Griffteile und am Knauf einen Edelstein, einen Smaragd, so grün wie grünes Gras. Es war Balmung, das Schwert König Nibelungs. Sie legten es den Königssöhnen zu Füßen.

Siegfried stieg vom Pferd und begann den Schatz zu teilen. Aber wie immer er auch teilte, die Brüder waren nie zufrieden. Nibelung fühlte sich benachteiligt und schaute scheel nach den Schätzen, die der Drachentöter seinem Bruder zugeteilt hatte, und Schilbung fühlte sich übervorteilt und schaute neidisch auf das, was für seinen Bruder bestimmt war. Gier und Misstrauen gegen den Schiedsrichter, der da in ihren Gold- und Silberschätzen wühlte und einmal diese und dann jene Kostbarkeit zur Seite legte, verdüsterten ihre Mienen. Sie wurden ungeduldig und plötzlich schoss in beiden die Flamme des Hasses hoch. Sie rissen die Schwerter aus den Scheiden und stürzten sich auf Siegfried, der inmitten des Schatzes kniete. Der aber sprang auf, griff blitzschnell nach dem Schwert Balmung und trennte mit einem einzigen gewaltigen Hieb beiden den Kopf vom Rumpf.

Mit schreckgeweiteten Augen hatten die zwölf silbernen Ritter das grässliche Schauspiel verfolgt. Als sie Nibelungs und Schilbungs Köpfe im Gras rollen sahen, beugten sie rasch entschlossen vor dem Sieger die Knie und riefen: »Heil dir, Siegfried, Siegmunds Sohn, nun bist du der König der Nibelungen und Herr des Goldes. Wir schwören dir Treue bis in den Tod.«

Die anderen Ritter taten es ihnen gleich.

Das war ein leichter Sieg, dachte Siegfried, doch kaum hatte er es gedacht, als ein Schlag ihn taumeln machte. Er blickte um sich, konnte aber niemanden sehen. Da bemerkte er einen Riss in seinem Harnisch wie von einem Schwerthieb. Es blieb ihm jedoch kaum Zeit, sich zu wundern, denn schon erhielt er abermals einen Stoß, der ihn beinahe zu Fall gebracht hätte. Dann hörte er ein Sausen und Zischen und verspürte einen neuen Schlag und gleich darauf einen Stich. Und so ging es weiter, Hieb auf Hieb, Stoß auf Stoß und Stich auf Stich. Siegfried drehte und wendete sich wutentbrannt, vollführte einen Höllentanz, schlug blindlings dahin und dorthin, aber sein Gegner war schnell wie der Blitz und vor allem unsichtbar. Auf einmal sprang ihm etwas auf den Rücken und er spürte Hände, die sich um seinen Hals klammerten, und kleine, harte Finger, die sich würgend in seine Kehle bohrten. Da flammte sein Zorn auf und er griff wie rasend um sich. Plötzlich hielt er etwas in der Hand – ein feines, seidenes Gespinst, eine Kappe. Mit der anderen Hand griff er nach den Fingern an seinem Hals, riss sie weg und schleuderte die Last, die sich an ihm festzukrallen suchte, zu Boden. Vor ihm krümmte sich ein missgestaltetes Geschöpf, eine kleine Krone aus Gold rollte ihm zu Füßen. Mühsam richtete sich das Wesen auf. Die Augen in dem greisen Gesicht funkelten rot.

Siegfried starrte es an. »Wer bist du?«

»Ich bin Alberich, der Hüter des Nibelungenhortes und König der Alben, die man auch Zwerge nennt.«

»Da bist du König eines seltsamen Volkes.«

»Wir Zwerge sind ein uraltes Geschlecht, es ist älter als das der Menschen. Die Götter haben uns aus dem Blut des Riesen Brimir geschaffen. Nach uns erst schufen sie die Menschen, die Kinder des Lichts. Sie haben sie mehr geliebt als uns, denn ihnen gaben sie die Welt als Wohnsitz und uns verbannten sie in das Dunkel der Berge. Dort aber lernten wir die verborgenen Schätze im Berginneren kennen, die Gold- und Silberadern und die edlen Gesteine. Wir sind Meister geheimnisvoller Künste, wir wissen, wie man Gold und Silber schmilzt und wie man daraus Geschmeide und Schmuck schmiedet, wie man Steine schleift, damit sie funkeln und blitzen und ihr Glanz den Kindern des Lichts die Augen blendet. Der Schatz, den du teilen solltest, wurde von meinem Volk geschaffen und ich habe den Auftrag, ihn zu bewachen.«

»Du wolltest mich töten. Warum?«

»Ich war ein Vasall König Nibelungs und seiner Söhne. Ich wollte den Tod Nibelungs und Schilbungs rächen, aber nun, da du mir die Tarnkappe geraubt hast, bin ich machtlos.«

Siegfried betrachtete das feine, wie aus Silberfäden gewirkte Gespinst in seiner Hand und der Zwerg fuhr fort: »König Nibelungs Frau hat die Kappe kunstvoll aus Fäden gewirkt, die sie aus Nebelschwaden zog. Sie umhüllt den, der sie trägt, wie dichter Nebel und macht ihn unsichtbar. Und sie verleiht ihrem Träger die Stärke von zwölf Männern.«

»Jetzt begreife ich, dass du mich in solche Bedrängnis bringen konntest, du Wicht!«, sagte Siegfried und blickte zornig auf die kümmerliche Gestalt. »Ich könnte dich töten. Aber ich weiß Treue zu schätzen. Wenn du mir so ergeben dienen willst wie dem König und seinen Söhnen, schenke ich dir das Leben und du kannst weiterhin der Hüter des Hortes sein.«

Alberich verneigte sich. »Herr des Goldes, ich werde dir dienen wie einst König Nibelung und seinen Söhnen. Aber wisse: Das Gold ist verflucht, Blut klebt daran. In grauer Vorzeit war es unter den göttlichen Ahnen des Königs zu einem Streit gekommen, der damit endete, dass ein Bruder den Bruder erschlug. Seither liegt ein Fluch auf dem Hort.«

»Ich mache mir wenig aus Gold«, sagte Siegfried. »Befiehl deinen Zwergen, die Schätze wieder in den Berg zu tragen, und hüte sie gut!«

Bevor er sich abwandte, fiel sein Blick auf einen strahlenden, wunderbar funkelnden Ring. Den nahm er und steckte ihn an seinen Finger. Es war der Ring Andwaranaut. Wieder warnte ihn Alberich. »Herr, wähle nicht diesen

Ring. Wer immer ihn besitzt, dem folgt das Verderben wie der Wolf dem Lamm.«

Siegfried aber lachte nur. »Ich glaube dir nicht, aus dir spricht der Neid.«

Er ging zu seinem Ross und schwang sich in den Sattel. Als er es antrieb, merkte er, dass es verzaubert war.

Die Flammenfrau

Mit einem gewaltigen Sprung über das Meer war das Ross Siegfrieds auf Island gelandet, der Insel aus Feuer, Wasser und Eis. Nun reitet der Drachentöter dem Ziel entgegen, das ihm der Vogel verheißen hat, er reitet zur Festung Isenstein, wo eine verzauberte Frau den Zauberschlaf schläft.

Grauweiße, bizarr geformte Berge, die an verfallene Festungen erinnern, ragen auf, Eisströme fließen zu Tal, Nebelschwaden vermischen sich mit weißem Rauch, der aus Felsspalten quillt. Wolken jagen heran, türmen sich zu Gebirgen und der Wind schlägt dem Reiter ins Gesicht. Dann – schemenhaft zuerst, später deutlicher – sieht er einen Feuerschein am Horizont, ein Farbenspiel, das von Schwefelgelb zu Orange und brennendem Rot wechselt. Er reitet schneller, die feuchte Kälte, die ihn anfangs schaudern machte, weicht einem warmen Dunst. Eine Rauchsäule steigt auf. Aus dem Boden schießen Dämpfe, in der Erde spuckt und kocht und brodelt es. Siegfrieds Pferd galoppiert dahin mit Zauberflügeln. Wenn der Wind die Rauchschwaden verweht, gibt er den Blick frei auf einen Berg in der Ferne, den eine Burg krönt. Ein Feuerwall umgibt den Gipfel, Flammen umzüngeln ihn. Der Berg brennt.

Der Reiter gibt dem Ross die Sporen, treibt es über glühende Felsen und Kiesel auf die Waberlohe zu. Die Glut versengt seinem Pferd die Hufe, der Harnisch wird glühend heiß und der beißende Rauch nimmt ihm den Atem. Die Flammen lecken an ihm hoch, aber jetzt kann er nicht mehr zurück und so sprengt er todesmutig vorwärts, in den Flammenring hinein und durch ihn hindurch. Da geschieht etwas Seltsames. Sobald er ihn durchquert hat, verlieren die Flammen ihre Kraft, sie sacken zusammen, flackern nur noch kurz auf und erlöschen. Hinter Siegfried schließt sich ein Aschenring. Nun hat er die Festung vor sich, die vom Feuer beschützt worden war. Er steigt vom Pferd und betritt die Burg. Niemand hält ihn auf. Er gelangt in einen hohen, düsteren Saal, in dessen Mitte ein steinernes Totenbett steht. Ein Krieger in goldener Rüstung ruht darauf, in tiefem Schlaf versunken. Siegfried beugt sich nieder und nimmt ihm den Helm vom Kopf. Eine Flut dunklen

Haares löst sich und umrahmt ein blasses Gesicht von wundersamer Schönheit.

Der schlafende Krieger ist eine Frau, die Flammenfrau, von der der Vogel gesungen hat. Siegfried nimmt sein Schwert Balmung und schneidet ihr mit der scharfen Klinge die Brünne vom Leib. Da erwacht sie und sieht ihn verwundert an.

»Wer hat mich vom Schlaf erweckt?«, fragt sie. »Bist du der Feuerreiter, mein Erlöser?«

»Siegfried nennt man mich und ich bin König Siegmunds Sohn. Aber wer bist du? Welcher Zauberspruch hat dir die Lider schwer gemacht? Wer hat das Feuer entzündet, das deine Burg umgab, und dich in diese Festung verbannt?«

Sie richtet sich auf und ihre Augen strahlen, als sie sagt: »Ja, du bist es, du bist der Held, von dem Gott Odin geweissagt hat, dass er einst kommen wird, um mich zu erlösen. Ich bin Brunhild, eine der Walküren Odins.«

»Wer ist Gott Odin?«

»Er ist der Vater der Götter, der Allmächtige und Allwissende. Ich will dir von ihm und meinem Schicksal erzählen: Am Anbeginn aller Zeiten gab es das Meer nicht und nicht die Erde, nicht den Himmel mit seinen Sternen und keine Menschen. Da schuf der große und allmächtige Weltgeist im Norden Muspel, das Land der Glut und des Feuers, und im Süden Nebelheim, das Land der Nebel, der Kälte und der Finsternis. Zwischen den beiden gähnte ein Abgrund. Nun ließ er im Norden eine Quelle entspringen, einen brausenden Kessel, aus dessen Tiefe zwölf Ströme hervorbrachen, die in den Abgrund stürzten, der den Norden vom Süden trennte. Dort erstarrten sie zu Eis. Aus dem Süden aber stoben Feuerfunken, flogen auf das Eis und schmolzen es und aus den Wassertropfen entstand das Geschlecht der Riesen.

Von den Riesen stammen drei Brüder ab: Odin, Ve und Vili. Sie sind Götter und die Schöpfer der Welt – der Erde, des Meeres und des Himmels. Aber die Welt, die sie erschaffen hatten, war ohne Menschen. Einmal wanderten die Brüder am Ufer des Meeres und fanden zwei Baumstämme, die die Flut an Land geschwemmt hatte. Sie gaben ihnen Menschengestalt, den einen machten sie zur Frau, den anderen zum Mann. Odin verlieh ihnen Atem und Leben, Ve das Gesicht, das Gehör, das Augenlicht und die Gabe, zu reden. Zuletzt gab ihnen Vili Verstand und die Fähigkeit, sich zu bewegen. Den Mann nannten sie Askr und die Frau Embla und beide wurden zu Stammeltern des

Menschengeschlechts. Als Wohnstätte der Menschen schufen sie Midgard, die Mittelwelt, die mitten in der Welt liegt.

Odin ist auch der Urvater des Göttergeschlechtes, der Asen. Der Wohnsitz der Götter ist Asgard, die Götterwelt. Dort thront er inmitten der Sterne und auf seinen Schultern sitzen die Raben Hugin und Munin, der Gedanke und das Gedächtnis. Jeden Morgen fliegen die Raben Odins um die Welt und bringen ihm Kunde von allen Geschehnissen auf der Erde und auf dem Meer. Daher ist der Göttervater der Allwissende. Das Zentrum der Welt ist die mit ihren Zweigen alles überschattende Weltenesche Yggdrasil, die von den Asen gepflanzt wurde. Solange Yggdrasil grünt und fruchtbar ist, wird die Welt bestehen. An ihrem Fuß sitzen die Nornen, die Schicksalsgöttinnen, die allen Wesen den Schicksalsfaden spinnen. Urd weiß um die Vergangenheit, Verdandi erschaut die Gegenwart und Skuld kennt die Geheimnisse der Zukunft.

Wissen allein war Gott Odin nicht genug. Er strebte nach Weisheit. Einmal gelangte er auf der Suche nach ihr zu Mimir, einem Riesen, der am Quell der Weisheit saß. Er bat darum, von jenem Wasser trinken zu dürfen, Mimir aber forderte als Gegengabe eines von Odins Augen. Seither ist der mächtigste aller Götter einäugig, aber allwissend und allweise. Er kennt die verborgenen Schätze und Kräfte der Erde und hat Macht über das Feuer.

In manchen Nächten verlässt Odin seinen Wohnsitz Asgard und reitet mit dem Heer der Toten auf einem weißen Ross über die Wälder der Erde oder er mischt sich mit einem Schlapphut auf dem Kopf und einem weiten Mantel unter die Menschen.

Dereinst, so weiß es der Allwissende, wird es zu einer gewaltigen Schlacht kommen, die über das Geschick der Welt entscheiden wird. Daher beschloss er, die tapfersten Krieger, die auf der Erde gelebt und gekämpft haben, um sich zu scharen und mit ihnen die Schlacht gegen die Feinde der Welt zu schlagen. Er sendet seine Botinnen, die Walküren, auf die Schlachtfelder, um die Tapfersten auszuwählen. In glänzenden Rüstungen fliegen sie auf wilden Rössern durch die Lüfte, greifen in das Schlachtgetümmel ein und geleiten die toten Helden nach Walhall, einen prächtigen Saal in Asgard, wo Odin sie erwartet.«

»War es Odin, der dich in den Zauberschlaf versetzt hat?«, fragt Siegfried.

»Ja, er war es«, sagt Brunhild und erzählt weiter: »Ich war eine der Schlachtjungfrauen, doch ich war ungehorsam und zog mir den Hass des Göttervaters zu und er bestrafte mich. Zwei Könige, die Brüder Helmgunther und Agnar, waren nämlich in Streit geraten und kämpften gegeneinander. Helmgunther war ein alter und tapferer Krieger, weshalb Odin ihm den Sieg verheißen hatte. Agnar aber war jung und schön wie der Sonnengott Baldur und so entschied ich, dass er leben und Helmgunther sterben sollte. Ich selbst stieß ihm den Speer ins Herz und darüber geriet Odin in Wut.

›Du hast gegen mein Gebot gehandelt!‹, rief er. ›Eine Walküre warst du, aber du hast gefühlt und gehandelt wie eine Frau. Daher verbanne ich dich aus dem Reich der Götter und der Unsterblichen. Ich verwandle dich in eine Menschenfrau, du sollst verzaubert sein und schlafen, bis ein Mann, ein Sterblicher, kommt und dich erweckt. Du wirst ihn lieben, wie eine Frau einen Mann liebt, und wirst durch ihn der Liebe Leid erfahren, wie es das Schicksal der Menschen ist.‹

Da bat ich den Göttervater, mich davor zu bewahren, von einem Unwürdigen erlöst zu werden. Ich flehte ihn an, um meine Schlafstatt ein Feuer entbrennen zu lassen, einen lodernden Flammenring, den nur einer zu durchdringen wagt, der den Tod nicht fürchtet. Ein Feuerreiter sollte mein Erlöser sein.

Und Odin hatte Erbarmen. ›Weil du von göttlicher Abkunft bist, sei dir die Bitte gewährt. Ein Held wird dich aus deinem Zauberbann erwecken und du wirst Königin sein und über ein Reich herrschen, das vom Meer umbrandet ist. Du wirst Königin von Island sein, der Insel aus Feuer und Eis im grauen Nordmeer. Ich gebe dir einen Gürtel, der deinen Körper stark macht wie den einer Walküre, aber dein Herz wird verwundbar sein wie das einer Frau. Solange du im Besitz deines Zaubergürtels bist, wird niemand als der Feuerreiter dich besiegen können. Wird dir aber der Gürtel geraubt, werden deine Kräfte schwinden und du wirst nicht stärker sein als jede andere Frau.‹

Odins achtfüßiger Hengst Sleipnir trug mich hoch über die Wolkenberge auf diese Insel und der Göttervater selbst bettete mich auf diesen Stein. Er stach mich mit dem Schlafdorn und meine Lider wurden schwer. Dann entfachte er das Feuer rund um meine Burg und ich schlief. Ich schlief wohl hundert Jahre lang. Nun aber bist du gekommen und hast mich erlöst und aus dem Dunkel befreit. Ich schaue in deine Augen und sehe die Sonne, den Mond und die Sterne.«

Bezaubert von ihrer Schönheit küsst Siegfried Brunhilds Mund. »Ich werde dich nie verlassen«, sagt er und steckt ihr den Ring Andwaranaut an den Finger.

Es vergehen Tage, Wochen und Monate. Brunhild liebt Siegfried und Siegfried ist glücklich. Doch als dem Winter der Frühling folgt, ruft das Meer mit seinem Sturm den Drachentöter. Der Reiz ferner Länder verlockt ihn und die Lust am Abenteuer. Als er Abschied nimmt, verspricht er wiederzukommen und dann auf immer bei ihr zu bleiben. Jetzt aber drängt es ihn hinaus in die Welt. Er besteigt sein Pferd und reitet davon, dorthin, wo der Wind weht. Im Herzen der Flammenfrau aber brennt sein Bild wie eine Wunde.

Der Drachentöter durchquert das graue Nordmeer und das blaue Meer des Südens. An den Küsten Italiens bekämpft er die wilden Sarazenen und jagt sie in die Flucht. Er reitet über die Alpen und überquert die Eiswelt der Gletscher. Dort trifft er auf Riesen, die Lawinen von den Bergen rollen, und erschlägt sie. Überall, wo es gilt, Schwachen zu helfen und die Mächtigen zu bändigen, kämpft und siegt er und sein Ruhm verbreitet sich in allen Ländern.

Doch eines Tages schleicht sich das Heimweh in sein Herz. Er will den Rhein wieder sehen, an dessen Ufer er geboren war. Er reitet ins Nibelungenland und kommt mit den zwölf silbernen Rittern im Gefolge nach Burgund, in das Reich König Gunthers, dessen Burg in Worms am Rhein steht.

Burgund

Hoch ragen die grauen Steinmauern der Burg zu Worms über die kleine Stadt zu ihren Füßen, über die ebenerdigen, strohgedeckten Häuser und die vereinzelten mehrgeschossigen Steinbauten dazwischen. Unweit der Burg erhebt sich der Dom mit seinem Riesentor und den mächtigen Türmen. Im Süden von Stadt und Burg rauscht der Rhein.

In jenen dunklen, unruhigen Zeiten der ersten Jahrhunderte nach der Geburt Christi, als die Völker des Abendlandes in Bewegung gerieten, verließen Menschen aus dem Norden Europas ihre angestammten Wohngebiete und wanderten nach dem Süden. Auch die Burgunden, ein Stamm der Ostgermanen, zogen von ihrer skandinavischen Heimat südwärts. Waren ihnen die eisig kalten Winter des Nordens mit den langen dunklen Nächten unerträglich geworden? Hatten sie nicht mehr genug Weidegründe für die stetig anwachsende Zahl von Menschen? War es der Traum vom Licht und der Wärme des Südens, den die Völker des Nordens bis heute träumen und der sie alljährlich die Sonne südlicher Länder suchen lässt? Niemand weiß es.

Die Burgunden wanderten in einer langen Kolonne von Wagen und Karren, voll gepackt mit Hausrat, Kleidung und Vorräten an Nahrung und Futter von Norden durch die Landstriche um Weichsel und Oder und zogen weiter nach Süden. Frauen und Kinder saßen in den Wagen, die Männer gingen nebenher und bildeten das Fußvolk, bewaffnete Reiter sorgten für die Sicherheit, denn sie galten als Eindringlinge und Fremde werden von den Einheimischen nie gerne gesehen. Herden von Rindern, Pferden, Schafen und Ziegen zogen mit, bewacht und im Zaum gehalten von kläffenden Hunden. Es war eine lange und gefährliche Reise auf schlammigen und unebenen Wegen, begleitet von Überfällen und Kämpfen. Doch der Glaube, dass das Leben im Süden leichter zu ertragen sei, ließ sie alle Strapazen ertragen. Schließlich erreichten sie unter ihrem Anführer aus dem Geschlecht der Gibiche ein Gebiet der Oberrheinischen Tiefebene, wo die Erde fruchtbar war und die Sonne wärmer schien als in ihrer nordischen Heimat. Dort ließen sie sich nieder und wurden sesshaft.

Die Burgunden bauten am Ufer des Rheins ihre Hütten und Ställe aus

Lehm und Holz, pflügten die Äcker und weideten das Vieh. Im Einvernehmen mit dem mächtigen Römischen Reich errichteten sie die Herrschaft Burgund mit der Hauptstadt Worms. Sie hatten nun ein eigenes Reich, aber keinen Frieden. Stets war ihr Land bedroht von germanischen Stämmen aus dem Norden und von dem Steppenvolk der Hunnen aus dem Osten. Erst einem Nachkommen aus dem Geschlecht der Gibiche, König Dankrat, gelang es, seine Herrschaft zu verteidigen und zu festigen. Unter seinem Sohn und Erben, König Gunther, blüht das Land. Die Macht und den Reichtum Burgunds und den Glanz des Hofes rühmt man entlang des Rheins, an den Küsten des Meeres und in den Steppenzelten der Hunnen.

Am Hof zu Worms leben auch des Königs jüngere Brüder, Gernot und Giselher, und ihre Schwester Kriemhild, die unter der Obhut der Königinmutter Ute heranwächst. Gunther ist hoch gewachsen, mit dunklem Haar und Bart um das blasse Gesicht mit den ernsten Zügen. Schwermut umschattet seine Augen und manchmal scheint es, als wäre die Krone, die seine Stirn schmückt, zu schwer für seinen schmalen Kopf. Gernot ist kleiner als sein Bruder, aber kräftiger und aus seinen Augen blitzt die Lust am Leben. Seine Leidenschaft ist die Jagd und die Zucht von Hunden und Pferden. Giselher, der Jüngste, ist kaum dem Knabenalter entwachsen, der erste Flaum ziert sein Gesicht und sein Blick ist offen und voll Vertrauen in die Welt. Er ist der Lieblingsbruder seiner Schwester Kriemhild. Der Vater der Geschwister, König Dankrat, ist nach einer Schlacht gegen die Sachsen seiner tödlichen Wunde erlegen. Nun trägt sein ältester Sohn die Krone.

Der wichtigste Ratgeber und engste Vertraute des jungen Königs ist sein Waffenmeister Hagen von Tronje. Er ist Heermeister des burgundischen Heeres und sein gewaltigster Kämpfer. Hagen ist ein groß gewachsener, breitschultriger Mann mit schwarzem Haar und Bart und nur einem Auge. Stets ist etwas Lauerndes in seinem Blick, etwas Gespanntes, Raubtierhaftes. Er führt einen Adler in seinem Schild und ist königlicher Abkunft, doch gibt es Gerüchte, dass sein wirklicher Vater Alberich ist, der König der Alben, des geheimnisvollen Zwergenvolkes. Durch ihn soll er über dämonische Kräfte verfügen. Doch darüber schweigt er. Sein Herz, so scheint es, ist kalt. Nie schlägt es schneller, nicht vor Freude und auch nicht vor Schmerz, es sei denn, die Ehre und Macht Burgunds und seiner Könige stehen auf dem Spiel. In jungen Jahren wurde Hagen als Geisel an den Hof des Hunnenkönigs Attila gesandt, wo er diente, bis ihm die Flucht gelang. Als finsterer, misstrauischer Mann mit nur einem Auge war er nach Burgund zurückgekommen. Es war der Kampf am Wasgenstein, bei dem Hagen von Tronje sein Auge verlor.

In jener Zeit, als der Hunnenkönig Attila mit seinen Heerscharen von den Steppen des Ostens aufbrach und wie eine Brandfackel durch die Welt zog, um sich die Völker zu unterwerfen, erkauften sich viele Fürsten und Könige den Frieden, indem sie Tribut zahlten, Gold gaben und Geiseln stellten. Auch gegen Burgund und seinen König Dankrat, dem eben ein Sohn geboren worden war, hatte Attila eine Heerfahrt gerüstet. Als man am Königshof zu Worms die Geburt des Thronerben feierte, der auf den Namen Gunther getauft war, platzte mitten in die Freude die Nachricht, dass Attila mit seinen Hunnen wie eine Sturmflut heranrückte und die Grenzen bedrohte.

König Dankrat, der wusste, dass eine Schlacht gegen das wilde Reitervolk nur in einer vernichtenden Niederlage enden könnte, ließ dem Hunnenherrscher reiche Schätze an Gold, Silber und Edelsteinen senden und stellte Hagen von Tronje, den jungen Bruder seiner Gemahlin, als Geisel. König Attila gab sich zufrieden, zog weiter nach Süden und bedrohte nun das Reich König Herrichs. Auch Herrich verhandelte mit Attila. Um den mächtigen Herrscher milde zu stimmen, bot er ihm seine einzige Tochter Hildegund als Geisel an und bat um Frieden.

»Auch ich bin ein Freund des Friedens und bekämpfe nur den mit Waffen, der sich meiner Macht entgegenstellt«, gab Attila zur Antwort und zog weiter nach Westen, wo König Alpher von Aquitanien herrschte.

Alphers einziger Sohn Walther war schon als Kind mit Hildegund verlobt worden. Mit Entsetzen vernahm nun Alpher, dass König Dankrat Hagen von Tronje und König Herrich seine Tochter Hildegund dem Hunnenkönig überlassen hatten, um ihren Ländern den Frieden zu sichern. Er wusste nur zu gut, dass er allein den Heerscharen der Hunnen nie würde standhalten können, und musste sich schweren Herzens auch dazu entschließen, Attila Tribut zu zahlen und seinen Sohn Walther als Geisel ins Hunnenland zu senden.

Der König der Hunnen hatte erreicht, was er wollte. Ohne einen Schwertstreich kehrte er reich an Schätzen, mit dem aus königlichem Geblüt stammenden Hagen von Tronje und den Königskindern Walther und Hildegund als Geiseln in seine Burg Gran* an der Donau zurück. Er ließ Hagen und

* Ungarisch Esztergom, Stadt an der Donau

Walther in allen Waffenkünsten unterrichten und liebte sie, als wären sie seine eigenen Söhne. Seine Gemahlin Helche nahm Hildegund in ihre Obhut und auch sie gewann das Mädchen bald so lieb wie eine Tochter. Bald übertrafen Hagen und Walther alle Krieger am Hunnenhof an Kühnheit und Geschick und erwarben sich großen Ruhm bei allen Heerfahrten des Königs. Hildegund war zu einem schönen Mädchen herangewachsen und zur Vertrauten der Königin geworden, die ihr eines Tages sogar den Schlüssel zur Schatzkammer überließ. So gingen die Jahre dahin.

Eines Tages traf am Hof zu Gran die Kunde ein, dass König Dankrat von Burgund im Sterben liege und sein Sohn Gunther den Thron besteigen würde. Nun wollte Hagen so rasch wie möglich nach Worms zurückkehren, um dem jungen König mit Rat und Tat zur Seite zu stehen, wie er es einst König Dankrat gelobt hatte. Heimlich verließ er Attilas Burg und gelangte auf Schleichpfaden entlang der Donau an den Rhein und schließlich nach Worms, wo er Gunthers Waffenmeister und wichtigster Ratgeber wurde.

König Attila und Königin Helche waren bestürzt und sehr betrübt, als sie Hagens Flucht entdeckten. Der König fürchtete, auch Walther könnte es in den Sinn kommen, in die Heimat zurückzukehren, doch Königin Helche wusste einen Ausweg: »Es wäre am besten«, meinte sie, »Walther mit einer unserer Töchter zu vermählen und ihn so mit unserer Sippe zu verbinden. Er soll die schönste auswählen.«

Walther durchschaute jedoch ihre Absicht. »Mein König, ich fühle mich überaus geehrt«, sagte er zum Hunnenkönig, als ihm dieser die Heirat mit der schönsten seiner Töchter vorschlug, »aber noch steht mir nicht der Sinn nach Weib und Kind. Meine größte Freude ist es, mit Euch in die Schlacht zu ziehen, für Euch zu kämpfen und mein Leben zu wagen, solange ich frei von Familienbanden bin und die Sorge um eine Gemahlin mir nicht Mut und Arm lähmt.«

Das hörte der König gerne und gab sich zufrieden, umso mehr als Walther als Anführer der Hunnen bereits so manchen glänzenden Sieg erfochten hatte. Wann immer er von einer siegreichen Schlacht zurückkehrte, bereitete ihm der König ein großes Fest. Bei einem üppigen Gelage wurden Walthers Heldentaten gepriesen und so mancher Blick aus schönen Augen ruhte bewundernd auf ihm. Er aber suchte inmitten des Trubels immer nur die Augen Hildegunds. Ein Blick von ihr bedeutete ihm mehr als alles andere auf der Welt, denn in seinem Herzen brannte die Liebe. Er wusste nicht, ob auch sie, mit der er ja seit der Kindheit verlobt war, ihm zugetan sei, und diese Ungewissheit schmerzte ihn tiefer, als ein Schwerthieb es je vermocht hätte.

Eines Tages traf er Hildegund allein im Burggarten. Stockend gestand er ihr seine Liebe und dass ein Leben ohne sie für ihn wertlos sei. Sie errötete und dann bekannte auch sie, dass ihr Herz schon lange für ihn schlug und dass sie bangend die Nächte durchwachte, wenn er auf Heerfahrt war. Da umarmten sie einander, gelobten sich Treue und beschlossen zu fliehen.

»Nimm zwei Truhen und fülle sie mit Gold und Edelsteinen aus der Schatzkammer. Nimm so viel, wie du tragen kannst. Beschaffe dir Angeln und Leimruten und halte ein Pferd bereit. Wenn der Mond voll am Himmel steht und die Sinne der Menschen verwirrt, will ich für Attila und Helche ein Fest geben und dafür sorgen, dass alle berauscht sind. Dann verlassen wir heimlich die Burg.«

Als der Vollmond die Königsburg der Hunnen in sein fahles Licht tauchte und die Donauwellen silbern glitzerten, ging es im Thronsaal der Burg hoch her. Walther hatte zum Fest geladen. Die Tische bogen sich von der Fülle der Speisen und Getränke, die Walther auftragen ließ, und die Schenken wurden nicht müde, die Humpen stets aufs Neue mit Bier, Wein und Met zu füllen. Der König und die Königin, die Höflinge und die tapfersten der Krieger aßen und tranken, grölten Heldenlieder und überboten sich in der Schilderung von Ruhmestaten. Die Gesellschaft zechte bis Mitternacht. So manche Zunge konnte nur noch lallen und so mancher Krieger, der nie im Kampf wankte, schwankte in den Knien, wenn er sich erhob. Schließlich lagen die, die noch nicht ihr Lager aufgesucht hatten, unter den Tischen oder auf den Bänken, vom Schlaf und vom Wein bezwungen. Der König und die Königin, auch sie schweren Schrittes, suchten als Letzte ihr Schlafgemach auf.

Das war die Stunde der Flucht. Hildegund wartete mit den Truhen voll Schätzen, mit Angeln und Leimruten und einem Pferd vor dem Burgtor. Walther befestigte die Truhen auf dem Rücken des Pferdes, Hildegund führte es am Zügel und hielt in der anderen Hand Angeln und Leimruten. Walther schritt schwer gerüstet mit seinem Schild, mit seinem doppelschneidigen Schlachtschwert und mit dem scharfen krummen Halbschwert der Hunnen voran.

Es war totenstill, Menschen und Tiere schliefen und sie wanderten unbemerkt und unbehelligt durch die schweigende Nacht. Bei Tag hielten sie sich verborgen, bei Nacht fingen sie mit den Angeln und Leimruten Fische und Vögel. So gelangten sie schließlich an den Rhein. Ein Fährmann setzte sie über den Strom und wurde von Walther mit zwei Fischen belohnt, die er in einem See gefangen hatte. Der Fährmann brachte die Fische an den Königshof zu Worms, wo der Koch sie briet und dem König vorsetzte.

»So köstliche Fische habe ich noch nie gegessen. Vom Rhein stammen sie nicht, woher kommen sie?«, fragte König Gunther.

Nun erzählte der Küchenmeister, dass ein Fährmann sie gebracht habe. Dieser hätte sie als Lohn von einem Ritter erhalten, der so schwer bewaffnet war, als ginge er zum Kampf. Eine junge Frau wäre auch dabei gewesen. Sie führte ein Pferd am Zügel, das mit zwei Truhen beladen war. Jedes Mal, wenn das Pferd die Mähne schüttelte, hätte es geklungen, als wären Gold und Edelsteine in den Truhen. »Das kann nur mein alter Freund und Waffengefährte Walther von Aquitanien sein«, rief Hagen hocherfreut, der mit am Tisch saß. »Nun ist auch ihm die Flucht aus dem Hunnenland geglückt.«

»Ich freue mich auch«, sagte König Gunther, »aber aus anderem Grund. Der Schatz, den mein Vater um des Friedens willen dem Hunnenkönig senden musste, gelangt nun wieder in meine Hände. Das Gold hole ich mir!«

Vergebens warnte Hagen von Tronje davor. Er schilderte dem König Walthers Riesenkräfte, die ihm noch in jedem Kampf zum Sieg verholfen hätten. Auch sträubte sich Hagen, gegen den treuesten Freund, den er in der Fremde gehabt hatte, zu kämpfen. Der König aber schlug die Warnungen seines Waffenmeisters in den Wind, erinnerte ihn an seine Treuepflicht und brach mit zwölf Kriegern auf, um Walther das Gold abzujagen. Hagen musste schweren Herzens mitreiten.

Indessen waren Walter und Hildegund in den wilden Wasgenwald jenseits des Rheins gelangt. Am Wasgenstein, in einer Schlucht, die so eng war, dass nicht zwei nebeneinander reiten konnten, hielten sie Rast. Walther bettete seinen Kopf in Hildegunds Schoß und schlief. Er schlief aber nicht lange, denn bald sah Hildegund eine Staubwolke und dann den blinkenden Schein von Waffen.

Noch einmal hatte Hagen versucht, einen Kampf zu vermeiden, und dem König geraten, einen Boten mit der Aufforderung, den Schatz freiwillig herauszugeben, zu Walther zu schicken. Walther schien zunächst darauf einzugehen und bot dem König hundert Goldspangen und nach weiteren Verhandlungen noch einmal hundert, doch König Gunther ließ ausrichten, dass er den ganzen Schatz fordere. Da wurde Walther wütend und tötete den Boten.

So kam es zum Kampf am Wasgenstein. Ein Krieger nach dem anderen musste gegen Walther antreten und Walther tötete alle. Wie ein Mäher die Sense schwang er sein Schwert und streckte Gunthers Getreue nieder. Entsetzt sah der König, wie seine Männer der Reihe nach fielen. Als alle zwölf in ihrem Blut lagen, forderte er Hagen auf, gegen Walther anzutreten.

»Es geht um meine Ehre und um die Ehre Burgunds«, sagte er. »Ich werde zum Gespött, wenn alle Welt erfährt, dass ein einzelner Mann zwölf unserer tapfersten Krieger ungestraft erschlug.«

Wieder versuchte Hagen Gunther umzustimmen, doch als der König in seiner Bedrängnis sich demütigte und statt eines Befehls um Hilfe bat, gab der Waffenmeister nach. »Wir wollen zum Schein abziehen und so Walther und Hildegund aus der schützenden Schlucht locken«, sagte er. »Dann wollen wir auf offenem Feld den Kampf wagen.«

Es war Nacht geworden. Walther lag mit dem Kopf in Hildegunds Schoß in tiefem Schlaf, während sie wachte. Dann schlief Hildegund und Walther wachte über ihren Schlaf. Als der Morgen dämmerte, brachen sie auf. Nicht weit vom Wasgenstein sahen sie Gunther und Hagen heranstürmen.

»Schnell, verbirg dich mit dem Ross im Wald«, rief Walther Hildegund zu. Dann stellte er sich dem Kampf.

Sieben Stunden lang kämpfte Walther gegen Gunther und Hagen, focht mit dem Schlachtschwert und mit dem Hunnenschwert, hieb einmal dahin und einmal dorthin. Schilde barsten, Helme splitterten und aus den Rüstungen floss das Blut. Es war ein Kampf, wie es noch nie einen gegeben hatte. Schließlich schleuderte Walther mit letzter Kraft seinen Speer gegen Hagen und traf ihn ins Auge, gleich darauf stürzte er sich mit dem Schwert auf Gunther, doch bevor er zum Todesstreich ausholen konnte, warf sich Hagen vor den König, hieb Walther die rechte Hand ab und rettete damit Gunther das Leben. Der König kam mit einer Verletzung am Bein davon.

Nun aber waren alle drei am Ende ihrer Kräfte. Erschöpft und kampfesmüde ließen sie die Waffen sinken. Hildegund, die zitternd alles mit angesehen hatte, eilte herbei und brachte Wein zur Stärkung. Nachdem sie sich gelabt hatten, erkannten sie, wie unsinnig dieser Streit gewesen war. Sie versöhnten sich und gelobten einander Waffenbrüderschaft. Dann zogen Walther und Hildegund mit ihren Schätzen weiter nach Aquitanien, wo sie Hochzeit hielten. König Gunther und Hagen ritten zurück in die Königsburg zu Worms.

So kam es, dass Hagen einäugig wurde. Die Verletzung an König Gunthers Bein heilte rasch, die Wunde seiner Seele nie.

Hagen, der Einäugige, sieht aber mehr und tiefer als andere mit zwei Augen und er weiß mehr. Den Mann aus Eisen nennt man ihn, fürchtet die Kraft seines Armes und bewundert seine Klugheit. Wird er auch geliebt? Darüber denkt Hagen nicht nach. Es ist ihm gleichgültig. Am Totenbett König Dankrats hatte er geschworen, den Königskindern ebenso unverbrüchlich die Treue zu halten und Gefolgschaft zu leisten wie einst ihm. Hagen kennt die Schwäche des jungen Thronerben, Gunthers Schwanken zwischen Größenwahn und Selbstzweifeln, sein Machtstreben, seine Prunkliebe und sein Zaudern, und er weiß, dass nichts gefährlicher ist als ein schwacher König, der unberechenbar ist, weil er sein Ohr gerne dem leiht, der ihm nach dem Munde redet. Den Schwur, ihm zu dienen, wird Hagen nie brechen und sollte seine Treue in den Tod führen. Der Tronjer kennt nur ein Ziel – die Macht und Größe Burgunds zu mehren und zu sichern. Sein Herz und sein Leben gehören dem König.

Dankwart, der Marschall König Gunthers, ist Hagens jüngerer Bruder und ihm blindlings ergeben, ebenso sein Neffe Ortwin von Metz, der Truchsess, dem die Zunge so locker sitzt wie das Schwert. Zum Rat des Königs zählen auch Volker von Alzey, der sangesgewaltige Spielmann und kühne Streiter, der Herold Sinold, der Ritter Runold, der Kämmerer Hunold, die Markgrafen Gere und Eckewart und andere Getreue mehr.

Von der lichten Schönheit der jungen Kriemhild, die mit ihrer Anmut und ihrem Liebreiz jeden bezaubert, der sie sieht, singen die Spielleute landauf und landab. So mancher Bewerber war schon gekommen und hatte um ihre Hand gebeten, doch Kriemhild, die Freude ihrer Mutter und der Stolz der Brüder, denkt nicht daran, um eines Mannes willen aus der Heimat in die Fremde zu ziehen.

Eines Morgens, als Königin Ute das Gemach ihrer Tochter betritt, findet sie das Mädchen aufgelöst in Tränen. Sie nimmt es in die Arme und Kriemhild beruhigt sich, hört auf zu weinen. Auf die Frage, was denn geschehen sei, beginnt sie stockend zu erzählen: »Ein Traum ist es, der mich ängstigt. Ich träumte heute Nacht von einem Falken, den ich aufgezogen hatte, der schön und stark war und den ich über alles liebte. Doch da stießen zwei Adler vom Himmel und zerrissen ihn. Mir war, als zerrissen sie mir das Herz.«

Die alte Königin blickt in die Ferne, als sähe sie etwas, das verborgen ist und sich nur ihr offenbart. Behutsam streicht sie ihrer Tochter übers Haar.

»Den Traum weiß ich zu deuten«, sagt sie sanft. »Der Falke ist ein Mann, ein

Held, den du liebst, und die Adler bedeuten tödliche Gefahr, die ihm von zwei Männern droht. Gott möge ihn beschützen.«

»Nein!«, ruft Kriemhild und windet sich aus den Armen der Mutter. »Niemals will ich einen Mann lieben.«

»Wenn du je auf dieser Welt glücklich sein wirst, dann wird es durch die Liebe eines Mannes sein.«

»Nein!«, ruft Kriemhild nochmals trotzig, »niemals! Wenn Liebe Leiden bringt, dann will ich Liebe meiden.«

Ute sieht sie an und Trauer ist in ihren Augen. »Gott schütze auch dich, mein Kind«, sagt sie. Die Königin glaubt an das Schicksal, das den Menschen vorherbestimmt ist und dem niemand entrinnen kann. Doch sie schweigt.

An einem Tag im Frühling haben sich König Gunther, seine Brüder und seine Ratgeber im Thronsaal versammelt. An der Stirnseite, auf erhöhtem Podest, steht Gunthers prachtvoll geschnitzter Königsthron. Er hat die Versammlung einberufen, denn Kundschafter, die Hagen an die Grenzen des Reiches ausgesandt hatte, waren zurückgekehrt und hatten von Unruhen und Einfällen fremder Truppen berichtet. Im Norden hatte man plündernde Dänen dingfest gemacht, im Osten war es vermehrt zu Übergriffen der Sachsen gekommen. »Sie werden immer frecher!«, hatte der Späher gemeldet. »Im Süden mehren sich die Anzeichen, dass das Römische Reich viel zu sehr mit den Machtkämpfen zwischen Kaiser, Statthaltern und Feldherren beschäftigt ist, als dass es sich geschlossen gegen die Völker und Stämme jenseits des Rheins und der Donau wehren könnte. Rom kann seine Bundesgenossen nicht wie früher schützen.«

Hagen nickt sorgenschwer. Ihm sind Gerüchte von einer Bedrohung aus dem Osten zu Ohren gekommen. Fahrendes Volk, Gaukler und Landstreicher haben von kleinen Menschen mit schmalen, schräg stehenden Augen in gelben Gesichtern und krummen Beinen berichtet, die fast nie von ihren kleinen, schnellen Pferden steigen, ja sogar darauf schlafen und rohes Fleisch essen, das sie unter den Sätteln mürbe reiten. Hunnen seien es, sagen die Fahrenden, die viel im Land herumkommen, Reiterhorden, die aus den Steppen Asiens aufgebrochen sind und plündernd und mordend von Osten nach Westen drängen. Hagen warnt mit düsterer Miene: »Die Zeiten sind unruhig, mein König, und sie werden nicht ruhiger, wir sollten gewappnet sein.«

Gunther hat seinem treuesten Ratgeber wie stets aufmerksam zugehört. Doch scheint es, als machte sich eine Spur von Unwillen in seinen Zügen breit. Eine leichte Geste mit der Hand, als wollte er das Gehörte ungehört machen, dann ein unsteter Blick in die Runde, und der König wendet sich wieder Hagen zu: »Du malst die Zukunft düster, Freund Hagen! Die letzten Winter waren mild und die Ernten gut und unser Volk ist zufrieden. Kleine Scharmützel an den Grenzen hat es immer gegeben und wird es geben, und was die Hunnen betrifft, so sind sie weit weg und bedrohen uns nicht. Lasst uns« – König Gunther hebt seinen goldenen Becher mit dem schweren roten Wein – »auf das bevorstehende Osterfest trinken! Wir sind Christen und Gott verlässt die nicht, die sich seinem Schutz anvertrauen.«

Besser wäre es, wir würden unserer eigenen Kraft vertrauen und uns schützen, denkt Hagen, der den alten Göttern nicht abgeschworen hat und dem sanften Christengott, der sich ans Kreuz schlagen ließ, nichts abgewinnen kann. Doch seine Miene bleibt unbewegt. Er hebt den Becher und trinkt dem König zu. Da glätten sich die Sorgenfalten auch auf den Stirnen der anderen. Dankwart lächelt seinem Bruder zu, Gernots Gedanken sind bei seinen Pferden und bei der Jagd, die Markgrafen Gero und Eckewart planen das nächste Turnier, die anderen schwatzen, lachen und trinken. Nur Giselher, der Schmalschultrige mit den noch kindlichen Zügen in seinem edel geschnittenen Gesicht, blickt ernst vor sich hin. Schließlich greift der Spielmann zur Fidel und singt ein Lied.

Volker von Alzey singt von einer Königin, die so strahlend schön ist, dass ihr Anblick blendet wie grelles Sonnenlicht, sie hat stählerne Arme und die Kräfte einer Riesin, nachtschwarzes Haar flutet ihr bis zu den Hüften, eine goldene Brünne umhüllt ihren herrlichen Leib. Volker singt von Brunhild, der Königin von Island, der Insel aus Feuer, Wasser und Eis, die auf ihrer Festung Isenstein jeden, der sie zur Frau begehrt, zu einem Wettkampf fordert. Noch keiner ihrer Bewerber hat sie besiegen können. Könige und Fürsten waren gekommen, um sich mit der Starken und Schönen im Sprung, im Steinwurf und im Speerwurf zu messen, und jede Brautfahrt war zu einer Fahrt in den Tod geworden. Die Eiskönigin hat übermenschliche Kräfte, singt Volker, denn ihre Ahnen sind die alten Götter.

Es ist still geworden im Thronsaal. Wenn Volker von Alzey, der stimmgewaltige Spielmann, singt, verstummen die Gespräche und jedes Gelächter bricht ab. Einer sitzt da, gedankenschwer, den Kopf in die Hände gestützt. Er scheint noch immer zu lauschen, auch als der Spielmann die Fidel schon längst zur Seite gelegt hat. Es ist der König.

Siegfried

Am nächsten Morgen herrscht das übliche geschäftige Treiben in den Gemächern und Kemenaten der Königsburg, in den Vorratskammern, in der Küche, in den Stallungen und in den Gewölben für Waffen und Geschütz. Im Burghof gehen die Knechte und Mägde ihrer Arbeit nach, die einen lachen, die anderen fluchen, Scherzworte fliegen hin und her. Aus den Ställen dringt das Wiehern der Rosse, aus den Zwingern das Bellen und Jaulen der Jagdhunde, Fuhrwerke und Karren knarren und rattern.

Plötzlich ertönt lautes Stimmengewirr, man hört aus der Ferne das Donnern von Hufen, die Wachtposten auf den Wehrgängen werden aufmerksam. Ein Wächter läuft zu Ortwins Kammer und begehrt Einlass.

»Reiter nähern sich dem Burgtor«, meldet er atemlos. »An der Spitze galoppiert ein Recke, wie ich noch keinen gesehen habe!«

Ortwin eilt auf die Empore und nun sieht auch er sie. Dreizehn Reiter sind es, zwölf in silbernen Rüstungen auf prächtigen Pferden mit golddurchwirkten Schabracken. Sie tragen schimmernde Schilde und Helme, ihre Schwerter reichen bis zu den Sporen, schlagen im Takt an die Flanken der Pferde, die blitzenden Lanzen stecken im Steigbügel.

Einer reitet voran. Er ist groß und breitschultrig, seine Rüstung leuchtet wie rotes Gold, er trägt keinen Helm, sein blondes Haar weht im Wind, als er nun sein Pferd über die Zugbrücke lenkt.

König Gunther und Hagen, durch das Lärmen und Dröhnen der Hufe im Burghof aufmerksam geworden, stehen an einem Fenster des Thronsaals und schauen hinunter.

Die Reiter nehmen Aufstellung, stellen sich im Halbkreis rund um ihren Anführer. Knechte eilen herbei, um ihnen beim Absteigen zu helfen und Schilde und Schwerter abzunehmen, wie es den Regeln der Gastfreundschaft entspricht. Aber die Reiter reagieren nicht, bleiben stumm in ihren Sätteln sitzen.

»Wer sind die Fremden?«, fragt Gunther seinen Waffenmeister. »Hagen, du bist weit herumgekommen in der Welt, kennst du den blonden Recken und seine Begleiter?«

Hagen kneift sein Auge zusammen. Jetzt erkennt er das Wappen auf dem Schild des Anführers, einen roten Drachenkopf auf weißem Grund. An der Seite hat er ein gewaltiges Schwert mit einem grünen Edelstein am Knauf hängen.

»Das ist der Drachentöter«, murmelt er und zu Gunther gewandt sagt er: »Kein Zweifel, das ist Siegfried von Xanten, der König der Nibelungen und Herr des Nibelungenhorts.«

»Was mag ihn hierher nach Worms führen?«

»Das wissen die Götter. Doch was immer es auch sein mag, es empfiehlt sich, ihn und seine Begleiter als Gäste zu begrüßen.«

Der König und sein Ratgeber steigen die Treppe hinunter, beim Tor in den Hof stoßen sie auf Gernot und Giselher, auf Ortwin von Metz und die anderen Getreuen Gunthers. Aufgescheucht von dem ungewohnten Lärm sind auch sie in den Burghof geeilt. Gemeinsam gehen die Burgunden auf die Fremden zu, dann lassen sie König Gunther den Vortritt. Jetzt erst, als der König von Burgund vor ihm steht, schwingt sich Siegfried aus dem Sattel.

»Seid uns willkommen auf unserer Burg, Siegfried von Xanten! Was verschafft uns die Ehre Eures Besuchs?«

»Ich will es Euch sagen, König Gunther.« Um Siegfrieds Mund zuckt es und einen Augenblick scheint es, als würden sich seine Lippen spöttisch verziehen. Niemand außer Hagen, dem Einäugigen, hat es gesehen.

»Der Ruhm und der Glanz Burgunds haben mich nach Worms geführt«, fährt Siegfried fort und sein Blick hat nun etwas Berechnendes. »Die Kunde von Eurer Weisheit und Tapferkeit ist bis an den Hof zu Xanten am Niederrhein gedrungen.«

»Es freut mich, das zu hören«, antwortet Gunther. »Wenn Ihr und Eure Gefährten ein Nachtlager braucht, so sei es gerne gewährt. Wir pflegen die Tugend der Gastfreundschaft an unserem Hof. Solltet Ihr jedoch etwas anderes im Sinn haben, so bitte ich Euch zu sprechen. Wir sind Euch gerne zu Diensten.«

Siegfrieds blaue Augen blitzen. »Die Königskrone von Burgund führt mich hierher«, sagt er und sieht den König herausfordernd an. »Sie habe ich im Sinn. Ich begehre Euer Reich, König Gunther.«

Der König schaut verblüfft, wirft dann einen unsteten Blick auf Hagen, der abseits steht, und stammelt: »Wie ... wie soll ich das verstehen?«

»Ihr habt schon verstanden«, sagt Siegfried und lächelt ein kaltes Lächeln.

»Ich werde einst die Krone der Niederlande tragen. Beide Länder, Burgund und die Niederlande, liegen dicht beieinander, warum sollten sie nicht von einer Hand regiert werden? Von Eurer Hand, König Gunther, oder von meiner, kämpfen wir darum. Siegt Ihr, dann seid Ihr König auch über mein Erbe.«

»Wohl ein Scherz!«, sagt nun Hagen und tritt vor.

»Kein Scherz!« Siegfrieds Stimme klingt scharf und seine Hand umfasst den goldenen Griff seines Schwertes Balmung mit dem grasgrün funkelnden Smaragd. »König Gunther von Burgund, ich fordere Euch zum Zweikampf auf. Kämpfen wir um unsere Reiche! Bin ich der Sieger, so ist Euer Land mein, seid Ihr der Sieger, so seid Ihr der Herrscher von Xanten am Niederrhein und Herr des Nibelungenschatzes. Wohlan, kämpfen wir um Kronen und Reiche!«

Zornrot im Gesicht tritt Gernot an die Seite Hagens.

»Warum sollen wir um etwas kämpfen, das uns gehört?«, schreit er. »Das Königreich Burgund ist das rechtmäßige Erbe König Dankrats, unseres Vaters. Wir haben es in vielen Kämpfen gegen alle unsere Feinde verteidigt.«

Jetzt mischt sich auch der hitzköpfige Ortwin ein, der sich bisher im Zaum gehalten hat: »Mein Blut für meinen König. Wenn Ihr kämpfen wollt, Herr Siegfried, dann kämpft mit mir!«

Siegfried misst ihn kühl. »Die Rede ist von einem Kampf der Könige. Ich kämpfe nicht mit einem Dienstmann.«

Da greift Ortwins Hand zum Schwert, doch Volker, der Spielmann, hält den Wütenden zurück. »Ein Unstern hat Euch hierher geführt, König der Nibelungen«, sagt Hagen. »Es wäre besser, Ihr hättet den Weg nach Worms nie gefunden, und am besten wäre es, Ihr würdet wieder gehen.«

Siegfrieds Gesicht flammt rot auf und er reißt Balmung aus der Scheide. Auch Hagen hat sein Schwert gezogen und ein Kampf zwischen dem in goldener Rüstung strahlenden Siegfried und dem düsteren Tronjer scheint unvermeidlich. Die zwölf Ritter, immer noch hoch zu Ross, bekunden mit versteinerten Mienen ihre Entschlossenheit, sofort einzugreifen, sollte es mit den Burgunden zum Streit kommen.

Da geschieht etwas, das keiner erwartet hätte. Der junge Giselher springt herzu und stellt sich zwischen Hagen und Siegfried. Dann beugt er vor dem Drachentöter das Knie und sagt: »König der Nibelungen, ich heiße dich auf der Burg unserer Väter willkommen. Du und deine Gefährten sollen unsere Gäste sein und Burgunds Gastfreundschaft genießen. Worms ist stolz, den Drachentöter in seinen Mauern zu beherbergen.«

Die Worte des jüngsten Königssohns haben Zauberkraft. Siegfrieds Züge entspannen sich, jetzt spielt ein Lächeln um seinen Mund. Auch Gunther hat sich wieder gefasst: »Mein Bruder hat gut gesprochen«, sagt er – und die Erleichterung ist ihm anzusehen –, »lasst uns den Willkommenstrunk trinken!«

Auf seinen Wink bringt der Mundschenk Sindolt Wein in einem goldenen Pokal. Da löst sich auch die Starre der zwölf Recken aus dem Nibelungenland. Sie steigen ab und überlassen ihre Pferde den Knechten.

In den nächsten Tagen und Wochen bietet der Hof zu Worms alles auf, um den Gästen den Aufenthalt so angenehm wie möglich zu machen. Sie sind in den schönsten und bequemsten Gemächern untergebracht, der Küchenmeister verwöhnt sie mit dem Besten aus Küche und Keller.

König Gunther lässt Wettkämpfe, Reiterspiele und Turniere veranstalten. Die Tapfersten und Kühnsten von Burgunds Rittern kommen nach Worms, um sich mit dem Drachentöter und seinen Gefährten zu messen. Aber keiner trifft so kraftvoll den Schild des Gegners, keiner schwingt das Schwert so leicht und zielsicher wie er und keiner ist schneller im Wettlauf, wirft den Speer weiter und springt höher. Siegfried ist der stets überlegene Sieger, dabei bleibt er liebenswürdig und bescheiden. Seine anfängliche Hoffart hat er längst abgelegt. Ein Strahlen geht von ihm aus und die Herzen fliegen ihm zu. Am Hof zu Worms gibt es niemanden, der ihn nicht bewundern würde – außer einem.

Des Königs getreuester Ratgeber denkt immer noch, es wäre besser gewesen, der Weg des Drachentöters hätte nie nach Worms geführt. Doch Hagen schweigt. Er grübelt und macht sich Gedanken, was Siegfried beabsichtigen, was er im Schilde führen könnte. Fürchtet der Tronjer den Einfluss des Nibelungen auf den wankelmütigen Sinn des Königs? Hat sich Eifersucht in das kühle Herz des Waffenmeisters geschlichen? Je stärker Hagens Unbehagen wächst, desto schärfer beobachtet er den Gast und dessen Bewunderer.

So entgeht seinem Auge auch nicht, dass Kriemhild immer dann heimlich am Fenster ihrer Kemenate steht, wenn Siegfried sich im Burghof zeigt. Oft geht die junge Königstochter, die sich früher gern mit gleichaltrigen Töchtern burgundischer Edler umgeben hat, allein ihrer Wege. Geht tief in Sinnen, verhält den Schritt. Wenn Hagens forschender Blick sie streift, senkt das einst so unbeschwert fröhliche Mädchen verwirrt die Augen und leichte Röte steigt in sein schönes Gesicht. Rasch entschwindet sie dann und Hagen blickt ihr lange nach.

Lange schon ist der Frühling dem Sommer gewichen und nun folgt dem Sommer der Herbst. Die Felder sind abgeerntet, Vogelschwärme sammeln sich und ziehen südwärts, Scheunen und Vorratskammern sind gefüllt, die Holzfäller kommen mit ihren schwer beladenen Ochsenkarren zurück aus den Wäldern. Man rüstet sich für den Winter. Auf der Burg werden die Feuerstellen überprüft und Strohmatten vor die Fenster der Frauengemächer gehängt. Und eines Nachts fällt der erste Schnee.

Monate weilt Siegfried bereits am Hof zu Worms, aber Kriemhild, von deren Schönheit er immer nur hört, hat er noch nie gesehen. Hagen hat es stets verstanden, ein Zusammentreffen des Drachentöters mit der Königstochter zu verhindern. Er ist misstrauisch, will herausfinden, was der Nibelunge im Schilde führt, und behält ihn scharf in seinem Auge.

An einem eisig kalten Wintertag begehren fremde Ritter Einlass in die Burg. Sie wirken erschöpft, es sieht aus, als hätten sie einen langen und anstrengenden Ritt hinter sich.

»Sendboten sind es«, meldet der Herold dem Waffenmeister. »Sie kommen von König Lüdegast von Dänemark und König Lüdeger von Sachsen. Sie verlangen vor den König geführt zu werden.«

»Das ist Krieg«, sagt Hagen. »Diese Namen bedeuten Unheil, wo immer sie genannt werden.« Er begibt sich in den Thronsaal zum König. »Boten sind angekommen, ein Däne und ein Sachse, Abgesandte der Könige von Dänemark und Sachsen. Ich fürchte, ihre Botschaft wird nicht freundlich sein, sondern feindlich.«

Zwischen Gunthers Brauen erscheint eine Falte. »Noch wissen wir nicht, was sie wollen, Hagen. Wir werden sie erst einmal anhören.« Er winkt einem Diener und lässt die Boten hereinführen. In gebührendem Abstand bleiben sie stehen, verneigen sich zuerst vor dem König und dann vor dem Waffenmeister, wie es die Höflichkeit gebietet.

»Sagt, was ihr zu sagen habt!«, fordert König Gunther sie auf.

»Wir kommen im Auftrag unserer Könige, der Herrscher von Dänemark und Sachsen. Sie lassen Euch sagen, dass Burgund ihren Groll erregt. Sie wollen nicht hinnehmen, dass Euer Land immer reicher und stärker wird und am Hof zu Worms Überfluss herrscht, während unsere Völker darben. Sie erklären Euch den Krieg. Zwölf Wochen nach unserer Rückkehr werden sie mit dreißigtausend Rittern und Gewappneten in Burgund einfallen, Eure Burgen brechen und Eure Städte einnehmen – es sei denn, Ihr seid zu Verhandlungen bereit. Wenn Ihr Euch unterwerft und bereit seid jährlich Tribut zu zahlen, soll Frieden herrschen zwischen unseren Ländern und Burgund. Euer Einverständnis würde das Leben vieler tapferer Männer retten. Das sollen wir Euch und Euren Brüdern von König Lüdeger und König Lüdegast vermelden.«

Gespannt hat Gunther zugehört und sein Gesicht ist bleich geworden. Er umklammert die Armlehnen des Throns und die Knöchel seiner Finger werden weiß. Mit unergründlicher Miene hat Hagen die Botschaft vernommen.

»Ihr werdet unsere Antwort hören«, sagt der König und lässt die Boten hinausführen. Dann befiehlt er einem Knappen, seine Brüder zu rufen.

»Was tun?«, fragt er Gernot und Giselher, nachdem er sie unterrichtet hat. Seine Stimme klingt heiser und sein Blick schweift fragend zu Hagen.

»Wir sind nicht gerüstet«, sagt Hagen düster. »Wir können in der Eile nicht mehr als ein paar tausend Gewappnete ins Feld schicken. Die Dänen und Sachsen sind in der Überzahl.«

»Sollen wir verhandeln?«

»Nie und nimmer«, schreit Gernot zornig. »Wir werden kämpfen oder untergehen!«

»Wer soll kämpfen?«, fragt Hagen und leiser Spott zuckt um seine Lippen. »Unsere Ritter sind fett und bequem geworden. Wir haben schon lange nicht mehr Krieg geführt. Sie sitzen auf ihren Burgen und wissen nicht mehr, wie ein Schwert zu führen ist. Die Sachsen sind wilde Kämpfer, die nach dem Westen und nach dem Süden drängen. Sie sind auch in Britannien eingefallen und haben die Ostküste überrannt. Uns bleibt nur eines« – er wendet sich Gunther zu – »wir müssen Siegfried dazu gewinnen, mit seinen Nibelungen mit uns in den Kampf zu ziehen. Er ist unverwundbar und unbesiegbar und wir – wir sind schwach.«

»Wir sind schwach?«, ruft Giselher entsetzt.

»Ja«, sagt der Tronjer und der Ton, in dem er es sagt, verbietet jede Widerrede. »Sie sind stärker als wir, auch dann, wenn ihre Truppen zusammen keine dreißigtausend Mann zählen, wie die Boten behaupten, sondern höchstens achttausend und ihre Heere noch getrennt sind. Wir sind ihnen auf jeden Fall unterlegen.«

Nun beherrscht auch Gernot seinen Groll und schweigt. Gunther blickt von einem zum anderen, dann strafft er die Schultern und sagt: »So mögen uns Gott und der Drachentöter mit seinen Nibelungen beistehen!«

Als Siegfried hört, was man von ihm erwartet, blitzen seine Augen vor Kampfeslust. »Gebt mir tausend Mann und ich ziehe mit meinen Nibelungenreitern gegen die Sachsen und gegen die Dänen. Wir werden sie überraschen und angreifen, bevor sie ihre Heere vereinigen können. Gebt mir den Truchsess Ortwin, den edlen Hagen und seinen tapferen Bruder Dankwart als Begleiter und der Sieg ist unser. Der Herold Sinold und Volker von Alzey sollen die Bannerträger sein.«

»Und ich?« Gunther fragt es leise und zögernd.

Da verneigt sich Siegfried und spricht: »Ihr, König Gunther, bleibt und regiert das Land. Burgund braucht Euch im Frieden und im Krieg.«

Als die Boten wieder vor dem Thron des Königs stehen, misst Gunther sie mit hochmütigem Blick: »Wir haben unsere Entscheidung getroffen: Wir lieben den Frieden, aber eure Könige wollen den Krieg. Sie sollen ihn haben!«

Es scheint, als wäre Worms nach langem Winterschlaf aufgewacht. Geschäftiges Treiben und fieberhafte Betriebsamkeit beherrschen Burg und Stadt. Reitende Boten werden in alle Richtungen des Reiches ausgesandt, um die Männer Burgunds zu versammeln. Wagen und Karren rattern bei Tag und bei Nacht im Schein der Fackeln durch die engen Straßen, um Vorräte und Waffen herbeizuschaffen. Burgunden und Nibelungen prüfen Harnische und Helme, Schwerter und Speere, prüfen Sättel und Zaumzeug und lassen die Pferde neu beschlagen. An einem strahlend hellen Morgen, an dem der Schnee in der Sonne glitzert, ziehen sie unter dem Schmettern der Fanfaren und dem Jubel des Volkes in den Krieg.

Zwei Frauen jubeln nicht. Die alte Königin Ute weiß, was Krieg bedeutet. Sie hat oft genug das Weinen der Mütter gehört, das Elend der Witwen und Waisen mit ansehen müssen. Sie hat brennende Häuser und Höfe gesehen, verwüstetes und verheertes Land. Aber die Königin schweigt, denn sie weiß, wenn das Volk Männern zujubelt, die in den Krieg ziehen, findet die Klage der Frauen kein Gehör.

Auch Kriemhild jubelt nicht. Mit klopfendem Herzen hat sie den Auszug der Truppen beobachtet. Nun bangt sie um Siegfried, den siegessicheren Helden, der auf schneeweißem Schlachtross das Heer anführt.

Das Heer der Burgunden zieht durch Wälder, über verschneite Äcker und Weiden, vorbei an Dörfern und Höfen, vorbei auch an Burgen und Festungen, den Wohnsitzen derer, die sich Herren nennen. Nach drei Tagen hat es die Grenze Burgunds erreicht, nach weiteren drei Tagen in Richtung Norden ist es tief ins Land der Hessen eingedrungen. Nun wird, wie es Brauch ist, der Tross nach Hause geschickt. Das Feindesland muss die Soldaten ernähren, und was Mann und Ross nicht verzehren, wird verbrannt und verwüstet. Dörfer und Fluren gehen in Flammen auf, Saaten werden zerstampft, die Burgen geschleift. Die Krieger brandschatzen, morden und plündern, wer von den Bewohnern überleben will, muss fliehen. Die Menschen halten sich in den Wäldern verborgen, warten, bis die Fackel des Krieges wieder verlöscht, die eine Spur aus Asche und Blut hinterlässt, ein geschändetes, gespenstisch leeres Land.

Siegfried und der junge Giselher sind vorausgeritten und erkunden den Weg. Mit Handschlag hatte Giselher versprechen müssen, nicht am Kampf teilzunehmen, dafür darf er Siegfried begleiten. Tagelang sind sie unterwegs. Der Nibelunge findet Weg und Steg, wo niemand sonst sie findet, er sieht es selbst den kahlen Bäumen und Sträuchern an, wo Wasser zu finden ist, weiß jede Spur zu deuten. Giselher vermeint, dass die Wälder dem Drachentöter ihre Geheimnisse zuflüstern. Als sie dem Feind auf der Spur sind, machen sie kehrt, um das Heer auf kürzestem Weg heranzuholen.

Eines Abends halten die Soldaten der Burgunden Rast. Das Licht ist fahl, feuchte Kälte kriecht den Männern in die Glieder. Sie versorgen die Pferde, stellen die Zelte auf, entzünden Feuer und bereiten das Nachtlager vor. Sie haben tagelange Gewaltmärsche hinter sich und sind todmüde.

Da prescht ein Späher heran, bringt mit Mühe sein in der Kälte dampfendes Pferd zum Stehen und teilt dem Heerführer Hagen keuchend mit, dass das dänische Heer wider Erwarten nur noch einen Tagesritt entfernt sein Lager aufgeschlagen hat.

Auch Siegfried hat es gehört. »Wir müssen weiter und die Dänen überraschen«, sagt er. »Wenn wir die Nacht durchreiten, erreichen wir sie noch vor Sonnenaufgang.«

Hagen schüttelt den Kopf. »Die Männer sind erschöpft. Wie sollen wir mit einem geschwächten Heer gegen die Übermacht bestehen?«

»Auch die Dänen sind müde. Ein Jahr lang führt Lüdegast schon Krieg. Seine Männer haben den Kampf satt und sind schlecht ausgerüstet. Wir müssen sie stellen, bevor sie sich mit den Sachsen vereinen. Sonst stehen wir achttausend Mann gegenüber.«

Der Heerführer beißt sich auf die Lippen. Er ist Widerspruch nicht gewohnt, nicht einmal von seinem König, dennoch – er, der erfahrene Krieger, weiß, dass Siegfried Recht hat. Er lässt das Lager abbrechen und gibt den Befehl zum Marsch.

Am Morgen trennen nur noch ein Hügel und ein Waldstreifen die feindlichen Heere. Die Dänen lagern in einer Ebene, von ihren Feuern steigt Rauch auf. Ein Reiter kommt den Hügel heraufgeritten. Es ist kein gewöhnlicher Reiter. Selbst im Grau der Morgendämmerung leuchtet sein Harnisch wie Gold, an seiner Lanze flattert ein rotweißer Wimpel mit einer Krone. Es ist der Dänenkönig Lüdegast.

Siegfried sieht ihn, sprengt los und nähert sich ihm auf eine Entfernung von hundert Schritten. Da erblickt ihn auch der Däne. Beide legen die Lanzen an, ihre Rosse greifen aus und schon zersplittern die Lanzen am jeweiligen Schild des Gegners. Nun greifen sie zu den Schwertern. Das Schwert des Königs saust mit fürchterlichem Hieb auf Siegfrieds Helm, Siegfried aber schwingt Balmung. Die Erde dröhnt vom Stampfen der Rösser, die Harnische klirren, die Schwerter sausen. Ein Hieb des Drachentöters bricht Lüdegasts Schwert entzwei, der zweite Hieb zerschmettert seinen Schild und der dritte wirft den Dänenkönig vom Pferd.

Der Lärm des Kampfes hat die Männer im dänischen Lager aufgeschreckt. Reiter schwingen sich aufs Ross und galoppieren heran. Siegfried reitet ihnen entgegen, schwingt mit beiden Händen Balmung, dass der Smaragd aufblitzt wie in einem Gewitter, und tödlich getroffen stürzt einer nach dem andern aus dem Sattel. Siegfried reitet zurück zu dem Dänenkönig, der in seinem Blut liegt.

»Halt ein«, flüstert Lüdegast mit schwacher Stimme. »Ich bin der König von Dänemark. Ich ergebe mich, du hast mich besiegt.« Da hilft Siegfried dem Besiegten wieder in den Sattel.

Im Heer der Dänen bricht ein Tumult los. Die Todesschreie der von Siegfried Getöteten gellen den Männern noch in den Ohren. In Scharen rücken sie nun heran. Da stützt Siegfried mit einer Hand den Dänenkönig, damit dieser aufrecht und für alle sichtbar im Sattel sitzen kann, mit der anderen reißt er sein Schwert Balmung mit dem blitzenden Smaragd hoch.

»Männer!«, ruft er den Heranrückenden zu und seine Stimme klingt scharf und laut: »Ich bin Siegfried von Xanten, der König der Nibelungen. Seht her, euer König Lüdegast ist besiegt und mein Gefangener. Es ist sinnlos, weiterzukämpfen. Geht nach Hause, der Krieg ist aus!«

Als die Dänen ihren König in der Gewalt Siegfrieds sehen, machen sie kehrt und galoppieren davon.

Siegfried reitet mit Lüdegast zurück zum Heer und übergibt seinen Gefangenen den Burgunden.

»Wir haben den Dänenkönig besiegt«, sagt er zu Hagen, »aber nicht seinen Bruder. Lüdeger, der Sachsenkönig, ist der Gefährlichere der beiden. Ein Teil des dänischen Heeres wird versuchen sich den Sachsen anzuschließen. Wir müssen sie schlagen, bevor die Dänen sie verstärken.«

Ohne Hagens Antwort abzuwarten wendet er sich den Soldaten zu, ruft: »Auf in den Kampf zum Ruhme Burgunds und zum Ruhme Xantens!«, und stürmt voran, dem Heer der Sachsen entgegen.

Sie reiten nach Osten. Hagen und Siegfried sind die Heerführer. Ihnen folgen die Nibelungenreiter und der Spielmann Volker mit wehender Fahne, dann die anderen Ritter. Ihnen schließt sich das Fußvolk an. Die Gefangennahme des Dänenkönigs hat die Männer in ihrem Kampfesmut bestärkt, hat sie die ausgestandenen Strapazen und ihre Müdigkeit vergessen lassen, jetzt brennen sie darauf, gegen die Sachsen zu kämpfen.

Siegfried erreicht als Erster einen Hügel und sieht von oben hinab in die Talsenke, wo sich die Truppen der Sachsen sammeln. Mit dem Schrei: »Mir nach!«, reißt er Balmung aus der Scheide und sprengt los, den Hügel hinunter. Die Nibelungen jagen ihm nach, auf die völlig überraschten Sachsen zu. Im schnellen Ritt greifen sie mit den Lanzen an, schlagen eine blutige Bresche in die feindlichen Reihen, um den Weg für das burgundische Heer frei zu machen, das unter Hagens Führung abwartet. Speere sausen durch die Luft, Schwerter blitzen und von den funkelnden Waffen spritzt das Blut. Verwundete stürzen zu Boden und werden von den Nachrückenden niedergetrampelt. Pferde scheuen vor den Leichnamen der Erschlagenen, bäumen sich auf und werfen ihre Reiter ab, die niedergemetzelt werden, bevor sie sich erheben können. Blut sammelt sich in Pfützen auf dem Boden, in der Luft kreisen die Geier, und die Kreise, die sie ziehen, werden immer niedriger. Wie ein tödlicher Pfeil hat sich Siegfrieds Stoßtrupp in das Heer der Sachsen gebohrt. Schläge fallen auf Helme und Schilde, Schwerter spalten Schädel, trennen Arme und Beine von den Leibern. Die Nibelungen kämpfen wie besessen, angefeuert von Siegfried. Der Drachentöter ist unbesiegbar und unverwundbar, kein Spießstoß, kein Schwertstreich oder Hieb kann ihn fällen. Mit übermenschlicher Kraft holt er nach rechts und nach links aus und mit jedem Hieb köpft er einen Sachsen. Wie ein Würgeengel rast er über das Schlachtfeld, von Blut überströmt, aber es ist nicht sein eigenes Blut, es ist das der Feinde.

Die sächsische Streitmacht beginnt zu wanken und ihre Reihen lichten sich, als die Bresche, die Siegfried mit seinen Nibelungen in das feindliche Heer geschlagen hat, sich zu schließen beginnt. Da stürmt das burgundische Heer von der Seite den Hügel hinunter und fällt den Sachsen in die Flanke. Hagen von Tronje führt es an. Hinter ihm galoppiert Volker von Alzey. Mit der linken Hand hält er die Fahnenstange, mit der rechten das Schwert. Dicht sausen die Hiebe auf ihn herab, zerhauen ihm Helm und Harnisch, doch seine Hiebe sind gewaltig und er schafft sich, immer noch mit der Fahne in der Hand, freie Bahn. Solange er die Fahne hält, weicht keiner der Burgunden zurück.

Der Tag neigt sich, aber das Gemetzel dauert an, schickt Funken und Blitze in den dunkelnden Wald. Schmerzensschreie gellen durch die Luft, Reiter lassen die Zügel los, werfen die Arme in die Luft und stürzen, Pferde bäumen sich auf, rasen in wilder Flucht davon, trampeln über die auf dem Boden Liegenden oder schleifen sie mit. Wieder prescht Siegfried vor, einem Dämon gleich, der Unheil und Tod bringt, doch da sprengt ihm auf einem gewaltigen Schlachtross ein Reiter in schimmerndem Harnisch entgegen. Der Reiter ist Lüdeger, der König der Sachsen.

»Siegfried von Xanten, König der Nibelungen, schonen wir das Leben unserer Männer!«, ruft er. »Zu viele haben schon den Tod gefunden. Ich fordere Euch zum Zweikampf. Der Ausgang soll über Sieg oder Niederlage der Schlacht entscheiden.«

Sie steigen vom Pferd und kämpfen mit den Schwertern. Die Waffen sausen auf Schilde und Harnische nieder, dass Funken stieben. Hieb folgt auf Hieb und Schlag auf Schlag. Da zielt Lüdeger mit gewaltiger Kraft nach Siegfrieds Haupt, um ihm den tödlichen Schlag zu versetzen, doch Siegfried fängt den Hieb mit seinem Schild auf und schlägt ihm zugleich mit dem niedersausenden Balmung das Schwert aus der Hand. Der Stoß ist so gewaltig, dass Lüdeger zusammensackt.

»Siegfried von Xanten, Ihr habt mich besiegt, gewährt mir Gnade«, fleht der Sachsenkönig auf den Knien.

»Schwöre bei allem, was dir heilig ist, niemals Rache zu üben und Burgund Gefolgschaft und Tribut zu leisten!«

»Ich schwöre.«

Mit weithin schallender Stimme ruft Siegfried den Sachsen wie vormals den Dänen zu: »Männer, euer König ist besiegt und mein Gefangener. Geht nach Hause zu euren Frauen und Müttern, der Krieg ist aus!«

Da geben sich die Sachsen geschlagen und ihre Fahnenträger senken die Flaggen.

Kriemhild

Das Volk der Burgunden jubelt, als das siegreiche Heer in Worms einzieht. An der Spitze reitet jetzt Volker, in der Hand die wehende Fahne mit dem Wappen Burgunds, der blutroten fünfblättrigen Rose, danach kommt Hagen mit König Gunther und seinen Brüdern und ihren Getreuen. Ein Freudengeschrei begrüßt den strahlenden Siegfried, der mit seinen Nibelungenreitern folgt. Dahinter marschieren, erschöpft, aber voll Stolz auf den errungenen Sieg, die Krieger. In ihrer Mitte führen sie die besiegten Könige Lüdegast und Lüdeger und die gefangenen Dänen und Sachsen. Ihnen folgen die Wagen mit den auf Stroh gebetteten Verletzten und Verstümmelten, zuletzt die Karren mit den Toten. Die Menschen treten zurück, bilden eine stumme Gasse bis auf die Frauen und Mütter, die sich aufschreiend auf einen Wagen oder Karren stürzen, wenn sie darauf ihren verwundeten oder toten Mann, ihren Bruder oder Sohn erkennen. Männer, die zu alt oder zu schwach waren um in den Krieg zu ziehen, stehen da mit grauen Gesichtern und versteinertem Blick. Siegfried, der ruhmreiche Held, hat den Sieg errungen, aber die Verwundeten und die Toten haben ihn bezahlt.

Die Toten werden begraben und die Verwundeten gepflegt. Auch die Wunden des schwer verletzten dänischen Königs werden versorgt. Die königlichen Brüder Lüdegast und Lüdeger leben jetzt als Geiseln am Hof zu Worms.

Nach sechs Wochen kündigt König Gunther ein Fest zur Feier des Sieges an. Schon Tage zuvor waren Tribünen errichtet und Fahnenmasten aufgestellt worden. Gaukler und Feuerfresser, Bärentreiber und Puppenspieler, Zauberer und Wahrsagerinnen schlagen am Ufer des Rheins ihre Lager auf, buntes Volk aus dem ganzen Land strömt zusammen. Eine fieberhafte Erwartung liegt über der Stadt, denn der König hatte verkünden lassen, dass Goldstücke an die Armen verteilt werden sollen, damit jeder sich über den Sieg mitfreuen kann. Tag für Tag rollen Karren in den Burghof, beladen mit dem Fleisch von Ochsen, Schafen und Ziegen, mit Schweinehälften und Milchkälbern. Jäger bringen Wild und Käfige mit Wachteln und Wildtauben, Fischer ihren frischesten Fang in Küche und Vorratskammern, Bauern schleppen

Körbe mit schnatterndem und gackerndem Geflügel herbei, Fässer werden herangekarrt, voll mit erlesenen Rheinweinen, mit südlichem dunklem Rotwein, mit Bier und mit Met. In der Küche zerhacken, zerteilen und zerlegen die Küchenjungen unter der Oberhoheit des Küchenmeisters Runold das Fleisch, Knechte holen Holz und machen Feuer an den Kochstellen, über denen riesige kupferne Kessel hängen, Mägde bringen Wasser vom Brunnen, rupfen Hühner und Gänse, kochen, sieden und garen Suppen und Soßen, Fisch und Fleisch und backen süße Kuchen.

Am Tag des Festes ist der Thronsaal mit kostbaren Wandteppichen und Stickereien geschmückt und die Tafel gedeckt. Im Licht der Leuchter und Fackeln glänzt das Gold der Teller, funkeln die Becher aus Silber, leuchtet das schwere Kristall. König Gunther empfängt die Vornehmsten der Vornehmen als seine Gäste. Aufwändig gekleidet, die Damen mit edlen Steinen geschmückt, drängen sich die Geladenen im Saal und werden von Pagen zu ihren Plätzen geleitet.

König Gunther trägt einen purpurroten Mantel, seinen schmalen Kopf schmückt die sechszackige Krone von Worms. Er sitzt auf seinem Thron in der Mitte der quer gestellten Tafel, umgeben von seinen Brüdern. Zur Rechten Gernots sitzt Hagen von Tronje, zur Linken Giselhers der Held Siegfried. Als der König sich erhebt, verstummt das Stimmengewirr.

»Edle von Burgund, ich habe Euch, meine Freunde, hierher gebeten, weil es gilt, einem Manne Dank zu sagen, dessen Heldenmut uns davor bewahrt hat, Knechte zu werden«, beginnt er und verneigt sich leicht vor Siegfried. »Wie Ihr wisst, haben die Könige Lüdegast von Dänemark und Lüdeger von Sachsen uns, die wir den Frieden lieben, den Krieg erklärt. Hätte Siegfried, der Sohn des Königs von Xanten und Herr der Nibelungen, nicht mit Hilfe Gottes des Allmächtigen unsere Feinde besiegt, so wäre Worms jetzt in der Hand der Dänen und der Sachsen. Siegfried, den ich voll Stolz unseren Freund und Verbündeten nenne, hat überdies gezeigt, dass er nicht nur zu kämpfen und zu siegen weiß, sondern auch zu verzeihen und zu vergeben, wie es uns Christus, der Sohn Gottes, gelehrt hat. Es ist viel Blut geflossen, viel Leid über uns hereingebrochen und kein Gold der Welt kann den Toten das Leben zurückgeben. Wir aber können den Gefangenen die Freiheit zurückgeben. Auf den Rat Siegfrieds von Xanten hin erkläre ich König Lüdegast und König Lüdeger für frei – ohne jede Bedingung. Morgen wird ein Schiff sie und die Gefangenen in ihre Heimat zurückbringen.«

Nach Gunthers Rede ertönen Hochrufe, werden Becher gehoben und die Anwesenden können sich nicht genugtun, die Kühnheit des Drachentöters und die Großmut des Königs zu preisen.

Nur einer bleibt stumm. Hagen fühlt, wie Groll in ihm aufsteigt und von seinem Inneren Besitz nimmt. Er glaubt nicht an den Gott der Christen, dessen Sohn sich ohne Gegenwehr töten ließ. Hagen glaubt an die Macht des Schicksals, das die Nornen am Fuß des Weltenbaums, der Esche Yggdrasil, spinnen. Ihn hat das Schicksal auserwählt, für die Größe und den Ruhm Burgunds zu kämpfen, davon ist der Tronjer überzeugt und er wird danach handeln bis zum letzten Atemzug. Gunthers Großzügigkeit und Milde hält er für Schwäche. Fragen quälen ihn. Warum hat der König den Rat Siegfrieds befolgt und die Gefangenen ohne Lösegeld ziehen lassen? Warum hat Gunther nicht ihn, seinen alten Waffenmeister, befragt? Wir sind nicht in der Hand der Dänen und Sachsen, denkt Hagen, wir sind in der Hand Siegfrieds. Und der Drachentöter wird sich nehmen, was er will.

Siegfried ahnt nichts von diesen Gedanken. Er erhebt sich, verneigt sich vor dem König, blickt lächelnd in die Runde – und starrt plötzlich auf das Tor des Saals, dessen Flügel eben von zwei Pagen geöffnet werden. Auf der Schwelle steht ein Mädchen, Kriemhild, die Königstochter, strahlend in jugendlicher Schönheit. Sie trägt ein langes schlichtes Kleid aus fließender weißer Seide, das blonde Haar ist mit goldenen Bändern durchflochten, ein silberner Reif ziert ihre Stirn. Ihre Mutter, Königin Ute, begleitet sie. Wie der lichte Mond die Sterne übertrifft, so übertrifft Kriemhild in ihrem Liebreiz die Edeldamen ihres Gefolges und alle anderen Frauen im Saal. In ihren schmalen Händen trägt sie eine Schale mit Wein, die sie nach altem Brauch dem Ehrengast zu reichen hat. Siegfried steht auf und geht wie verzaubert ihr entgegen, die langsam, Schritt für Schritt näher kommt. Wie zwei Träumende gehen sie aufeinander zu. Als er die Schale aus ihren Händen nimmt, um daraus zu trinken, zittert er und der dunkle Wein färbt den Boden rot. Kriemhild neigt verwirrt den Kopf, dann dreht sie sich um und geht aus dem Saal.

Königin Ute hat neben Hagen Platz genommen und das Fest geht weiter. Nun werden die Speisen aufgetragen. Die Pagen schleppen immer neue Schüsseln und Platten mit gebratenem und gesottenem Fleisch von Ochsen, Schweinen und Kälbern, mit Pfauen- und Schwanenbraten, mit Bärenschinken und mit in Salz und Pfeffersoßen gebeiztem Wild heran, danach reichen sie Teller mit Honigkuchen und süßem Backwerk. Der Mundschenk wird nicht müde, roten und weißen Wein in die Krüge und Becher nachzugießen und der fröhliche Lärm an der Tafel wird immer lauter. Da greift Volker von Alzey zur Fidel und Gelächter und Gespräche verstummen.

Der Spielmann singt von dem Königssohn aus den Niederlanden, der mit geschwungenem Schwert gegen einen Drachen stürmte, welcher flüssiges Feuer aus dem Rachen spie, sodass die Wälder in Brand gerieten und der Held von Flammen umhüllt war. Er preist den Drachentöter, der dem Ungeheuer den Balmung zuerst in den rotglühenden Rachen und dann in den Leib stieß und der im schwarzen Blut des Drachen badete und nachher sein Herz aß. Volkers Stimme jubelt, doch dann schlägt er dunkle Akkorde an und singt vom Tod König Nibelungs und dessen Söhnen und singt von dem leuchtenden Gold, das die Alben aus dem Dunkel des Berges ans Licht der Sonne trugen.

Siegfried hört es und hört es nicht. Als die Edlen und Ritter nach dem Gesang Volkers ihm mit Hochrufen zutrinken, beachtet er es nicht. Sie glauben, er wäre in Erinnerungen versunken. Aber Siegfried denkt nicht an den Kampf mit dem Drachen, er denkt auch nicht an das Gold des Nibelungenhorts und den Kampf mit König Alberich. Es ist Kriemhilds Bild, das ihn gefangen hält. Der Anblick der schönen Königstochter hat ihn aufgewühlt, ihn im Innersten berührt. Immer noch sieht er ihre strahlenden Augen, über die sie die Lider senkte, als sein Blick den ihren traf. Vergessen ist die dunkle Schönheit Brunhilds, vergessen ist auch sein Versprechen, zu ihr zurückzukehren. Das Herz des Feuerreiters steht in Flammen. Er liebt Kriemhild vom ersten Augenblick an, wie er noch nie geliebt hat. Er merkt nicht, dass König Gunther ihn ansieht. Er schaut erst auf, als der König sich erhebt und es still wird im Thronsaal.

»Edle von Burgund«, spricht Gunther, dem sich nun die Aufmerksamkeit aller zuwendet, »wir haben unserem Freund und Retter Siegfried von Xanten unseren Dank gesagt. Aber Worte allein vermögen nicht zu vergelten, was er uns erstritten hat – den Frieden und die Freiheit. Daher frage ich Euch, Siegfried, vor aller Augen, wie wir, König Gunther von Burgund, Euch Eure Tat lohnen können. Wollt Ihr die Hälfte unseres Reiches, so soll sie Euch gehören!«

Hagen zuckt zusammen. Was ist in den König gefahren?, denkt er. Warum will er die Hälfte seines Königreiches verschenken? Das wird der Tronjer nie und nimmer hinnehmen. Doch während er noch darüber nachdenkt, wie er es verhindern könnte, steht Siegfried auf, verneigt sich vor Gunther und sagt: »Ich danke Euch, König Gunther, aber ich bin König Siegmunds Sohn und

Erbe seines Königreichs der Niederlande, ich brauche die Hälfte Eures Reiches nicht. Wenn Ihr mir etwas geben wollt, so gebt mir etwas, das mein Herz begehrt. Gebt mir die Hand Eurer Schwester Kriemhild!«

Hagen erschrickt. Gernot, der neben Gunther sitzt, schaut verwundert Siegfried an, dann seinen Bruder. Giselhers Gesicht ist rot geworden, nur Königin Ute lächelt, als hätte sie etwas geahnt. Im Saal ist es still, die Augen der Edlen, der Vasallen, der Ritter und ihrer Damen sind auf den König gerichtet. Was wird er antworten?

Ein kurzes Zögern, ein leises Zucken der Nasenflügel, das außer Hagen keiner bemerkt, dann gibt König Gunther seine Antwort: »Das Glück meiner einzigen Schwester, edler Siegfried, ist auch mein Glück. Daher soll sie frei entscheiden, wem sie ihre Hand reicht. Wenn ihr Herz für Euch schlägt, dann soll das heilige Sakrament der Ehe Eure Liebe segnen und unsere Königreiche im Bündnis vereinen. Aber«, fährt der König fort und sein Blick schweift kurz zu Hagen, »ich bin König von Burgund und die Gesetze unseres Hauses gebieten, dass kein Mitglied der königlichen Familie sich vermählen darf, ehe nicht der König selbst verheiratet und die Thronfolge gesichert ist.« – Er macht eine Pause und nun spielt ein Lächeln um seine Lippen, »ich fühle schon lange, dass ein König ohne Königin kein König ist. Brunhild, die Herrscherin von Island, von der Volker gesungen hat, soll meine Königin sein. Seid mein Brautführer, Siegfried, und begleitet mich auf der Fahrt zu ihr. Wenn ich sie gewinne, dann wollen wir beide Hochzeit halten, Ihr, Siegfried, mit meiner Schwester Kriemhild und ich mit Königin Brunhild.«

Siegfried ist wie vom Schlag gerührt, als er den Namen hört. Erinnerungen tauchen auf, die verdrängt waren und im Dunkel des Vergessens schlummerten. Nun sind sie plötzlich lebendig, Bilder tanzen vor seinen Augen und er sieht sie wieder, die Flammenfrau, die er erweckt hat, die stolze und starke Kriegerin, der er die Brünne durchschnitten und den Helm gelöst hat. Er sieht das schöne blasse Gesicht der Walküre und das schwarze Haar, das ihr wie eine Flut auf die Schultern fiel. Sein Wandern durch die Welt, die Zeit in Worms, die Begegnung mit so vielen Menschen, neue Eindrücke und der Krieg gegen die Dänen und Sachsen haben ihr Bild langsam verblassen lassen. Wie Nebel, den die Sonne aufsaugt, war es verschwunden. Und jetzt brennt sein Herz, aber nicht für die Königin Islands. Die anmutige Schönheit der burgundischen Königstochter hat es in Brand gesteckt.

Am nächsten Tag versucht Siegfried den König von dieser Brautfahrt abzuhalten. Er warnt ihn: »Lasst ab von diesem Abenteuer, es ist eine Fahrt in den Tod. Ich weiß, dass es noch keinem Bewerber um Brunhilds Hand gelungen ist, die Proben zu bestehen, die sie ihm auferlegt hat. Glaubt mir, König Gunther, es waren tapfere Helden darunter.«

»Umso größer wird mein Ruhm sein, wenn ich sie erringe«, sagt Gunther und in seinem Ton ist eine Schärfe, die jede Widerrede verbietet.

Volker von Alzeys Lied hat im Herzen des einsamen Königs die Glut der Sehnsucht erweckt und gleichzeitig seinen Ehrgeiz aufgestachelt, die Unerreichbare zu erobern. Hagen facht die Glut an und schürt sie zur Flamme. Der Tronjer ist überzeugt, dass Islands stolze und starke Königin für den König und das Reich Burgund gerade gut genug ist. »Habt Ihr vergessen, dass Euch nur dann die Hand Kriemhilds zuteil wird, wenn König Gunther sich vermählt und Burgund eine Königin hat?«, fragt er den Drachentöter. »Ihr habt das Nordmeer befahren und kennt den Weg. Scheut Ihr Euch etwa, den König zu begleiten?«

»Ich scheue mich nicht, ich habe nur gewarnt. Wenn der König es wünscht, stehe ich ihm zur Seite. Doch wird es klüger sein, wenn ich als des Königs Freund und Helfer im Hintergrund bleibe. Ich werde mich als Gunthers Vasall und Dienstmann ausgeben.«

»Das leuchtet mir ein«, wirft Gernot ein. »Wenn einer wie Siegfried Gunthers Dienstmann ist, wie mächtig muss dann mein Bruder der stolzen Königin erscheinen.«

»Ich tue es aus Liebe zu Kriemhild«, sagt Siegfried.

In den nächsten Tagen wird ein seetüchtiges Schiff gerüstet mit mächtigem schneeweißem Segel, auf dem die blutrote Wappenrose Burgunds prangt. Ein kunstvoll geschnitzter Drachenkopf ziert den Bug.

In der Burg trifft man Reisevorbereitungen, verpackt Geschenke und Proviant in Kisten und Truhen. Dreißig Frauen nähen unter der kundigen Anleitung Utes und Kriemhilds dreißig Tage lang die Kleider für die Reisenden. Es sind Mäntel aus feinstem Tuch und Leder, verbrämt mit Zobel und Hermelin, besetzt mit Samt und Spitzen und geschmückt mit edlen Steinen. Der König und seine Begleiter wollen der Königin Brunhild die Macht und den Reichtum Burgunds vor Augen führen. Siegfried verzichtet auf ein Festgewand, nur seine Tarnkappe nimmt er mit. Als alles verstaut ist, die Rosse, Waffen und Rüstungen verladen sind, stechen sie in See, König Gunther und Siegfried, Hagen von Tronje und sein Bruder Dankwart.

Brunhild

Kälter mit jedem Tag wird der Wind, der das Segel bläht, grauer mit jedem Tag die Flut, die der Kiel des Drachenschiffes durchschneidet. Der Wind wird zum Sturm, wirft sich in die Segel und jagt das Schiff durch die Wellenberge, dass es in der Gischt verschwindet. Aber Siegfrieds Faust hält das Steuer umklammert und handhabt es mit eisernem Griff. Für Kriemhild hat er die Fahrt gewagt, für Kriemhild trotzt er den Gefahren und für sie wird er König Gunther, der zu schwach ist Brunhild zu besiegen, im Wettkampf beistehen. Er steuert das Schiff an Untiefen, Felswänden und Klippen vorbei, bis der Strom sich ins flache Land ergießt und schließlich so breit wird, dass seine Ufer nicht mehr zu erkennen sind und er ins Meer mündet. Nun sind sie eingedrungen in das düstere Reich der unberechenbaren Meeresgöttin Ran, die sich aus den Fluten die Seelen der Ertrunkenen holt und hinabzieht auf den kühlen Grund. Hagen hat einen goldenen Becher in die See geworfen, um sie gnädig zu stimmen. Doch als sich das Meer glättet, dass es daliegt wie ein glänzender Spiegel, erwacht der Meeresriese Ägir aus seinem Schlaf. Er schüttelt sich und streckt seine Glieder und die Wogen türmen sich aufbrüllend bis zum Horizont. Zwölf Tage und zwölf Nächte währt die Fahrt und das Schiff hält Kurs fünf Handbreit westlich vom Mitternachtsstern.

Eines Tages, als die Dämmerung sich auf die graue Wasserfläche senkt, sehen sie es plötzlich – ein Feuer, dort, wo die Sonne untergegangen war, ein Leuchten, das sie für den Schimmer des versunkenen Tageslichts halten, doch je dunkler die Nacht wird, desto heller strahlt es und lodert hinauf bis zu den Sternen. Es ist das Feuer des Nordens, das fantastische Farbenspiel des Nordlichts, ein zuckendes und verschwimmendes Blau, das in Streifen von Grün wechselt und in einen Schleier von Orange, Rot bis Violett übergeht in immer neuen überraschenden Formationen und bizarren Gestalten.

»Das ist die Magie der alten Götter«, murmelt Hagen.

»Die alten Götter gibt es nicht mehr. Die Welt ist leer von ihnen«, sagt Gunther mit fester Stimme.

»Es gibt sie! Es heißt, sie haben sich in die Einsamkeit des Nordens zurückgezogen, als der Gott der Christen sie verdrängte. Aber nichts, was einmal war auf der Welt, geht verloren. Sie werden wiederkommen in anderer Gestalt, denn nichts kommt so wieder, wie es einmal war. Und sie werden sich rächen.«

»Teufelsspuk ist es«, gibt Gunther zur Antwort und greift erschrocken nach dem silbernen Kreuz, das an einem Lederband an seiner Brust baumelt. »Thor und Odin sitzen in der Hölle. Christus hat sie besiegt und verbannt.«

»Wohin sie auch verbannt sind, es gibt sie und ihr Zauber wirkt immer noch. Mögen sie uns gnädig sein!«, sagt Hagen.

Das Nordlicht verschwindet so plötzlich, wie es gekommen war, die Stürme legen sich, die See aber hebt und senkt sich noch lange und keucht wie ein Ungeheuer nach heftigem Kampf, ehe sie sich beruhigt und ein sanfter Wind die Segel bläht. Dann, am Morgen des zwölften Tages, sehen sie hinter Nebelschleiern hoch aufragend auf schwarzem Fels eine schwarze Burg. Es ist Isenstein, der Sitz der Flammenfrau, der Königin Brunhild.

Die Königin steht auf einem der Türme ihrer Festung und sieht auf die See, wie an so vielen Tagen vorher. Beim ersten Licht des Morgens wird sie von einer inneren Unruhe erfasst und hinausgetrieben aus den schützenden Mauern der Burg. Dann lässt sie ihre Blicke wie suchend schweifen bis dorthin, wo Himmel und Meer ineinander fließen.

»Hast du ihn gesehen?«, pflegt die blinde Magd Fricka ihre Herrin zu fragen, wenn Brunhild zurückkehrt. Aber jedes Mal hat die Königin darauf nur den Kopf geschüttelt.

In langen Winternächten, wenn das Licht sich kaum für den kurzen Tag zeigt und Schneestürme um Burg und Burgberg brüllen, singt Fricka beim Licht des Herdfeuers von Göttern, Riesen und Alben. Ihre erloschenen Augen sind in die Ferne gerichtet, als sähe sie dort die Gestalten ihrer Lieder. Sie singt von Odin, dem allmächtigen Göttervater, und den Walküren, den Schlachtjungfrauen, die in seinem Auftrag die gefallenen Helden nach Walhall geleiten. Wenn der nächtliche Sturm über die Mauern braust, dann hebt sie die Hand, wendet ihre blinden Augen Brunhild zu und spricht: »Hörst du ihn? Odin reitet auf Sleipnir, seinem achtfüßigen Hengst, mit dem Heer der Toten über die Wolken! Einmal wirst du ihn sehen, dann, wenn er kommt, um dich zu holen und in das Reich der Unsterblichen zu geleiten.«

Brunhild wird zornig, wenn sie die Alte so raunen hört. Der, den sie im Sinn hat, wenn sie auf das Meer zu ihren Füßen und den Himmel über ihrem

Haupt blickt, ist kein Begleiter der Toten. Der, den sie ersehnt, ist jung und blond und strahlend. Einmal war er gekommen, hatte die Flammenwand, von der sie umgeben war, durchdrungen und sie wachgeküsst aus hundertjährigem Schlaf. Sie hatte ihn nicht festhalten können, ihren Feuerreiter, und so war er eben fortgeritten. Wohin? Das wussten die Winde. Er hatte versprochen wiederzukommen und darauf wartet sie.

Eines Tages, als sie wieder auf dem sturmumtosten Turm ihrer Feste steht, sieht Brunhild ein Schiff mit einem Drachenkopf vor Anker liegen. Ritter, bewaffnet und in glänzender Rüstung, verlassen mit ihren Pferden das Schiff. Einer von ihnen trägt keinen Helm und in dem Grau der Dämmerung geht ein Leuchten von ihm aus, als durchbräche die Morgensonne Nebelschwaden. Mit einem Aufschrei läuft sie zurück in die Burg und zu ihrer Vertrauten.

»Er ist's! Er ist gekommen!«, ruft sie der blinden Magd zu, die in ihrer Kammer auf dem Boden hockt. Fricka sieht Brunhild mit ihren ausdruckslosen Augen an, dann nimmt sie neun Stäbe aus Buchenholz, raunt einen Zauberspruch und wirft sie in die Höhe. Die Stäbe fallen herunter, Fricka befühlt mit ihren Fingern die ins Holz geritzten Runen und murmelt: »Ein anderer als der, den ich erwartet habe, ist gekommen. Ich sehe Unheil. Mögen die Götter dich beschützen!«

Brunhild achtet nicht darauf, läuft hinaus und steigt auf den Turm. Sie sieht, wie sich die Ritter in die Sättel der prachtvoll gezäumten Rosse schwingen und wie der Strahlendste von allen wie ein Knecht einem anderen beim Aufsitzen den silbernen Steigbügel hält und dessen Rappen am Zügel führt.

Die Burgunden ziehen schwer gewappnet ein in Brunhilds Burg, sitzen ab und binden die Pferde fest. Nur Siegfried ist unbewaffnet.

Es bleibt Hagen nicht verborgen, mit welch zögerndem Schritt Siegfried vorangeht und dann an der Schwelle innehält, um dem König und danach ihm und Dankwart den Vortritt zu lassen. Sein scharfes Auge sieht, wie die leichte Röte im Gesicht des Drachentöters einer Blässe weicht, als er den Saal betritt und Brunhild erblickt.

Die Königin von Island steht da, aufrecht und schön. Ihr schwarzes Kleid glänzt, um die Hüften hat sie einen Ledergürtel geschlungen, in den ein schimmernder Stein eingefasst ist, ein Mondstein. Ihr Blick gleitet an Gunther vorbei, auch an Hagen und Dankwart. Sie scheint sie nicht zu sehen. Ihre dunklen Augen sind auf Siegfried gerichtet und ihr Herz setzt einen Schlag aus. Sie geht ihm, der als Letzter den Saal betritt, entgegen, bleibt dicht vor ihm stehen und flüstert: »Ich wusste, dass du eines Tages kommen wirst. Willkommen mein Held, mein Feuerreiter.«

Siegfried tritt einen Schritt zurück und sieht sie an, als wäre sie ihm fremd. Er schüttelt leicht den Kopf. »Nicht mir gebührt die Ehre deines ersten Grußes. Gunther, dem König von Burgund, kommt sie zu«, wehrt er ab. »Er ist es, der dich zur Frau begehrt und um dich wirbt. Er will dich zur Königin von Burgund machen.« Mit der Hand deutet er auf Gunther, dem das Blut in die Schläfen gestiegen ist, verneigt sich tief und sagt: »Ich bin nur König Gunthers Vasall. Ich bin sein Dienstmann.«

Als Brunhild den König ins Auge fasst, der den Kopf gesenkt hat, wird sie bleich und rot. Wut und Scham erfüllen sie und Zorn steigt in ihr auf. Zorn auf Siegfried, weil er nicht ihretwegen gekommen ist, und Zorn auf Gunther, weil er es ist, der um sie wirbt.

Der König tritt vor. »Ich bin Gunther von Burgund«, sagt er mit fester Stimme. »Euch zuliebe, Königin, habe ich die Fahrt hierher gewagt und Euch will ich die Krone Burgunds zu Füßen legen, ich bitte Euch um Eure Hand.«

Mit kaltem Blick misst sie Gunther. »Ihr seid sehr kühn, König Gunther«, sagt sie hochfahrend. »Drei Aufgaben will ich Euch nennen. Seid Ihr im Stande, sie zu lösen, so folge ich Euch als Eure Gemahlin und mein Reich Island ist Euch untertan. Das gelobe ich. Unterliegt Ihr aber, und wenn es nur eine einzige Probe ist, die Ihr nicht besteht, so ist Euer Leben, das Leben Eures Dienstmannes und das Eurer Gefährten verwirkt. Entscheidet Euch, ob Ihr diesen Kampf wagen wollt!«

»Nennt die Aufgaben!«

»Zuerst zeigt Eure Kraft im Speerwurf und seht zu, dass Ihr mich niederwerft. Zum Zweiten gilt es, einen Felsblock zu schleudern. Seht zu, dass Ihr nicht eine Spanne kürzer werft als ich. Und zum Dritten sollt Ihr mich im Weitsprung übertreffen.«

Der König der Burgunden verneigt sich. »Königin, seit ich Euch gesehen habe, erscheint mir ein Leben ohne Euch nicht lebenswert. Unterliege ich Euch im Kampf, wird mir der Tod willkommen sein.«

Brunhild nickt und geht. »Morgen wird der König sterben«, sagt sie zu Fricka.

Es ist Abend, als die Königin die Gäste zum Mahl lädt. Noch ist es nicht dunkel. Ein glühend roter Schein zieht sich am Himmelsrand dahin und taucht Land und Meer in rötliches Zwielicht, nur die Burg ragt schwarz und drohend empor.

Die Burgunden haben ihre pelzverbrämten Prachtgewänder angelegt und sich geschmückt. Sie wollen der Königin, deren Hand und Herz sie gewinnen wollen, würdig gegenübertreten. Nur Siegfried trägt ein einfaches Lederwams. Der Drachentöter braucht weder Zobel noch Zier, um zu beeindrucken.

Sie betreten eine große niedrige Halle und Düsternis umfängt sie. Die Halle, in deren Mitte eine Rundtafel steht, wird von vier Fackeln an den Wänden erhellt. In ihrem fahlen Schein sehen die Gäste so bleich aus wie Tote. Nur die Königin, die sie empfängt, strahlt in ihrer Schönheit, als wäre sie eine Göttin des Lichts.

Als Brunhild und die Burgunden Platz genommen haben, bringen Dienerinnen Brot und Fisch und Schalen mit scharfen Gewürzen. Die Getränke, die in Tonkrügen gereicht werden, schmecken anders als Rheinwein, Bier und Met. Sie rinnen scharf durch die Kehle und nehmen den Atem. Aber sie wärmen den Leib und steigen heiß in den Kopf. Gunther trinkt sich Mut an, lächelt zaghaft und versucht sich die Königin geneigt zu machen. Mit wohlgesetzten Worten schmeichelt er ihrer Schönheit und wiederholt seine Beteuerungen, dass er den Tod von ihrer Hand nicht fürchte, wenn er diese Hand nicht gewinnen könne.

Brunhild antwortet einsilbig, mit beherrschter Höflichkeit, und ihre Augen sind kalt wie Eis. Nur wenn ihr Blick zu Siegfried schweift, blitzt ein Funke auf. Der Drachentöter aber senkt den Kopf und schweigt.

Das Mahl verläuft eintönig, und als die Königin die Tafel aufhebt, sind die Gäste erleichtert. Doch auf dem Weg zu ihren Schlafstätten befällt Gunther das Grauen vor dem morgigen Tag, und Hagen quält sich mit Zweifeln, ob es richtig gewesen war, die Glut im Herzen des Königs zu schüren.

Am nächsten Tag wecken Fanfarenstöße zum Wettkampf. Bleich und langsam schreitet König Gunther zum Turnierplatz, wo der Kampf stattfinden soll, ein Kampf auf Leben und Tod. Hagen und Dankwart, beide mit düsterer Miene, geleiten ihn. Siegfried ist nicht dabei. Er hatte sich davongeschlichen und war zum Strand gegangen, um sich vom Schiff die Tarnkappe zu holen.

Als Gunther leicht schwankend den Platz betritt, hört er eine Stimme flüstern: »Nur Mut! Ich werde Eure Hand führen und Euch helfen, Ihr aber müsst mir genau zuhören und die entsprechenden Gebärden machen. Macht alles so, wie ich es Euch sage, und wir werden diese Frau besiegen. Vertraut mir!«

Inzwischen hatten sich auf dem Turnierplatz mehr als hundert Frauen versammelt. Zwei von ihnen schreiten die Entfernung ab, die zwischen dem König und der Königin liegen soll, und markieren die Standplätze, die anderen bilden Spalier. Dann erscheint Brunhild mit den Vornehmsten ihrer Frauen. Über ihr schwarz glänzendes Kleid hat sie einen goldenen Harnisch geschnallt, sie trägt keinen Helm, ihr schwarzes Haar flutet bis zur Hüfte, die schönen weißen Arme sind nackt. Sie geht auf Gunther zu, sieht ihn mit blitzenden Augen an und spricht: »Wohlan, König, lasst uns beginnen!«

Fünf Frauen ziehen einen riesigen Kriegswagen auf den Kampfplatz und fünf Frauen schieben ihn an. Darauf liegt ein Speer, länger als der längste Eschenbaum und mit einer Spitze, die so scharf ist, dass die Luft um sie herum zischt. Daneben liegt ein Stein, ein gewaltiger Felsblock. Frauen steigen auf den Wagen und wälzen den Stein herum, bis er über die Ladefläche kippt und auf eine Bahre fällt, die wiederum von Frauen zu Brunhild geschleppt wird. Dann holen sie den Speer und legen ihn daneben.

»Wen hat sich da unser König als Braut in den Kopf gesetzt?«, murmelt Hagen und Dankwart, dem Schweißperlen auf der Stirn stehen, flüstert: »Welcher Teufel hat uns in dieses verfluchte Land gelockt? Dieses Weib ist ein Dämon. Sie und ihre Frauen werden uns schlachten wie einen Ziegenbock.«

Gunther nimmt Aufstellung und starrt auf die Königin.

»Es gilt!«, ruft sie, bückt sich und hebt mit Leichtigkeit den Speer auf, holt weit aus und lässt ihn hinübersausen auf den Schild, den der König entgegenhält. In Wirklichkeit aber ist es Siegfried, der unsichtbar Gunthers Arm stützt und den Schild hält. Feuerfunken sprühen, als die Speerspitze den Schild durchbohrt und bis auf den Harnisch stößt.

Der König strauchelt. Er strauchelt und schwankt, aber er fällt nicht, die unsichtbare Kraft Siegfrieds hält ihn fest. Er spürt, wie seine Hand geführt wird um den Speer herauszuziehen und wie sein Arm dann nach hinten geführt wird. Gleichzeitig fühlt er sich gepackt und getragen, und Hagen und Dankwart sehen mit Staunen, wie Gunther einen Anlauf nimmt, einen gewaltigen Sprung macht und der riesige Speer über den Platz fliegt und gegen den Schild der Königin prallt. Der Anprall ist so heftig, dass sie taumelt und zu Boden stürzt. Brunhilds Frauen schreien auf. Noch nie hat einer der Brautwerber die Königin zu Fall gebracht. Aber es gibt keinen Zweifel, der Burgundenkönig hat die erste Probe bestanden.

Brunhild ist rasch wieder auf den Beinen. Zornrot im Gesicht greift sie nach dem Stein, hebt ihn hoch, als wäre er ein Spielzeug, stemmt ihn noch höher und schleudert ihn mit Riesenkraft weit von sich. Ihr Wurf misst zwölf Klafter. Die Frauen stoßen Jubelschreie aus und klatschen ihrer Königin Beifall. Brunhild atmet tief durch, dann setzt sie zum Sprung an. In weitem Bogen fliegt sie durch die Luft, fliegt weiter als zwölf Klafter und setzt hinter dem Stein auf dem Boden auf.

»Teufelsweib«, flucht Dankwart und Hagen verwünscht den Tag, an dem er gedacht hat, die unheimliche Königin wäre die passende Braut für den König von Burgund.

Gunther aber scheint unbeeindruckt von Brunhilds Wurf und Sprung. Mit beschwingtem Schritt geht er zu dem Stein, hebt ihn mühelos auf und schreitet mit ihm über den Platz zu der Stelle, von der Brunhild geworfen hat. Er lächelt, als er die staunenden Blicke der Frauen auf sich ruhen fühlt, er wagt sogar ein paar Tanzschritte und lauscht dabei den Anweisungen seines Einflüsterers. Dann nimmt er Aufstellung, hebt den Block, stemmt ihn mit Leichtigkeit hoch über seinen Kopf und wirft ihn. Die Luft zischt, als der Fels in weitem Bogen über den Platz saust, und als er endlich dröhnend aufschlägt, fährt ein Schrei des Entsetzens aus den Kehlen der Frauen. Der König hat um die Hälfte weiter geworfen als die Königin. Gunther tritt zurück, läuft leichtfüßig ein paar Schritte nach vor und macht dann einen so gewaltigen Sprung, dass Brunhilds Frauen erneut aufschreien. Er war – unsichtbar gehoben und getragen – weiter gesprungen, als er geworfen hatte. Somit ist es offenkundig. Der König hat auch die dritte und letzte Probe bestanden.

Das Gesicht der stolzen Königin ist bleich. Die Demütigung dieser Niederlage ist eine Wunde, die nie vernarben wird. Doch sie neigt ihr Haupt und ihre Lippen zittern leicht, als sie sagt: »Ihr habt gesiegt, König Gunther. Ich unterwerfe mich dem Stärkeren und bin Euch untertan. Mein Reich ist das Eure.«

Da beugt König Gunther sein Knie. »Königin«, sagt er leise, »Eure Schönheit hat mich besiegt, mein Herz ist Euch untertan und Krone und Reich Burgunds lege ich Euch zu Füßen.«

Brunhild schweigt, ihr Blick schweift in die Ferne.

»Was für ein Kampf!«, sagt Hagen zu Dankwart und ruft: »Die Götter haben ein Wunder vollbracht!«

Plötzlich vernehmen sie Siegfrieds Stimme: »Ist denn der Kampf schon zu Ende?« Er hat die Tarnkappe abgenommen und ist wieder sichtbar geworden. Als Hagen bejaht, wendet sich der Drachentöter Gunther zu und sagt lächelnd: »Mein König, ich beglückwünsche Euch zu diesem Sieg!«

Der König nickt und presst die Lippen zusammen. Er weiß, dass er dem Nibelungen die Königin und ihr Königreich verdankt und in sein Gefühl der Erleichterung über den Sieg schleichen sich alsbald Eifersucht und Missgunst. Er steht in Siegfrieds Schuld und weiß, dass er diese Schuld nie wird begleichen können.

Die Doppelhochzeit zu Worms

Der König drängt auf baldige Abreise und lässt Brunhild kaum Zeit, die Geschicke ihres Reiches zu ordnen und die Herrschaft über Island einer Vertrauten zu übergeben. Als die Schiffe für Brunhild und ihr Gefolge gerüstet und die Kisten und Truhen, die ihre Diener ans Ufer schleppten, verladen sind, stechen sie in See.

Brunhild hat sich geweigert das Schiff mit dem Drachenkopf zu betreten. Sie wolle sich lieber isländischen Segeln anvertrauen, ließ sie den König wissen und Gunther wagte nicht, sie zu bitten, an seiner Seite in ihre neue Heimat zu reisen. So sitzt die künftige Königin der Burgunden auf einem Schiff unter der Flagge Islands, umgeben von ihren Frauen und Rittern. Die Frauen sprechen kaum. Wenn sie etwas zu sagen haben, flüstern sie. Die Trauer um die Niederlage ihrer Königin und den Verlust der Heimat haben sie wortkarg gemacht. Auch die Ritter schweigen. Es sind Männer mit den Gesichtern von Seefahrern, sturmgegerbt und vom Salz des Meeres zerfurcht. Der Sieg des Burgundenkönigs über ihre Königin hat ihren Stolz verletzt, aber sie werden Brunhild schützen und ihr Gefolgschaft leisten bis in den Tod.

Brunhild starrt stumm auf die See, die ruhig ist und grau wie der Himmel, denn die Winde sind günstig. Manchmal gesellt sich die alte Magd Fricka zu ihrer Herrin. Sie würde ihr Leben dafür geben, wenn sie das Geschehene ungeschehen machen könnte, aber so weit reichen ihre Zaubersprüche nicht.

Vor der Abreise hatte sie den Schutzgeistern Islands, dem Riesen mit der Eisenstange, dem Ochsen, dem Geier und dem Drachen, Tieropfer dargebracht und um gutes Wetter und guten Wind gefleht. Nun segeln die Schiffe sanft getrieben dahin, dem Königreich Burgund entgegen. Es ist nicht zu erkunden, was in der Magd vorgeht, wenn sie stumm bei ihrer Königin sitzt, und es scheint, als hätte sie nicht nur Augenlicht, sondern auch die Gabe des Sprechens verloren. Doch ihr Schweigen ist beredter als ihr früheres Singen und Sagen.

Auch auf dem Drachenschiff der Burgunden ist die Stimmung getrübt. Trotz des errungenen Sieges will keine Fröhlichkeit aufkommen. Zwischen

Siegfried und Gunther scheint eine unsichtbare Mauer aufzuragen, die keiner der beiden durchbrechen kann oder will. Hagen quält sich mit Selbstvorwürfen und Fragen. Sein König hat mit der Königin Islands auch die Krone ihres Reiches errungen, aber der Tronjer denkt mit Schaudern an den Verlauf des Kampfes. Der Einäugige war auch auf Island nicht blind gewesen. Gunther hätte die Königin nie besiegen können, und Hagen hat gesehen, wie eine unsichtbare Kraft Gunthers Hand geführt und ihn gehoben und getragen hatte. Wer hat es noch gesehen? Wer ahnt es? Er fürchtet, dass Brunhild, sollte sie einmal diesen Betrug durchschauen, ihn nie würde vergeben können. Argwohn ist in Hagens Blick, wenn er den Drachentöter sieht. Was wird Siegfried für seinen Dienst verlangen? Wie hoch würde der Preis sein?

Die Segel blähen sich und als nach neun Tagen die Mündung des Rheins erreicht ist, beschließt Gunther, Dankwart vorab als Boten nach Worms zu schicken, damit Burg und Stadt genügend Zeit haben würden, einen triumphalen Empfang vorzubereiten. Reichtum und Glanz Burgunds sollten der künftigen Königin die Augen blenden.

Unter der Anleitung Königin Utes werden die Kemenaten für Brunhild und ihre Frauen mit seidenen Kissen und weichen Fellen ausgestattet und mit prachtvollen Teppichen, Stickereien und Wandbehängen geschmückt. Die Pferde werden gestriegelt und die Sättel mit Borten und Bändern geziert. Ein Festzug soll das Brautpaar in Worms willkommen heißen. Am Ufer des Rheins werden Tribünen und Zelte errichtet und Kampfplätze für Turniere und Wettkämpfe abgesteckt. Mit der Ankunft der Schiffe soll die siebentägige Hochzeitsfeier beginnen, so hatte es Gunther befohlen. Nun schickt Dankwart Boten aus, um alle Edlen und Vornehmen des Reiches zum Empfang zu laden. Ein Fest soll gefeiert werden, wie Worms noch keines erlebt hat.

In Windeseile hat sich das Gerücht von Gunthers schöner Braut verbreitet, und als die Wächter die Ankunft der Schiffe melden, drängt sich eine unübersehbare Menge von Schaulustigen am Ufer. Die Vornehmen stehen in vorderster Reihe, dahinter recken die einfachen Leute den Hals. Von überall her waren sie gekommen, Freie und Unfreie, Handwerker und Bauern, Gaukler und Possenreißer, keiner will sich das Spektakel entgehen lassen. Märchenerzähler erzählen den staunenden Zuhörern Geschichten von ägyptischen und griechischen Göttern und Weltwundern und an anderen Plätzen berichten Mönche von den Wundern christlicher Heiliger, um die Zeit bis zur Ankunft des Paares zu verkürzen. Bärentreiber schlagen die

Trommel und lassen ihre Bären dazu tanzen, Wahrsagerinnen sagen denen, die es wissen wollen, Glück und Reichtum voraus, Zauberer zaubern und Komödianten spielen Theater. Krämer und Geldwechsler sind in die Stadt geströmt und hoffen auf gute Geschäfte.

Das Schiff des Königs mit der blutroten Rose Burgunds auf dem Segel und die Schiffe Islands mit schneeweißen Segeln legen am Ufer gegenüber den Tribünen und Zelten an, wo eine mit Blumen und Fahnen geschmückte Fähre wartet. Sie bringt Burgunden und Isländer gemeinsam über den Rhein. Gunther springt von dem Fährschiff an Land und reicht Brunhild die Hand, damit sie ihren Fuß sicher auf burgundische Erde setzt.

Gleichzeitig mit der Fähre ist der Festzug am Ufer angekommen. Gernot und Giselher auf feurigen Rappen führen ihn an, dann folgen Ute und Kriemhild mit ihren Edelfrauen auf prächtig gezäumten Schimmeln und hinter ihnen reitet Dankwart an der Spitze der Ritter, Knappen und Höflinge.

Kriemhild, im blauweiß schimmernden Kleid, das Haar mit Goldbändern durchflochten, steigt vom Pferd und schreitet anmutig der Braut Gunthers entgegen. Sie strahlt vor Freude über das Glück des Bruders.

»Seid mir willkommen, vieledle Königin, in Worms und im Land der Burgunden«, spricht sie, umarmt ihre zukünftige Schwägerin und küsst sie. Dann tritt Königin Ute herzu. Auch sie schließt die Braut ihres Sohnes herzlich in die Arme und heißt sie mit einem Kuss willkommen. Dann begrüßt sie Gunther und Hagen und zuletzt umarmt und küsst Gunther seine Schwester.

Mit einem Sprung von der Fähre war auch Siegfried gelandet. Es drängte ihn, vorwärts zu stürmen und Kriemhild in die Arme zu nehmen, doch den Regeln des Anstands entsprechend schreitet er langsam und gemessenen Schritts auf sie zu. Kaum aber sieht Kriemhild ihn, springt sie ihm entgegen, schlingt die Arme um ihn und küsst ihn auf den Mund. Erst als verwunderte Blicke sie streifen, reißt sie sich los.

Auch Brunhild hat mit Befremden wahrgenommen, mit welcher Leidenschaft die Königstochter Siegfried begrüßte. Hatte er sich nicht als Dienstmann des Königs ausgegeben? Gunther scheint es, als wäre seine Braut bleich geworden.

Nach dem Austausch der Höflichkeiten sprengen die Herolde heran, Fanfaren schmettern, Trommeln wirbeln, Posaunen dröhnen und die Kampfspiele beginnen. Die Ritter in ihren glänzenden Rüstungen rennen gegeneinander, Helme blitzen, Schilde schimmern und Stahl trifft auf Stahl, dass die

Funken sprühen. Siegfried besiegt jeden Gegner und seine Nibelungen kämpfen nicht minder tapfer gegen die burgundischen Ritter. Nach der Ehrung der Sieger begibt sich der Zug der Vornehmen hinauf zur Burg zum Festmahl, für die weniger Vornehmen werden auf dem Festgelände Tische und Bänke aufgestellt. Knechte eilen herbei und schenken aus riesigen Zinnkannen und Tonkrügen Bier und Met aus, bringen Gebratenes und Gesottenes. Auch das gemeine Volk soll sieben Tage lang schlemmen. Die Untertanen stopfen sich voll und loben die Großzügigkeit des Königs.

Als Gunther und Brunhild die prächtig geschmückte Halle der Wormser Burg betreten, nehmen die Herren und Damen die Isländerin, von der so viel Wundersames erzählt wird und die nun ihre Königin werden soll, ins Visier. Dabei streift manch neiderfüllter Blick aus weiblichen Augen die königliche Braut und ein Tuscheln und Zischeln hebt an. Unter den Rittern ist ebenfalls keiner, den ihre hoheitsvolle Schönheit nicht beeindruckt. Sie sind überzeugt, dass des Königs Brautfahrt die Mühe gelohnt hat.

Brunhild trägt ein schwarzglänzendes Kleid mit Schleppe und ihren Gürtel mit dem schimmernden Mondstein dreifach um die Taille geschlungen. Das goldene Diadem Burgunds mit den Kronzacken, die mit Edelsteinen geziert sind, leuchtet auf ihrem dunklen Haar.

Auch Hagens Blick ruht jetzt wohlgefällig auf der stolzen Gestalt der Königin Islands. Doch wenn er Gunther leicht gebeugt neben ihr sieht, beschleichen ihn Zweifel. Ja, denkt er, der Thron Burgunds ist ihrer würdig, aber ist es auch Burgunds König?

Schalmeien erklingen und von Dankwart geleitet schreitet das königliche Paar durch das Spalier der Gäste zur großen Tafel, um auf erhöhten Thronsesseln Platz zu nehmen. Nach altem Brauch soll am Tag vor der feierlichen Trauung im Münster der Ehebund vor den Verwandten und den Vornehmen des Reiches als Zeugen besiegelt werden. Doch bevor das Paar Platz nimmt, tritt Siegfried auf König Gunther zu, zieht ihn zur Seite und flüstert: »Ihr habt mir Kriemhild versprochen, wenn die Königin von Island Euer ist. Nun gilt es, Euer Versprechen zu halten.«

Gunther nickt, geleitet Brunhild zu ihrem Thron und bittet dann Kriemhild vorzutreten. Als sie und Siegfried vor ihm stehen, breitet er die Arme aus, gebietet Stillschweigen und spricht: »Hochedle Freunde, ich habe eine große Freude zu verkünden. Nicht nur ich und meine Königin« – dabei verneigt er sich vor Brunhild – »werden morgen vor den Altar treten und den Bund der

Ehe schließen, auch meine königliche Schwester Kriemhild wird in den Stand der Ehe treten. Sie wird ihre Hand Siegfried von Xanten reichen, dem Herrn der Nibelungen, der im Krieg gegen die Dänen und die Sachsen den Sieg errungen hat.«

Er nimmt Kriemhilds Hand und legt sie in die Siegfrieds, küsst seine Schwester und umarmt seinen zukünftigen Schwager.

Jubel brandet auf und verstärkt sich, als Königin Ute hinzutritt und das Paar umarmt. Sie nimmt Gunthers goldenen Pokal von der Tafel, hebt ihn hoch und ruft: »Auf den Bund zwischen Burgund und den Niederlanden, auf die Bande des Blutes, die unsere Sippen nun verbinden wie der Rheinstrom die beiden Reiche. Ich trinke auf die Ehre und das Glück der Brautpaare!«

Nun heben auch die Gäste die Becher und trinken den Verlobten zu.

Nach dem Mahl greift Volker von Alzey zur Fidel. Der Spielmann singt ein Loblied auf König Gunther, den reichen und mächtigen Herrscher Burgunds, der mit seiner Kühnheit und Kraft Brunhild, die herrliche und stolze Königin Islands, bezwungen hat. Es sind wilde, kriegerische Töne, mit denen er den Wettstreit auf Isenstein besingt, und die Akkorde, die er dazu schlägt, klingen düster. Sein Lied ist ein Kampflied, voll Eroberungslust und Leidenschaft. Er singt auch von den Heldentaten König Dankrats und des Geschlechts der Gibiche bis in die fernste Vergangenheit im hohen Norden. Dann preist er die Schönheit der fremden Königin und heißt sie willkommen in ihrem neuen Königreich. Als er geendet hat, verneigt er sich vor dem königlichen Paar und genießt den Beifall, der ihm entgegenbrandet.

Auch Gunther spendet Beifall, doch seine Augen sind gesenkt, als würde seine Bescheidenheit sich gegen Volkers überschwängliches Lob wehren. Brunhilds Gesicht ist ausdruckslos, ihr Blick in die Ferne gerichtet.

Danach singt der Spielmann das Lob Siegfrieds, des Drachentöters und Herrn des Nibelungenreiches, der die liebliche Kriemhild, die Sonne Burgunds, zur Braut erkoren hat. Nun sind es zarte Töne, die er seinem Instrument entlockt, verträumte Melodien, die verzaubern. Der Spielmann spielt ein Lied der Zärtlichkeit.

»Komm«, flüstert Siegfried Kriemhild zu, nachdem Volker geendet hat, und beide verlassen ohne sich zu verabschieden den Saal. Brunhild, die unbewegt zu lauschen schien, fährt auf wie aus tiefen Träumen und starrt ihnen nach. Als Gunther sie sanft am Arm berührt, misst sie ihn mit einem Blick, der ihn erschreckt. Dann erhebt auch sie sich und geht aus dem Saal. Nur Hagen sieht, dass in ihren Augen Tränen stehen.

Gunther ist verwirrt, steht auf, geht ihr nach und ruft sie. Er bittet sie stehen zu bleiben, doch sie beschleunigt ihren Schritt und geht in das Gemach, das ihr und Gunther als Schlafgemach bestimmt ist. Als der König eintritt, findet er sie zusammengesunken in einem Stuhl, das Gesicht mit beiden Händen bedeckt.

»Warum verlässt du das Fest?«, fragt er bestürzt. »Es ist unser Hochzeitsfest. Ich flehe dich an, wenn jemand dich in deiner Ehre gekränkt oder dir ein Leid zugefügt hat, sag es mir. Wer es wagt, dich zu beleidigen, hat sein Leben verwirkt.« Er will ihre Hände in seine nehmen, sie aber wehrt ihn ab und nun sieht er die Spuren ihrer Tränen.

»Du weinst?«

»Ich weine um deine Schwester und ich weine um deinen Stolz. Wie kannst du es dulden, dass die Tochter König Dankrats einem Vasallen und Dienstmann die Hand zur Ehe reicht?«

Bei dem Wort Stolz zuckt der König der Burgunden zusammen. »Siegfried ist kein Dienstmann. Er ist eines Königs Sohn wie ich und wird dereinst die Krone der Niederlande tragen. Kriemhild strahlt das Glück aus den Augen, denn sie liebt ihn und er liebt sie, wie ich dich liebe.«

Da weint Brunhild noch mehr, und als Gunther sie an sich ziehen will, stößt sie ihn zurück. Gunther ist verstört, er begreift ihr Verhalten nicht. Wenn schon nicht Leidenschaft, so hätte er sich wenigstens Freundlichkeit erwartet. Hatte sie auf Island nicht gesagt, sie und ihr Reich wären ihm untertan?

Er will sie in die Arme nehmen, doch da versetzt sie ihm auf einmal einen solchen Stoß vor die Brust, dass er taumelt. Jetzt ist der König wütend, der Zorn schießt in ihm hoch. Er packt sie an den Armen, will sie seine Kraft spüren lassen, sie gefügig machen und unter seinen Willen zwingen. Sie aber springt auf, umspannt mit einer Hand seine beiden Handgelenke, greift blitzschnell mit der anderen Hand nach ihrem dreimal um die Taille geschlungenen Gürtel, löst ihn und fesselt damit ihren Gemahl. Mit der Kraft einer Riesin bindet sie ihm Arme und Beine und schnürt den König von Worms zusammen wie ein Bündel abgelegter alter Kleider. Die Königin nimmt es und hängt es kurzerhand an einen Haken an der Wand. Dort hängt König Gunther die ganze Nacht.

Das Blut in seinen Gliedern droht zu stocken, als Stunde um Stunde vergeht. Brunhild hat den Gürtel so verknotet, dass Gunther bei jedem Versuch, sich zu bewegen, die Fesseln nur noch enger zieht. Als der Morgen dämmert, wagt Gunther zu sprechen.

»Höre«, sagt er und seine Stimme zittert vor Wut und Scham, »wenn du mich demütigst, demütigst du auch dich, dann bist du das Weib eines Schwächlings. Wir sind aneinander gebunden und werden beide zum Gespött. Wenn du nicht willst, dass Hohn und Häme der Dienerschaft auch dich treffen, dann binde mich los!«

Da erhebt sich Brunhild von ihrem Lager und tritt zu ihm hin. Ihre Augen sind kalt wie blankes Eis.

»Höre auch du, du Held!«, sagt sie. »So wie jetzt, so hängst du von nun an jede Nacht, und zwar so lange, bis du mir das Geheimnis verrätst, wie ein Schwächling wie du mich besiegen konnte. Was ist auf Island geschehen? Das will ich wissen.«

Dann nimmt sie ihn vom Haken und bindet ihn los.

Am nächsten Morgen lässt die Sonne die Wogen des Rheins glitzern und ein sanfter Frühlingswind streicht vom Strom herüber zur Burg. Paukenschläger, Trompeter und Flötenbläser führen den festlichen Zug an, der die Brautpaare zum Münster geleitet.

Gunther trägt einen mit Zobel verbrämten purpurfarbenen Mantel, seinen Kopf schmückt die Krone Burgunds, doch sein sonst so stolzer Gang wirkt verkrampft. Er geht langsam und sucht zu verbergen, dass ihn die Hüften schmerzen und die Fußgelenke. Um seinen schmalen Mund sind Falten eingekerbt. Er führt Brunhild, die Eiskönigin, an der Hand. In einem mit Gold- und Silberfäden durchwirkten Kleid schreitet sie mit der Krone Burgunds auf dem Haupt hoheitsvoll einher. Ihr bleiches Gesicht ist starr wie eine Maske.

Hinter dem Königspaar schreiten Siegfried und Kriemhild in hellen, mit Juwelen gezierten Gewändern, beide strahlen und in ihren Augen leuchtet noch das Liebesglück der vergangenen Nacht. Ihnen folgen die Königinmutter, die Brüder Gernot und Giselher, Gunthers Getreue und die vornehmsten der burgundischen Ritter. Unter Glockengeläute ziehen sie in den Dom, schreiten zwischen endlos himmelwärts strebenden Säulen vor zu dem im Licht der Kerzen golden aufleuchtenden Altar. Dort erwartet der Bischof die Paare und segnet sie.

Der hohe Festtag ist auch der Tag der Schwertleite. Sechshundert Knappen empfangen aus König Gunthers Hand das Schwert und anschließend haben die jungen Ritter Gelegenheit, ihre Kräfte bei Turnieren, Wettkämpfen und Reiterspielen vor den Augen der neuvermählten Paare und der Hochzeitsgäste zu erproben. Siegfried sieht von der Tribüne aus zu und spornt die Wetteifernden mit Beifall und Zurufen an, während Kriemhilds silberhelles Lachen so manchen Sturz eines Ritters vom Pferd in den Sand begleitet. Gunther blickt starr auf das Getümmel zu seinen Füßen und Brunhild zwingt sich zu einem Lächeln, von dem ihre Augen nichts wissen.

Während einer Pause beugt sich Siegfried zu Gunther: »Was ist dir, Freund? Was bedrückt dich?«

Der König blickt den Nibelungen verstört an. Stumm schüttelt er den Kopf. Verzweiflung, Angst und Scham stehen in seinen Augen.

»Du bist mein Schwager«, sagt Siegfried leise, »deine Ehre ist auch meine Ehre. Was immer dich in deiner Würde verletzt, verletzt mich gleichermaßen. Du solltest mir vertrauen!«

Da stützt der König den Kopf in die Hand, als dächte er nach. Schließlich nickt er. »Am Abend, beim Festmahl, wenn Wein und Bier die Aufmerksamkeit unserer Gäste in Anspruch nehmen, will ich dir sagen, was geschehen ist.«

Der Tag endet wie der vorherige. Nach dem üppigen Mahl, nach unzähligen Hochrufen auf die Brautpaare, die stets mit dem Heben der Becher einhergingen, sitzen die meisten Gäste mit glasigen Augen da. Die einen stieren vor sich hin, andere summen die Lieder mit, die der Spielmann singt, und schlagen mit der Faust den Takt dazu, wieder andere sind in heftigen Meinungsaustausch vertieft. Die Frauen haben die Halle schon lange verlassen. Nun finden Siegfried und Gunther Gelegenheit für ein Gespräch.

Stockend und nur mit Mühe seine Scham überwindend berichtet der König, was ihm in der vergangenen Nacht widerfahren ist. »Diese Frau ist eine Teufelin, ein Dämon in der Maske berückender Schönheit. Es war Größenwahn, sie mir als Gemahlin zu wünschen, ein Traum, der ein Traum hätte bleiben müssen. Wenn ich träume, bin ich ein Riese, wenn ich handle, bin ich ein Zwerg. Hätte ich doch auf deine Warnung gehört und nie die Fahrt nach Island gewagt, nie meinen Fuß auf diese Insel gesetzt. Ich bitte dich, hilf mir, hilf mir ein letztes Mal!« Er birgt sein Gesicht in den Händen und sein Rücken spannt sich, als müsste er ein Schluchzen unterdrücken.

Siegfried legt ihm die Hand auf die Schulter. »Wir werden sie im Brautbett bezwingen, wie wir sie auf Island bezwungen haben. Hab Vertrauen!«, sagt er tröstend. Als Gunther ihn fragend ansieht, gibt er ihm Anweisungen, wie er sich in der Nacht verhalten soll.

Dunkelheit liegt über der Königsburg, hüllt sie ein wie ein schützender Mantel. Der Lärm aus der Halle und die Geräusche aus der Küche und den Gemächern sind verstummt. Das Fest ist zu Ende. Es ist still geworden. Brunhild sitzt im Schlafgemach und wartet. Wird der gedemütigte König es noch einmal wagen, sich ihr zu nähern? Sie horcht, aber das einzige Geräusch, das sie vernimmt, ist das Knistern der Holzscheite im Kamin. Die Flammen brennen nieder und verlöschen.

Brunhild ruft nicht nach ihrer Magd, damit sie das Feuer neu entzünde. Sie wechselt mit Fricka kaum mehr ein Wort. Wann immer die Königin die toten Augen der alten Frau auf sich ruhen fühlt, ist ihr, als höre sie wieder die alte Frage: Hast du ihn gesehen?

Ja, sie hatte ihn gesehen, den Mann, den sie ersehnte, doch nicht um ihretwillen war der Feuerreiter gekommen. Als Dienstmann eines Königs hatte er ihre Burg betreten und ein anderer, ein Fremder, hatte um sie geworben. Nun liegt der, den sie liebt, in den Armen Kriemhilds, die licht und heiter ist wie der junge Tag. Der Kuss, mit dem Kriemhild Siegfried bei seiner Ankunft in Worms begrüßt hatte, war ein Pfeil gewesen, der Brunhild ins Herz traf.

Sie sitzt in der Kammer, in der die letzte Glut des Feuers erloschen ist, und lauscht in das Dunkel der Nacht. Plötzlich hört sie leise Schritte und spürt einen Lufthauch, als hätte jemand die Tür geöffnet. Dann sieht sie den Schemen einer Gestalt auf sie zukommen. Im nächsten Augenblick werden ihre Hände gepackt und sie wird im Stuhl festgehalten. Wütend schreit sie auf und mit der Kraft, die Gott Odin einst seiner Walküre verliehen hat, befreit sie sich, schnellt hoch und versetzt ihrem Gegner einen so heftigen Schlag, dass er mit dumpfem Aufprall gegen eine Wand stößt. Ein Gedanke durchzuckt sie: Gunther muss von Sinnen sein, nochmals den Kampf mit ihr zu wagen.

Es ist aber nicht Gunther, der jetzt voll Zorn auf sie zustürzt und mit ihr zu ringen beginnt. Es ist Siegfried, der Drachentöter.

Als die Tür aufging, waren Gunther und Siegfried, den die Tarnkappe unsichtbar macht, eingetreten. Gunther hat hinter einem Vorhang Zuflucht gesucht und hält sich dort zitternd verborgen, während Siegfried den Kampf mit der Königin aufnimmt, die ihn für ihren Gemahl hält. Keuchend versuchen sie einander niederzuringen, unerbittlich schlagen sie aufeinander los und krallen sich einer am andern fest.

Gunther hört hinter dem Vorhang das Keuchen, die Schläge und die Schreie Brunhilds. Die Angst, dass Siegfrieds Kräfte ermatten könnten und die Walküre auch ihn besiegen würde, macht ihn schaudern. Endlich gelingt es Brunhild, Siegfried mit einem Arm so zu umschlingen, dass ihm ihr Würgegriff den Atem nimmt. Mit der anderen Hand greift sie nach ihrem Gürtel, löst ihn und will ihren Gegner damit fesseln, wie sie in der Nacht zuvor Gunther gefesselt hat. Doch da flammt der Zorn des Nibelungen auf und verleiht ihm neue Kraft. Er reißt ihr den Gürtel aus der Hand und presst ihr die Finger so zusammen, dass sie vor Schmerz laut aufschreit. Er packt sie, stemmt sie hoch und wirft sie aufs Lager. Mit eisernem Griff hält er sie nieder. Er fühlt ihren heißen Atem und dann hört er ihr Flüstern: »König, ich unterwerfe mich. Du hast gesiegt.«

In diesem Auenblick tritt Gunther hinzu, mit wankenden Knien und zitternden Händen und Siegfried verschwindet. Gunther nimmt Brunhild in die Arme und küsst sie. In dieser Nacht wird Brunhild König Gunthers Frau und die Weissagung Odins erfüllt sich. Mit dem Verlust ihres Gürtels ist die Kraft der Walküre gebrochen und die Königin ist fortan so stark und so schwach wie jede andere Frau.

Auf leisen Sohlen war Siegfried aus der Kammer gehuscht. Brunhilds Gürtel, der zu Boden geglitten war, und den Ring Andwaranaut, den er ihr im Kampf vom Finger streifte, hatte er mitgenommen. Später wird er beides Kriemhild schenken, nicht ahnend, welches Unglück er damit heraufbeschwört.

Siegfried war nicht unbemerkt geblieben, als er Brunhild verließ. Hagen, von Unruhe und Sorgen gequält, hatte keinen Schlaf finden können. Er war von seinem Lager aufgestanden und die Gänge der Burg auf und ab gewandelt, er hatte gegrübelt und nachgedacht, wie er die Zukunft des Reiches, die verwoben ist mit dem Schicksal des Königs und der Königin, sichern könnte. Ein Lufthauch riss ihn aus seinen Gedanken und er sah, wie eine Tür sich von selbst zu öffnen und zu schließen schien. Es war die Tür zum Gemach des Königs und der Königin. Rasch verbarg er sich in einer Ecke. Eine Gestalt tauchte auf, plötzlich und wie aus dem Nichts. Dann sah er Siegfried mit einer Kappe in der Hand. Ein Verdacht kroch Hagen ins Hirn. War das Schicksal des Reiches bereits entschieden? Hatte der Drachentöter die Entscheidung gefällt?

Kriemhild schläft nicht, als Siegfried die Kemenate betritt. Stundenlang schon liegt sie wach, zermartert sich das Gehirn, versucht die Gespenster zu verscheuchen, die sich wie ein Alb auf ihre Brust legen und das Gift des Misstrauens in ihr Herz träufeln. Aber sie lassen sich nicht verscheuchen. Sie wünscht, sie hätte geträumt, aber was sie gesehen hat, war kein Traum. Sie hatte geweint, bis ihre Augen keine Tränen mehr hatten. Nun liegt sie da und ein Schmerz quält sie, wie sie noch keinen gekannt hat, auch damals nicht, als sie vom Tod ihres Falken träumte.

Kriemhild hatte voll Sehnsucht auf Siegfried gewartet, auf ihren Gemahl, in dessen Armen sie so unendlich glücklich gewesen war. Doch Stunde um Stunde verrann und Siegfried kam nicht. Da hatte sie sich nochmals angekleidet, war zum Thronsaal geschlichen und hatte sich hinter einer Säule versteckt. Sie sah, wie Gunther den Saal verließ und langsam in der Dunkelheit des Ganges verschwand. Nach ihm hatte Siegfried den Saal verlassen. Er ging leise und vorsichtig, als wolle er von niemandem gehört oder gesehen werden. Das Herz klopfte ihr bis zum Hals, denn Siegfried ging nicht in die Richtung, die zu ihrem Schlafgemach führte. Er ging dorthin, wo Brunhild schlief. Da war sie zurückgelaufen, hatte sich aufs Bett geworfen, die Finger in das Kissen gekrallt und geweint.

»Wo warst du?«, flüstert sie heiser und starrt Siegfried aus rotgeränderten Augen an, als er zu ihr tritt.

Er sieht, dass sie geweint hat, streicht ihr das Haar aus dem Gesicht und sagt stockend: »Ich ... ich war noch nicht müde, ich wollte die Sterne sehen und den Mond.«

»Du lügst!«, schreit Kriemhild und ihre Stimme bebt. »Wo warst du? Ich habe gesehen, wie du dich aus dem Thronsaal fortgeschlichen hast. Wohin bist du gegangen? Was ist geschehen? Du glühst und nicht der Glanz von Mond und Sternen jagt dir das Blut durch die Adern. Dein Herz ist es. Was ist geschehen?« Sie kann nicht mehr sprechen, ein krampfhaftes Schluchzen nimmt ihr die Stimme.

»Nichts ist geschehen. Nichts, was dich betrüben könnte.« Siegfried will seine junge Frau beruhigen und in die Arme nehmen, doch sie schnellt auf und stößt ihn weg. Da fällt ihr Blick auf den Gürtel und den Ring, die Siegfried achtlos auf den Tisch gelegt hat. »Woher hast du diesen Gürtel und diesen Ring? Wie kommst du dazu?«

Siegfried schlägt sich mit der Faust an die Stirn. Warum nur hat er Gürtel und Ring nicht in den Rhein geworfen, denkt er. Wie kann er Kriemhild erklären, was in der Nacht geschehen ist? Wie kann er sie seiner Liebe und Treue versichern? Hatte er nicht Gunther geschworen, über diesen seinen letzten Dienst zu schweigen, das Geheimnis dieser Nacht zu hüten und eher zu sterben als es zu verraten?

»Nichts ist geschehen. Und wenn etwas geschehen wäre, so dürfte ich nicht darüber sprechen.«

»Also ist doch etwas geschehen!«

Kriemhild weint und ihr Weinen schneidet Siegfried ins Herz. Da nimmt er sie fest in die Arme, presst seinen Mund auf ihren, wartet, bis ihr Schluchzen aufhört, und erzählt ihr alles. Er erzählt von der Fahrt nach Island, und von dem Wettbewerb, den Gunther nur mit seiner, Siegfrieds, Hilfe hatte gewinnen können.

»Ich tat es aus Liebe zu dir«, sagt er und dann gibt er preis, was in der Nacht geschehen ist, und verrät, wie er den König vor weiterer Schmach bewahrt hat.

»Ich tat es um seiner Ehre willen«, sagte er, »aber ich habe unsere Liebe nicht verraten und dir die Treue gehalten. Du musst mir glauben!«

Er fleht sie an, das Geheimnis zu hüten, und sie verspricht es.

»Kein Wort darüber wird je über meine Lippen kommen. Ich schwöre es bei allem, was mir heilig ist!«

Er schlingt seine Arme um sie und vermeint mit seinen Küssen alle bösen Gespenster zu vertreiben.

Am Morgen des dritten Hochzeitstages leuchtet die Sonne über Worms und die Festlichkeiten gehen weiter. Die Hofgesellschaft verfolgt mit Spannung die Turniere und Wettkämpfe der Ritter, und das Volk amüsiert sich bei den Kunststücken der Gaukler und Feuerschlucker.

Die Königin von Burgund sitzt neben dem König auf der Tribüne. Ihre Züge sind entspannter als an den Tagen zuvor. Sie nickt huldvoll, wenn sich die Ritter vor ihr verneigen, und es scheint, als wäre sie darauf bedacht, die Pflichten einer königlichen Gemahlin wahrzunehmen.

König Gunther, in aufrechter Haltung, sieht sie von der Seite her an, und wenn er den Blick von ihr wendet, liegt unverhohlen Stolz in seinen Augen. Sie ist nun seine Königin und er liebt die schöne Frau mit all der Leidenschaft, deren er fähig ist.

Nach sieben Tagen sind die der Hochzeitsfeierlichkeiten beendet. Nun drängt Siegfried Kriemhild zur Abreise. Der Thronerbe der Niederlande brennt darauf, seine junge Gemahlin an den Königshof von Xanten zu bringen. Er weiß, wie glücklich König Siegmund und Königin Sieglinde sein werden, wenn sie Kriemhild als ihre Tochter und zukünftige Königin der Niederlande in die Arme schließen können.

Wieder werden Schiffe gerüstet und Knechte und Mägde verladen Kriemhilds reiche Aussteuer, schneeweißes Linnen, kostbare Gewänder, Schmuck und exquisites Tafelgeschirr. Die Königstochter von Burgund soll am Hof zu Xanten die Pracht und den Glanz des Hofes zu Worms repräsentieren und mit allen gebührenden Ehren empfangen werden. König Gunther erlaubt seiner Schwester einen seiner Getreuen auszuwählen, der als Ehrenritter ihre Gefolgschaft von fünfhundert burgundischen Rittern anführen soll.

»Ich wähle Hagen von Tronje«, sagt Kriemhild. »Es gibt am Hof zu Worms keinen Getreueren als meinen Oheim.«

Gunther ist überrascht. Er zögert mit seiner Antwort, denn auf Hagen kann und will er nicht verzichten, andererseits will er Kriemhild nicht kränken. Da nimmt ihm Hagen wie so oft die Entscheidung ab. »Deine Gunst, Kriemhild, ehrt mich, doch ich habe geschworen, nur einem Herrn zu dienen, und das ist Gunther, der König der Burgunden.«

Ein Schatten legt sich auf Kriemhilds Gesicht. Sie ist es nicht gewohnt, dass ihre Wünsche nicht erfüllt werden. Doch Siegfried schaltet sich ein. Er verneigt sich vor Gunthers Waffenmeister und sagt: »Wir wissen Eure Treue zu schätzen, Hagen von Tronje, und sind Euch nicht gram. Es gibt am Hof zu Worms mehr als einen Edelmann, der würdig ist, Ehrenritter meiner Gemahlin zu sein.«

Nun fällt Kriemhilds Wahl zur Zufriedenheit aller auf den Markgrafen Eckewart und am nächsten Morgen lichten die Schiffe die Anker. Die königlichen Brüder geben ihrer Schwester das Geleit bis zur Landesgrenze, dann reiten sie zurück. Siegfried schickt Boten voraus, damit alles für einen würdigen Empfang gerüstet sei. Als die Schiffe in Xanten anlegen, heißen König Siegmund und Königin Sieglinde und mit ihnen die Vornehmsten ihres Reiches das Paar von Herzen willkommen.

Nach geraumer Zeit hält König Siegmund die Zeit für gekommen, die Krone niederzulegen und seinem Sohn die Herrschaft zu übergeben. Nun ist Siegfried dazu bereit und nach Königin Sieglindes Tod trägt Kriemhild die Krone der Niederlande. Siegfried herrscht gütig und weise und Kriemhild wird bewundert und geliebt. Bewundert, weil sie zu noch größerer Schönheit erblüht ist, und geliebt wegen der Güte ihres Herzens und der Heiterkeit ihres Wesens.

So vergehen die Jahre.

Der Streit der Königinnen

Die Zeit verrinnt auch am Hof zu Worms, doch so glücklich wie das Königspaar der Niederlande sind König Gunther und Königin Brunhild nicht.

Brunhilds schönes Gesicht ist verschlossen. Immer öfter zieht sie sich in ein Gemach in einem der Türme der Wormser Burg zurück. Den schwarzen Vögeln gleich, die um den Turm fliegen, kreisen stets dieselben Gedanken in ihrem Kopf. Fragen, auf die sie keine Antwort weiß. Was geschah wirklich auf Isenstein? Woher nahm Gunther in der zweiten Hochzeitsnacht die Kraft, sie zu unterwerfen? Warum nannte sich Siegfried König Gunthers Dienstmann und Vasall? Die Rätsel quälen sie, bohren wie Stachel in ihrer Seele.

Gunther weicht aus, wenn sie ihn fragt. Er versucht sie zu beschwichtigen und verstärkt damit nur ihre Zweifel. Ein Geheimnis liegt wie ein Schatten über der Königsburg, dunkler Verdacht lauert auf Gängen, in Kammern und Gemächern. Was weiß Hagen, der Schweigsame? Was wissen des Königs Brüder? Die Isländerin hasst Doppelzüngigkeit, von der kargen Insel aus Feuer und Eis in die üppige Welt der höfischen Galanterie verpflanzt, fühlt sich Brunhild umgarnt und eingesponnen in ein Netz aus Arglist und Lüge. Sie will es zerreißen. Sie will Klarheit.

»Wir haben so lange nichts von Kriemhild und Siegfried gehört. Wie mag es ihnen wohl ergehen in den Niederlanden?«, sagt sie eines Tages wie beiläufig zu Gunther. »Es wäre schön, sie wiederzusehen.«

Der König, hocherfreut, einen Wunsch seiner Gemahlin erfüllen zu können, sendet Boten mit einer Einladung an den Hof zu Xanten.

Siegfried und Kriemhild freuen sich darüber, auch der alte König Siegmund, der so viel vom Glanz und der Pracht des Burgundenreiches gehört hat, schließt sich der Reise nach Worms an. Als das Schiff am Ufer des Rheins anlegt, ist Kriemhild überglücklich, Mutter und Brüder wieder in die Arme schließen zu können, und als danach Brunhild ihre Schwägerin lächelnd willkommen heißt, scheint es, als wären Frohsinn und Heiterkeit an den Hof der Burgunden zurückgekehrt.

Es ist der Tag der Sommersonnenwende, jener Tag, der Ende und Anfang zugleich ist und an dem nach altem Glauben Baldur, der Sonnengott, am Höhepunkt seiner Macht ist. Schon in der Mittsommernacht beginnt sie zu schwinden und die Zeitspanne, bis er seine Reise in die Unterwelt antritt, wird kürzer. Wenn das Abendrot verlöscht, brennen auf den Bergen die Sonnwendfeuer und erhellen die Dunkelheit. Brunhilds alte Magd Fricka weiß, dass sich an diesem Tag, dem längsten des Jahres, so manches Schicksal wendet. Wieder hat sie in ihrer Kammer die Hölzer mit den eingeritzten Runen geworfen und dann mit ihren knochigen Fingern befühlt.

»Wenn der Tag sich neigt und die Nacht beginnt«, murmelt sie, »wird es keine zwei Menschen geben, die sich tödlicher hassen als zwei Frauen, die Kronen tragen. So spinnen es die Nornen.«

Am Hof zu Worms glaubt außer Hagen keiner mehr an den Gott der Sonne. Seit die Verkünder des Christentums die Mittsommernacht zu Ehren Johannes des Täufers Johannisnacht genannt haben, feiern die Nachkommen König Gibichs den Propheten und Heiligen mit einem Gottesdienst im Dom. Noch aber strahlt die Nachmittagssonne in den Burghof, wo auf einer Tribüne Königin Brunhild und Königin Kriemhild mit ihren Edelfrauen sitzen und die Kampfspiele beobachten, die man zur Unterhaltung der Gäste veranstaltet. Brunhild ist wie verwandelt, sie lächelt und plaudert und Kriemhild antwortet fröhlich und unbeschwert. Man könnte glauben, die Schwägerinnen wären seit Kriemhilds Ankunft Freundinnen.

Nachdem Siegfried seinen Gegner im Turnier besiegt hat, verneigt er sich höflich vor den Königinnen. Kriemhild strahlt in fraulichem Stolz und spricht dann zu sich selbst, aber deutlich hörbar: »Was habe ich doch für einen wunderbaren Mann!«

Brunhild nickt höflich und Kriemhild beginnt zu schwärmen, kann sich nicht genugtun, Siegfrieds Schönheit und Mut, seine Geschicklichkeit und seine Kraft zu loben. Geduldig hört ihr Brunhild zu, doch kann es die Königin von Burgund nicht unwidersprochen lassen, wenn Kriemhild in ihrem Überschwang behauptet, Siegfried wäre der Kühnste und Herrlichste aller Helden, der wie der Mond die Sterne alle anderen Könige und Fürsten überstrahlt.

»Du wärest im Recht«, sagt sie, »gäbe es nicht neben ihm meinen Gemahl, den König der Burgunden. Er war es, der mich auf Isenstein im Dreikampf besiegt hat. Das hat Siegfried nicht gewagt. Gewiss, der Drachentöter mag edel und kühn sein, doch ist er nicht mehr als ein Dienstmann und der Vasall meines Gemahls. So hat er selbst sich genannt.«

»Er ist der König der Niederlande!«, ruft Kriemhild empört.

»Ich habe gesehen, wie er deinem Bruder, dem König, den Steigbügel hielt! Wie ein Knecht tat er es. Er ist ein Dienstmann, ein Steigbügelhalter«, sagt Brunhild kalt.

Da schießen Blitze aus den Augen Kriemhilds und ihr Gesicht glüht vor Zorn. »Was fällt dir ein? Glaubst du, mein Bruder, der König von Burgund, hätte mich, König Dankrats einzige Tochter, einem Dienstmann zur Frau gegeben? Nie und nimmer!«, schreit sie. »Du lügst!«

»Es ist die Wahrheit.«

Brunhild erhebt sich und verlässt die Tribüne. Kriemhild springt auf und eilt in ihr Gemach.

Tief und dunkel klingen am Abend die Glocken des Münsters und rufen zum Gottesdienst. Kriemhild schreitet in ihrem kostbarsten Kleid, über dem sie einen hellen Mantel aus Hermelin trägt, zum Dom. Von der anderen Seite her naht die Königin von Burgund. Auch sie trägt einen Mantel aus weißem Hermelin, das Kleid darunter ist schwarz. Die Krone Burgunds schmückt ihre Stirn. Hinter ihr schreitet König Gunther mit seinem Gefolge. Die Königinnen erreichen gleichzeitig die Treppe vor dem Portal.

»Halt!« Laut und scharf klingt Brunhilds Stimme. »Es geziemt sich nicht, dass das Weib eines Dienstmanns vor der Königin Burgunds den Dom betritt.«

Sie steht auf der ersten Stufe der Treppe und verwehrt mit ausgestrecktem Arm Kriemhild den Weg. Wie Pfeile treffen ihre Worte Kriemhilds Herz.

»Wie wagst du es, mich, die Königin der Niederlande, zu nennen?«

»Du hörtest es! Das Weib eines Dienstmanns.«

Da flammt in Kriemhild der Zorn auf und sie vergisst, was sie Siegfried geschworen hat. »Mein Gemahl ist kein Dienstmann, er ist König!«, schreit sie und ihre Worte hallen über den Platz. »Du glaubst, dass dein Gemahl dich im Wettkampf auf Isenstein besiegt hat? Da irrst du, Schwägerin! Siegfried war es, den die Tarnkappe unsichtbar gemacht hat. Er war es, der die Hand Gunthers geführt und den Speer geschleudert hat. Er hat den Stein geworfen und er hat Gunther so geschickt getragen, dass du glaubtest, dein Freier wäre weiter gesprungen als du. Siegfried hat dich in die Knie gezwungen, auch in der Hochzeitsnacht. Er war es und nicht dein Mann.«

»Elende Lügnerin!«

»Ich werde es beweisen.«

Kriemhild öffnet ihren Mantel, löst einen dreimal um ihren Leib geschlungenen Gürtel, in dessen Schnalle ein Mondstein eingefasst ist, und schleudert ihn der Königin vor die Füße. Dann streift sie einen Ring von ihrem Finger und wirft ihn zu Boden. Es ist der Ring Andwaranaut.

»Kennst du Gürtel und Ring? Mein Gemahl war es, der dir in jener Nacht beides raubte, als du glaubtest Gunther habe dich besiegt. Du bist betrogen. Du bist die Nebenfrau meines Gemahls, eine Mätresse. Ich weiß es aus Siegfrieds Mund. Er selbst hat es mir gesagt.«

Kriemhild rafft ihren Mantel zusammen und schreitet stolz an Brunhild vorbei in den Dom.

Brunhild sinkt nieder, ihre Frauen fangen sie auf. König Gunther tritt hinzu und beugt sich zu ihr.

»König«, flüstert Brunhild, »ist es wahr, was diese da gesagt hat?«

Gunther ist aschfahl. Stockend, als sei ihm die Kehle verdorrt, stammelt er: »Ruft Siegfried! Ich will wissen, was er gesagt hat, ob es wahr ist, was Kriemhild behauptet.«

Als Siegfried kommt und hört, was man ihm vorwirft, wird er totenbleich. »Nie habe ich das gesagt. Niemals habe ich etwas getan, das die Ehre des Königs oder der Königin verletzt hätte. Ich kann es beschwören.«

»Dann schwöre«, sagt Gunther.

Nun bilden des Königs Getreue einen Kreis, wie es bei feierlichen Schwüren Sitte ist. Siegfried tritt in ihre Mitte und hebt die Hand zum Schwur. Doch ehe er zu sprechen beginnt, stößt Gunther heiser hervor: »Halt ein, ich erlasse dir den Eid. Ich glaube deinem Wort.«

Siegfried tritt aus dem Kreis zurück, da schleicht sich Hagen an ihn heran. »Verräter!«, zischt er ihm ins Ohr. »Dein Geschwätz, Drachentöter, ist schlimmer als ein Mord!«

In ihrer Kemenate kauert Brunhild, erstarrt, tränenlos und stumm. Nun weiß sie die Lösung des Rätsels. Fricka kniet neben ihr, streichelt die schwarze Flut ihres Haares.

»Geh hinauf auf den Turm, Herrin, da bist du dem Himmel näher. Rufe Odin, den Göttervater! Er wird kommen, dich auf sein Ross Sleipnir heben und mit dir durch die Lüfte nach Walhall fliegen. Wir sind Fremde in diesem Reich der Lüge und Tücke. Hier gibt es nicht Feuer und Eis, sondern Lauheit und Falschheit. In diesem Land, wo der Himmel so gleichmäßig blau ist und der Strom eintönig rauscht, tarnt man Feigheit und Hinterlist als höfische Sitte. Geh hinauf und rufe Odin, er wird sich deiner erbarmen.«

»Ich habe ihn gerufen«, sagt Brunhild mit rauer Stimme, »aber Odin hört den Ruf seiner Walküre nicht mehr. Er hat sich abgewendet von mir und von diesem Land, in dem man die alten Götter verleugnet. Fürwahr, die Nornen haben mir ein grausames Los gesponnen. Der, den ich liebte, hat mich verraten. An meiner Seite, als König von Island, hätte der Drachentöter leben und herrschen können und nach unserer Erdenzeit eine ewige Heimstatt in Walhall gefunden. Aber er hat sich in ein nichts sagendes Mädchengesicht vergafft und ich wurde einem Schwächling vermählt, einem Schattenkönig, dem nur der Purpur königliche Macht verleiht.«

»Odin wird kommen und dich rächen«, beharrt Fricka. »Ein mächtiges Brausen wird anheben, mit Sturm und Donner und Blitz wird er kommen, die Bäume entwurzeln und an die Mauern der Burg schleudern, der Blitz wird einen Brand entfachen, der Burg und Stadt zerstört. Er wird den Strom aufwühlen, die Wogen des Rheins werden die Ufer sprengen und Tod und Verderben über dieses Natterngezücht bringen.«

»Nein«, sagt Brunhild, »Odin wird nicht kommen. Die Rache ist mein.«

»Dann wollte ich, dein Schwert könnte die Drachenhaut des Drachentöters durchdringen und sich in sein Herz bohren!«

»Sei unbesorgt. Die Schmach der Königin von Island wird gerächt werden und die Rache wird furchtbar sein.«

Es klopft an der Tür, Königin Ute begehrt Einlass. Fricka steht auf, geht hinaus und Ute tritt ein. Die alte Königin der Burgunden nimmt einen Stuhl, rückt ihn an Brunhild heran, fasst nach ihrer Hand und sagt: »Ich bitte dich um Vergebung für das, was meine Tochter dir angetan hat.«

»Vergebung?« Brunhild springt auf. »Vergebung? Mein Herz schreit nach Rache!«, ruft sie. »Ich will Rache für diese brennende Schmach. Mit Zaubergewalt hat man mich auf Island betrogen und dann hierher verschleppt und mit einem Mann vermählt, den ich nicht liebe. Wie einen Vogel habt ihr mich gefangen, mit Schlingen der Tücke, mit der Leimrute süßer Worte, mit einem Netz aus Lügen. Vor aller Augen wurde ich verhöhnt, besudelt und geschmäht – von deiner Tochter!«

»Ich würde mein Leben geben, könnte ich es ungeschehen machen.«

»Es ist geschehen.« Brunhilds Blick ist starr. »Ich bitte dich, lass mich allein!«

Da erhebt sich Königin Ute und Tränen rinnen ihr über die Wangen. Sie geht gebeugt und mit schwerem Schritt. Es scheint, als könnte die alte Frau die Last nicht tragen, die ihre Kinder ihr aufbürden.

Auf den Bergen über dem Rhein verlöschen die Feuer. Die Sonne hat sich gewendet, die Mittsommernacht geht zu Ende. Im Dom ist es still, der Gottesdienst längst vorbei. Gesänge und Gebete sind verstummt, die Kerzen herabgebrannt. Nur das Ewige Licht leuchtet vor dem Tabernakel, ein winziges Flämmchen im Dunkel der Welt. Vor dem Bild des Gekreuzigten kniet eine schmale Frauengestalt, das Gesicht mit den Händen bedeckt, die Schultern zucken in verzweifeltem Schluchzen. Kriemhild ist es, die Königin der Niederlande. Siegfrieds Gemahlin und König Dankrats einzige Tochter.

Als sie nach dem Streit mit Brunhild in ihr Gemach zurückgekehrt war, waren ihr Zorn und ihre Wut verflogen und der Erkenntnis gewichen, welch furchtbare Schuld sie auf sich geladen hatte, indem sie Brunhild verriet, was sie nie hätte verraten dürfen. Von Ehrgeiz verführt und in ihrer Eitelkeit gekränkt, hatte sie ihr Wort gebrochen und Siegfrieds Geheimnis preisgegeben.

Wenig später war Siegfried gekommen.

»Weib, warum hast du geredet?«, schrie er. »Ich wollte, ich hätte dir die Zunge herausgerissen in jener Nacht!«

Sie hatte nicht gewagt ihn anzusehen, flüsterte nur: »Ich tat es um deinetwillen. Es ging mir um deine Ehre!«

Da schlug er sie ins Gesicht.

Nun liegt sie vor dem Altar auf den Knien. Nicht mehr im königlichen Mantel aus Hermelin über der prachtvollen Robe, sondern im schlichten schwarzen Kleid, einer Büßerin gleich. Sie weint, als könnten die Tränen sie reinwaschen von ihrer Schuld, und fleht um Vergebung. Doch sie weiß, wenn auch der barmherzige Gott ihr vergibt, Brunhild würde ihr nie verzeihen. Und die Rache der Königin wird furchtbar sein.

Leise Schritte nähern sich, eine Hand legt sich sanft auf ihre Schulter. Kriemhild wendet sich um und sinkt Königin Ute in die Arme. An ihrer Brust weint sie sich aus, als wäre sie noch ein Kind. Schützend umfängt die Mutter die Tochter und führt sie behutsam aus dem Dom.

Im Wehrturm der Wormser Burg sitzt Gunther, der König. Er ist allein. Schon lange sitzt er da, zermartert sich das Hirn und sinnt. Er kann nicht fassen, was geschehen ist, und doch ist es geschehen. Sein Freund, dem er vertraut hat und den er zum Mitwisser seiner Demütigung in jener grauenvollen Nacht gemacht hat, ist ein Verräter. Nur selten hatte das Leben dem schwermütigen König Stunden unbeschwerter Heiterkeit geschenkt, wie Gernot, Giselher und Kriemhild sie lachend genossen. Seit er die Krone trug, waren sie noch seltener geworden und Nachtgedanken verdüsterten ihm oft den hellsten Tag. Und nun, da Brunhild, seine Gemahlin, ihn gedemütigt, Kriemhild, seine Schwester, seine Schande hinausgeschrien hat und Siegfried, sein Freund, zum Verräter geworden war, verwirrt ihm schwärzeste Verzweiflung den Verstand.

Der Tag vergeht, und als über Burg und Stadt die Dämmerung niedersinkt, klopft es an der Tür. Gernot, Giselher und Hagen treten ein und nehmen Platz. Die Königssöhne und ihr Berater sehen einander nicht an, halten den Blick gesenkt, jeder für sich in der Düsternis seiner Gedanken gefangen. Dann beginnt der Tronjer zu sprechen: »Nie wurde ein König schamloser beleidigt als der König der Burgunden vor dem Portal des Wormser Doms. Wer den König beleidigt, beleidigt auch das Reich, über das er herrscht. Die Schmach, die der Drachentöter dem Herrscher Burgunds zugefügt hat, muss gerächt werden.«

Gunther antwortet nicht. Zusammengesunken sitzt er in seinem Stuhl, die Stirn auf die geballten Hände gestützt.

Da springt Giselher auf. »Aber Siegfried hat dem Reich gedient und hat unsere Feinde besiegt. Aus Liebe zu unserer Schwester hat er sich selbst erniedrigt und als Dienstmann ausgegeben und er hat Gunther beigestanden im Kampf um Brunhild. Er ist unser Freund!«

»Und hat doch den König verraten – um eines Weibes willen«, sagt Hagen.

»Er tat es aus Liebe, aus Liebe zu unserer Schwester«, erwidert Giselher.

»Auch Eurer Schwester hätte er nie erzählen dürfen, was in jener Nacht geschah.«

Gunther richtet sich auf, strafft seine Schultern und blickt Hagen ins Gesicht. »Wie soll ich richten über Siegfried, wenn ich ihn doch gebeten habe das zu tun, was er tat.«

»Habt Ihr ihn auch gebeten zu schwätzen?« Hagen fragt es scharf und höhnisch. »Die Königin von Burgund wurde beleidigt, tödlich beleidigt. Was Kriemhilds Weibermund verlautbart hat, dient dem Volk zum Gaudium, ist Tagesgespräch in den Burgen wie in den Hütten und den Kaschemmen. Der König und die Königin von Burgund sind zum Gespött geworden.«

Gunther stöhnt auf. »Ich verfluche den Tag, da man mir die Krone aufs Haupt drückte, und ich verfluche den Größenwahn, Brunhild erobern zu wollen.«

Hagen antwortet nicht. Auch Gernot schweigt, birgt das Gesicht, aus dem alle Farbe gewichen ist, in den Händen. Was könnte er wohl sagen? Er fühlt mit seinem Bruder, dem die Krone die Stirn wund drückt wie eine Dornenkrone, seit er sich von einem Traum verführen ließ und sich in ein Netz der Lüge verstrickte, dessen Maschen sich nun immer enger um ihn zusammenziehen.

Da zerreißt ein Geräusch die Stille. Die Tür öffnet sich und im Zwielicht wird eine Gestalt sichtbar. Hoch aufgerichtet steht Brunhild auf der Schwelle, die eisigen Augen auf Hagen gerichtet. Nur zwei Worte spricht sie: »Tötet Siegfried!«

Gunther schreit auf: »Brunhild!«

Die Königin sagt es noch einmal: »Tötet Siegfried!« Dann sieht sie Gunther an, fügt hinzu: »Oder ich töte mich«, und verlässt den Raum.

Gunther starrt auf die Tür, als hätte ein Fiebertraum ihn genarrt.

»Habt Ihr gehört, mein König?«

Hagen hätte nie gedacht, dass ausgerechnet die Isländerin seinen Plänen dienlich sein könnte. Schon lange missfällt ihm, dass der Ruhm des Drachentöters größer ist als der Ruhm des Burgundenkönigs, und es raubt ihm den Schlaf, wenn er daran denkt, dass der Nibelunge nicht zögern würde nach der Krone zu greifen, sollte sie den Händen eines Schwächeren entgleiten. Und der Schwächere ist der König, dem er dient und dem er Treue geschworen hat. Nun gilt es, das Eisen zu schmieden. »Wie steht Ihr zu der Forderung der Königin?«, fragt Hagen.

»Nein!«, schreit Gunther und Zorn rötet ihm das Gesicht.

»Und was schlägt Ihr zu tun vor, mein König?« Hagen gibt sich keine Mühe, die Häme in seiner Stimme zu verbergen.

»Ich will nicht zum Mörder werden.«

Da erhebt sich Hagen, blickt die Königssöhne an, einen nach dem anderen. »Seit ich denken kann, dient mein Leben Burgund. Ich bin zu alt, um mit den Narben zu prahlen, die ich mir für König Dankrat geholt habe, aber ich bin noch nicht zu alt, um mir neue für seine Söhne zu holen. Der Drachentöter ist gefährlich. Die Krone Burgunds reizt ihn, wie ihn die Hand der Königstochter gereizt hat. Er hat sich genommen, was er wollte, und er wird sich nehmen, was er will. Ich bin bereit zu tun, was zu tun ist. Die Entscheidung aber liegt bei Euch, König Gunther.«

Hagen hat laut und scharf gesprochen. Jetzt schweigt er, forscht in den Gesichtern der Brüder. Gunther senkt den Blick, auch Gernot vermeidet es, Hagen ins Auge zu sehen, der junge Giselher aber springt auf.

»Nein!«, ruft er, läuft zur Tür und schlägt sie hinter sich zu.

Als Hagen wieder zu sprechen anhebt, ist seine Stimme leise, fast flüsternd: »Wenn Rache für erlittene Schmach mit Schuld befleckt ist, dann nehme ich diese Schuld auf mich. Bleibt die Schmach ungesühnt, wähle ich den Tod. Ich lebe und sterbe für Burgund und für Eure Ehre, König Gunther.«

Der König hebt den Blick, sieht seinen Waffenmeister an, Angst steht in seinen Augen.

»Es kann nur mit List geschehen«, fährt Hagen mit ruhiger Stimme fort. »Wir wollen zur Jagd ausreiten, dann braucht nur ein Speer geschickt geschleudert zu werden, und zwar dorthin, wo der Drachentöter verwundbar ist.«

König Gunther nickt. Sein Gesicht ist grau.

Als Siegfried in Kriemhilds Gemach tritt und ihre verweinten Augen sieht, nimmt er die Frau, die er über alles in der Welt liebt, in die Arme.

»Verzeih mir«, flüstert er.

Sie birgt ihren Kopf an seiner Brust und die Tränen, die sie jetzt weint, sind Tränen der Erleichterung.

»Wir wollen aufbrechen und so rasch wie möglich nach Xanten zurückkehren. Auch mein Vater sehnt sich nach der Heimat«, sagt er.

Königin Brunhild meidet die Begegnung mit dem Königspaar der Niederlande. In schwarzes Gewand gehüllt wandelt sie durch die langen Gänge der Burg. Wer immer sie erblickt, dem fällt ein Schatten auf die Seele. Wie eine Mahnung erscheint sie dem Tronjer, wenn er sie sieht. Aber Hagen braucht nicht gemahnt zu werden. Er schmiedet bereits einen Plan.

Während der nächsten Tage sind Kriemhild und ihre Frauen mit Packen beschäftigt. Der Abschied von Worms, das fühlt sie, wird ihr diesmal leichter fallen als damals, als sie nach der Hochzeit ihrem Gemahl in sein Königreich folgte. Sie hat Brunhild seit dem Streit vor dem Münster nicht mehr gesehen und Gunther hat kein Wort mit ihr gesprochen. Auch Gernot scheint ihre Gegenwart zu meiden. Immer öfter verlässt er die Burg, niemand weiß, wohin er geht. Einzig Giselher leistet der Schwester hin und wieder Gesellschaft. Aber er, der so gerne und so fröhlich gelacht hat, lacht nicht mehr. Sein junges Gesicht ist ernst geworden. Wenn Kriemhild ihn fragt, was ihn bedrückt, wendet er sich ab.

Mitten in die Reisevorbereitungen platzt die Nachricht, dass Boten in dänischer und sächsischer Rüstung erschienen wären und gemeldet hätten, dass die Könige Lüdegast und Lüdeger erneut gegen Burgund Krieg führen wollten. Hagens Bruder Dankwart berichtet es Siegfried. Da blitzen des Drachentöters Augen zornig auf.

»So lohnen sie des Königs Milde! Fürwahr, es gelüstet mich, wieder in die Schlacht zu ziehen. Ich werde sie in die Knie zwingen, ohne Gnade.«

Als Dankwart seinem Bruder mitteilt, wie Siegfried auf die Botschaft reagierte, reibt Hagen sich die Hände. Er weiß, die Falle, die er gestellt hat, wird zuschnappen. Wie er es vorhergesehen hat, verschiebt der Nibelunge seine Abreise und Kriemhild muss sich schweren Herzens fügen.

Es ist zeitig am Morgen, als Kriemhild Siegfrieds Streitgewand, das bereits in einer Truhe verpackt ist, wieder herausnimmt. Noch einmal will Siegfried in den Krieg ziehen und die Sorge um ihn kriecht in ihr hoch wie eine Giftschlange. Ihre Augen sind verweint. Ihr Liebster, ihr schöner, kraftvoller und mutiger Falke, von dem sie als Mädchen geträumt hat, will wieder fliegen. Sie kann ihn nicht festhalten und in einen Käfig sperren, auch Brunhild auf Isenstein konnte es nicht.

Hagen begehrt Kriemhild zu sprechen. Sein Blick ist bekümmert, als er ihr Gemach betritt, die Kampfeslust früherer Tage scheint ihm abhanden gekommen zu sein.

»Ich ahne, wie Euch zu Mute ist, Kriemhild«, sagt er mit ungewöhnlich sanfter Stimme. »Auch dem König und mir wäre Friede lieber, aber die Feinde zwingen uns zum Krieg. Ich bin gekommen um Euch zu danken, dass Ihr nicht versucht habt Siegfried vom Kampf abzuhalten. Es geht um Burgund und ich weiß, dass Euch, der Tochter König Dankrats, das Schicksal des Reiches nicht gleichgültig ist.«

»Es ist mir nicht gleichgültig, seid versichert. Aber das Schicksal meines Gemahls liegt mir mehr am Herzen. Ach, er ist so mutig, so tollkühn. Wieder wird er keine Gefahr scheuen, allen voranstürmen und sein Leben aufs Spiel setzen. Ich bin in großer Sorge.«

»Ist denn seine Haut nicht aus Horn? Man sagt, der Drachentöter sei unverwundbar.«

»Ach, Hagen«, seufzt Kriemhild. »Wäre dem nur so! Es gibt eine Stelle in seinem Rücken, zwischen den Schulterblättern, wo er verletzbar ist. Ein Lindenblatt fiel dorthin und bedeckte seine Haut, während er im Drachenblut badete.«

»Wenn Ihr mir diese Stelle kennzeichnet, will ich hinter ihm reiten und ihn beschützen.«

»Wollt Ihr das wirklich tun, treuer Hagen?«, fragt Kriemhild und die Erleichterung ist ihr anzusehen.

»Ich habe am Totenbett König Dankrats geschworen, seinen Kindern wie einst ihm die Treue zu halten, also auch Euch, Kriemhild. Und da Ihr nun mit dem Nibelungen vermählt seid, gilt mein Schwur auch für Euren Gemahl.«

Kriemhild umarmt den alten Waffenmeister und Tränen der Dankbarkeit rinnen ihr über die Wangen.

»Dann will ich ein Zeichen auf sein Streitgewand nähen, damit Ihr wisst, wo er Eures Schutzes bedarf.«

»Näht ein Kreuz darauf. Das Kreuz ist das Zeichen Eures Gottes. Ich sage Eures Gottes, denn er ist nicht mein Gott. Ich bete ihn nicht an. Aber es heißt, dass er die, die zu ihm beten, mit mächtigem Zauber beschützt. Euer Gott und mein Schwert werden Siegfried beschützen. Es muss aber ein Geheimnis bleiben zwischen Euch und mir, denn es würde dem Drachentöter kaum behagen, wenn er wüsste, dass ich ihn schützen will.«

»Ich danke Euch«, sagt Kriemhild.

Es war Hagen nicht wohl gewesen bei dieser Unterredung. Rasch war er gegangen, doch bald hatte er jeden Zweifel an seinem Plan erstickt. Es muss sein, denkt er, was getan werden muss, wird getan werden. Die Nornen weben das Schicksal der Welt, ich bin nur das Werkzeug.

Kriemhild nimmt Siegfrieds Streitgewand und stickt mit blutroter Seide ein Kreuz in das hellbraune Leder, ein brennendes Mal, das preisgibt, wo der Drachentöter verwundbar ist.

Als Siegfried sich umgekleidet hat, nimmt er Abschied. Da überfällt Kriemhild eine schreckliche, nie zuvor gekannte Angst. Sie schlingt ihre Arme um ihn und flüstert: »Ach, Liebster, geh nicht von mir. Ich träumte diese Nacht denselben Traum, der mich schon einmal ängstigte – zwei Adler stürzten vom Himmel und zerrissen meinen Lieblingsfalken. Ich träumte weiter und sah zwei wilde Eber aus dem Gebüsch auf dich zustürzen und dich zerfleischen. Das Gras war rot von deinem Blut. Endlich riss mich ein dritter Traum aus dem Schlaf: Du gingst durch eine Schlucht und zwei Berge stürzten über dir zusammen und begruben dich unter ihren Trümmern. Ach, Liebster, bleib bei mir!«

Siegfried lächelt. »Träume sind Schäume«, sagt er, küsst ihr die Tränen von den Augen, windet sich aus ihren Armen und geht.

Sie sieht ihm nach und stellt fest, dass das Kreuz leuchtend rot die richtige Stelle anzeigt. Da durchzuckt sie ein entsetzlicher Gedanke – wieder hat sie ein Geheimnis Siegfrieds verraten.

Der Tod im Odenwald

Der angekündigte Krieg findet nicht statt. Es seien abermals Boten der Könige Lüdegast und Lüdeger gekommen, berichtet Hagen, und diese hätten gemeldet, dass die Kriegserklärung ein bedauerliches Missverständnis sei. Die königlichen Brüder wären untröstlich und würden bald Geschenke senden, um König Gunther für das Ungemach der Falschmeldung zu entschädigen.

»Lasst uns statt in den Krieg zur Jagd ausreiten!«, ruft Hagen. »Der Tag ist schön, die Bären sind fett und die frische Waldluft wird uns allen gut tun.«

In seinem Auge ist ein Leuchten, gelb wie das eines Wolfs.

Hell schmettern die Jagdhörner, die Rosse wiehern, nur mühsam können die Knechte sie bändigen und die Hundeführer halten mit aller Kraft die Meute an den Riemen. Mit einer Fähre überqueren die Jäger den Rhein, von dem zarter Morgendunst aufsteigt. Im Osten sehen sie bewaldete Kuppen und dahinter lichter und blauer die Bergzüge des Odenwalds. Sie jagen in Odins Wald, wo nach den Vorstellungen der Ahnen in den Herbstnächten das Heer der Toten über die Wipfel braust. Ihm voran, so künden es die alten Lieder, reitet der Göttervater Odin auf seinem achtfüßigen Hengst Sleipnir und führt die Wilde Jagd an. Die Burgunden haben oft davon gehört, wenn Sänger auf der Burg zu Worms zu Gast waren und von den alten Göttern sangen. Aber sie glauben nicht mehr an sie. Hagen ist der Einzige, der ihrer Macht vertraut und an die Nornen glaubt. Er ist überzeugt, dass er vom Schicksal auserwählt wurde zu Ehren des Reiches und des Königs zu handeln, wenn andere dafür zu schwach sind.

Es ist ein Sommermorgen mit der Frische des Regens der vorhergehenden Nacht. Über den Sümpfen und Wiesen, dem Erlengebüsch, den Haselsträuchern und dem Weißdorn lagert der Dunst und über den Kronen der alten Eichen hängen noch die Nebel der Frühe. Dann lösen sich die Schleier, die Strahlen der Sonne gewinnen an Kraft, Sträucher und niedrige Birken stehen in Gold getaucht und der erste Vogel ruft. Nun glitzern die Wellen der Flussläufe, die an den Hängen der Berge vorbeigleiten, und ein sanfter Morgenwind lässt die blanken Spiegel der Teiche zittern. Die Burgunden reiten in den Wald, wo die Sonne jetzt grüngoldene Flecke zwischen die Stämme der Bäume zaubert und die samtenen Mooskissen leuchten. Der Wald hallt wider vom Gebell der Hunde, vom Klang der Hörner, von Geschrei und Gelächter.

Schon lange war Siegfried nicht mehr so froh gewesen wie jetzt, da er auf seinem Schimmel durch den lichtdurchfluteten Wald reitet und den Duft des Laubs atmet. Verscheucht und vergessen sind die Streitigkeiten und Auseinandersetzungen der vergangenen Tage. Er hat die Burgunden und seinen Vater, König Siegmund, zurückgelassen und fühlt sich frei wie der Falke, der hoch über ihm kreist. Als er das erste Rudel Rehe über eine Lichtung laufen sieht und seinen Spürhund nur mit Mühe zurückpfeifen kann, packt ihn das Jagdfieber. Er gibt seinem Ross die Sporen, sprengt über das Bruchholz gestürzter Stämme, zwängt den Schimmel durch Büsche und nieder hängende Zweige. Da prescht sein Hund vor, läuft hinein in das dichte Gehölz und spürt einen mächtigen Eber auf. Es wäre dem Nibelungen ein Leichtes gewesen, ihn zu erlegen, aber sein Jagdfieber ist verflogen, er will nicht töten und lässt ihn laufen. Ein Hirsch, aufgescheucht vom Gekläff des Hundes, springt ihm über den Weg und auch ihn lässt Siegfried leben und reitet weiter, vorbei an schilfbewachsenen Mooren und Sümpfen. Wieder läuft sein Hund vor, gibt Laut und jagt einen riesigen Wisent aus dem Schilf, der mit gesenkten Hörnern auf den Reiter losstürzt. Jetzt aber packt Siegfried sein Schwert Balmung und trennt dem Tier den Kopf vom Rumpf.

Er reitet weiter und bald umfängt ihn wieder die Stille des Waldes, nur unterbrochen vom Schrei eines Bussards. Die Sonne steht hoch am Himmel und die Luft flirrt vor Hitze. Es ist Mittag und Pan, der Gott der Hirten und der Mittagsglut, schläft. Da steigt auch Siegfried vom Pferd, legt sich in den Schatten und schläft, tief und traumlos.

Der Mittag ist vorbei, ein Wind erhebt sich und der Schläfer öffnet die Augen. Er schaut in den Himmel und sieht hoch über ihm einen Adler mit weit ausgestreckten Schwingen seine Kreise ziehen. Ein leises Rascheln, ein Hase hoppelt aus dem Unterholz, bleibt stehen, verharrt. Da schießt der Adler im Sturzflug herunter, schlägt seine Krallen blitzschnell in das Tier und fliegt mit einem blutigen, zuckenden Klumpen Fleisch in den mächtigen Fängen davon. Siegfried schaudert es. So nahe aneinander sind Leben und Tod, denkt er, und das Leben des einen hängt am Tod des andern.

Er richtet sich auf und sein Blick fällt auf den Stamm der Eiche, in deren

Schatten er liegt. Die Rinde hängt zerfetzt herunter, das noch feuchte Holz zeigt Spuren scharfer Krallen. Und dann sieht er auf dem weichen Boden eingedrückt die Spuren mächtiger Tatzen. Es ist die Fährte eines Bären. Nun erwacht sein Jagdinstinkt richtig.

Er folgt den Spuren und sieht plötzlich einen Braunbären, der mit der Nase auf dem Boden langsam dahintrottet, als suche er etwas, und sich dann wegduckt ins Unterholz. Siegfried macht einen Sprung, wirft sich auf den Bären und krallt sich mit beiden Händen im Nackenfell fest. Das Tier rüttelt und schüttelt sich und will den unliebsamen Reiter abwerfen, aber der Nibelunge presst ihm die Beine in die Flanken, hält ihm mit der einen Hand das Maul zu, zieht mit der anderen einen Strick aus dem Gurt und wickelt ihn dem Bären um die Schnauze. Dann steigt er ab und schleift das widerstrebende Tier zu dem Baum, an dem der Schimmel angebunden ist. Er holt einen langen Lederriemen aus der Satteltasche, bindet dem Bären Vorder- und Hinterbeine zusammen, legt ihn wie ein Bündel hinter sich auf den Sattel und bindet ihn fest.

Ein Hornstoß ertönt, dann ein zweiter und ein dritter. Das ist das Zeichen, dass der König die Jagd für beendet erklärt und die Jäger am verabredeten Lagerplatz erwartet. Auf der Wiese liegen die erlegten Rehe, Wildschweine, Hasen und Rebhühner ordentlich zur Strecke gereiht, auch drei Hirsche sind dabei. In einem Zelt hängen über den Feuerstellen große Kupferkessel, in denen Suppe brodelt. Die Knechte sammeln dürres Holz, um das Feuer nicht ausgehen zu lassen. Die Köche braten Fleischstücke am Spieß und die Küchenjungen und die Mägde rühren Soßen. Vor dem Zelt sind Tische und Bänke für das Mahl aufgestellt. Die Jagdgesellschaft hat bereits Platz genommen und lässt es sich bei einem Becher Wein wohl sein.

Als die Sonne hinter den Wipfeln steht, kommt Siegfried mit dem gefesselten Bären geritten. Er sieht die vornehme Gesellschaft und plötzlich packt ihn der Übermut. Er hebt den Bären vom Pferd, nimmt ihm Strick und Riemen ab und lässt ihn frei. Der Bär, völlig benommen, steht eine Weile still und trottet dann dem Wald zu, doch die Hunde wittern das Raubtier, schlagen an und ihr wütendes Heulen und Gekläffe macht den Bären völlig irr. Als auch noch die Pferde unruhig werden und wiehern und manche hochsteigen, rennt der Bär wie verrückt im Kreis und dann schnurstracks hinein in das Zelt der Köche. Töpfe klirren und Pfannen, Kessel kippen, und was Suppe hätte werden sollen, ergießt sich zischend und dampfend auf die Feuerstellen und löscht das Feuer. Flüche gellen und Schmerzensschreie, Köche und Küchenjungen, Knechte und Mägde rennen aus dem Zelt, als wüte der Teufel darin. Der Bär läuft hinterdrein und will sich von dem Lärm und dem Geschrei verängstigt in den Wald flüchten, doch da befiehlt Hagen die Hunde loszulassen. Nun fällt die wilde Meute das Tier an, fiepend, jaulend und hechelnd springen die Hunde den Bären an und verbeißen sich im Fell. Der Bär wehrt sich, beißt um sich und teilt Prankenhiebe aus, aber die Hunde lassen nicht los, bilden mit dem Bären ein bluttriefendes Geknäuel. Da macht Siegfried dem grausamen Schauspiel ein Ende. Hell blitzt der Smaragd, als er mit einem gewaltigen Streich seines Balmung dem Bären den Kopf abschlägt.

Nun schichten die Knechte wieder Holz auf und machen Feuer, die Hundeführer pfeifen die Hunde zurück und binden sie an, die Köche und Küchenjungen schauen nach, was von den Speisen noch zu retten ist.

Ungewohnt freundlich geht Hagen auf Siegfried zu, rühmt ihn als den größten aller Jäger und gibt ihm aus seinem Becher zu trinken, was an Wein noch übrig ist. Der Bär hatte nämlich in seinem Irrlauf ein Fass umgestoßen und der Wein war ausgelaufen. Siegfried dankt und trinkt und Hagen sagt, niemand müsse Durst leiden, denn wenn es schon keinen Wein gebe, so gäbe es doch genügend frisches Wasser. Dort, wo jetzt die Sonnenstrahlen die letzten Baumwipfel treffen, sprudle eine Quelle mit klarem Wasser.

»Dann will ich dorthin laufen und trinken«, sagt Siegfried.

»Ich laufe mit, auch mich plagt der Durst«, sagt Hagen. »Wir könnten um die Wette laufen.«

»Ich schließe mich an«, sagt König Gunther.

»Damit es gerecht zugeht«, meint Siegfried, »will ich, weil ich der Jüngere bin und im Wettlaufen geübt, mein Schwert Balmung, meinen Schild und meinen Speer mittragen. Und Euch, König Gunther, und dem Waffenmeister werde ich einen Vorsprung lassen.«

»So soll es sein«, sagt Hagen und erklärt noch einmal das Ziel: Die Quelle befinde sich dort, wo das Grün einer Esche jetzt noch in der Abendsonne leuchtet.

Hagen und Gunther rennen los, Siegfried wartet, bis er meint, der Vorsprung der beiden wäre nun groß genug, und läuft dann mit seinem Schild auf dem Rücken und den Waffen in den Händen los. Schon nach der halben Strecke hat er den König eingeholt und kurz vor dem Ziel überholt er den

Waffenmeister. Vor der Esche sprudelt die Quelle. Siegfried legt Schild und Waffen nieder, trinkt aber nicht, sondern wartet auf den König, damit dieser zuerst seinen Durst lösche. Auch Hagen wartet auf ihn. Der König kniet nieder und trinkt. Er trinkt lange, als wollte er nie damit aufhören. Dann erhebt er sich und tritt zur Seite. Sein Gesicht ist grau. Jetzt kniet Siegfried nieder, schöpft mit der hohlen Hand Wasser und trinkt.

Hagen hat, als Siegfried zu trinken begann, den Balmung versteckt, nicht aber den Speer und den Schild des Nibelungen. Nun nimmt er den Speer, fasst den Knienden ins Auge wie ein Raubvogel seine Beute, schleicht sich an und zielt. Er zielt auf das blutrote Kreuz zwischen Siegfrieds Schulterblättern, das Kriemhild in sorgender Liebe gestickt hat, und stößt zu. Mit furchtbarer Wucht durchstößt er des Drachentöters Rücken und Brust. Blut schießt aus der tödlichen Wunde und ein Schrei gellt in die Stille: »Mörder!«

Mit irren Augen, als könnte er nicht fassen, was geschah, blickt Siegfried um sich und sieht seinen Schild und den Waffenmeister, der sich hinter der Esche ducken will. Rasende Wut gibt dem Nibelungen ein letztes Mal Kraft. Er packt den Schild und schleudert ihn gegen Hagen, der zu Boden stürzt. Nun aber sackt auch Siegfried zusammen, sinkt ins Gras und färbt es rot mit seinem Blut. Einmal noch richtet sich der Sterbende auf.

»Fluch über Euch!«, stöhnt er. »Mein Tod wird Euer Verderben sein, aber schützt Kriemhild.«

Mühsam hat Hagen sich erhoben, tritt hinkend zu dem Toten, zieht ihm die Mordwaffe aus dem Leib und wirft sie weg. Dann nimmt er Balmung mit dem goldenen Griff und dem grünen Edelstein und geht wortlos zurück zum Lagerplatz. Gunther, der König, folgt ihm. Sein Gesicht ist so bleich wie das des Toten.

Die Sonne ist gesunken, langsam steigt der Mond auf und aus dem Wald weht Kühle, als der König und sein Waffenmeister zu der Lichtung kommen, wo die Jäger sie erwarten.

»Wo ist Siegfried?«, rufen Gernot und Giselher und König Siegmund fragt: »Wo ist mein Sohn?«

»Er ist tot«, sagt Hagen, »und ich bin es, der ihn getötet hat. Einer musste es tun. Die Schmach, die dem König und der Königin angetan wurde, ist nun gerächt, die Ehre Burgunds wiederhergestellt. Ich habe es getan, und wer mich darob tadeln will, möge es tun.«

Schweigend starren die Männer den Tronjer an, keiner wagt zu sprechen.

Auch König Siegmund schweigt, aber in seinen Augen brennt Hass. Gernot und Giselher sehen ihren Bruder an, der mit dem Rücken an einem Baum lehnt. Seine Hände krallen sich an die Rinde, als fände er dort Halt.

Hagen befiehlt den Knechten, Äste von den Bäumen zu hacken, eine Bahre zu flechten und darauf den Leichnam zu betten. Stumm bewegen sich die, die fröhlich ausgezogen waren, mit dem Toten zum Ufer des Rheins, wo das Schiff wartet. Als es vor Worms Anker wirft, ist die Nacht schwarz.

Totenstille liegt über der Burg und der Stadt, als der Zug mit dem Ermordeten sich dem Burgtor nähert. Im Hof stellen die Träger die Bahre ab. Hagen befiehlt: »Stellt sie Kriemhild vor die Tür.«

Sie gehorchen und schleichen sich davon. Ein Hund winselt, denn er wittert Blut. Dann heult er und Kriemhild wacht auf. Sie lauscht, glaubt Schritte zu hören, gedämpfte Stimmen. Danach ist wieder alles still. Unruhe erfasst sie. Sie steht auf, wirft den Mantel über und geht zum Fenster. Der Hof ist leer, liegt im Dunkel. Ein Wind hat sich erhoben, treibt losgerissene Blätter und Staub durcheinander. Im Westen zuckt Licht am Himmel, doch kein Donner ist zu hören. Aus einem der Fenster dringt Lichtschein. Es ist das Fenster der Königin Brunhild. Warum wacht die Königin?

Ein Schrei durchgellt die Stille: »Mord!« Es ist der Schrei eines Knaben. »Mord!«

Kriemhild taumelt aus ihrem Gemach und bleibt auf der Schwelle stehen. Sie sieht ihren Gemahl auf einer Bahre aus Tannengrün hingestreckt. Sie erstarrt. Ihr Herz weigert sich wahrzunehmen, was ihre Augen sehen. Bleich liegt ihr Geliebter da, kein Atemzug hebt ihm die Brust.

Nein, durchfährt es sie, er ist nicht tot, er kann nicht tot sein. Er stellt sich schlafend, er spielt nur ein Spiel, er ist früher als die anderen von der Jagd nach Hause gekommen um sie zu überraschen. Es ist kein gutes Spiel, es ist grausam, aber sie will ihm den Spaß nicht verderben. Oder schläft er wirklich? Der Tag war heiß und die Jagd anstrengend. Vielleicht ist er eingeschlafen, nachdem er sich lange genug verstellt hat. Dem Knaben, der »Mord« geschrien hat und der nun weinend an der Wand lehnt, bedeutet sie mit einer Geste ruhig zu sein. Sie will nicht, dass der Schlafende geweckt werde, und weiß doch, dass sie es ist, die nicht geweckt werden will. Sie will sich ihr Trugbild, dass Siegfried schläft, nicht rauben lassen. Bald wird er aufwachen, lachend die Augen aufschlagen und sie in die Arme nehmen. Zitternd tritt sie näher, beugt sich zu dem Liegenden, sieht das bleiche Gesicht, umrahmt von goldenem Haar, die geschlossenen Augen und den geschlossenen Mund. Ihr Blick wandert, bleibt haften an dem dunklen Fleck auf seiner Brust. Mit einem Schrei sinkt sie nieder, tastet danach und zieht die Hand zurück. Der Fleck ist Blut, Blut aus dem Herzen Siegfrieds.

Aufgeschreckt von dem Schrei strömen die Bewohner der Burg herbei. Gernot und Giselher sind die ersten, Ortwin und der Sänger Volker treten hinzu, die Ritter Runold und Hunold, die Markgrafen Gere und Eckewart, Knechte und Mägde mit Fackeln in den Händen drängen sich vor Kriemhilds Tür. Dann kommen Hagen und Dankwart. König Siegmund ist nicht dabei. Zuletzt kommt König Gunther.

Der König war hinaufgestürmt in Königin Brunhilds Gemach, um seiner Gemahlin Bericht zu erstatten. Ihre Forderung sei erfüllt, hatte er hervorgestoßen, und der Nibelunge liege nun tot vor ihrer Feindin Tür.

»Sie ist nicht meine Feindin«, hatte Brunhild kalt geantwortet. »Er war es, der betrogen hat, und du, König Gunther, hast ihn dazu angestiftet.«

»Und du warst es, die seinen Tod verlangt hat!«

»Ja, denn nur der Tod konnte meine Schmach rächen und die Schuld von ihm nehmen, in die du ihn verstrickt hast. Aber du wirst nie wieder einen treueren Freund haben als den, den du ermorden ließest.«

Die Antwort hatte Gunther getroffen, als hätte ein Speer auch seine Brust durchbohrt.

Kriemhild hat sich über den Leichnam geworfen, küsst die Lider über den toten Augen und die kalten Lippen.

»Wer ist der Mörder?«, schreit sie, als Gunther hinzutritt. Der König schweigt, drückt seinen Rücken gegen die Wand, als suchte er dort Halt. Giselher geht zu seiner Schwester, nimmt sie sanft in die Arme und hebt sie auf. Gernot gibt Befehl, die Bahre in den Hof zu tragen.

Die ganze Nacht liegt Kriemhild vor Siegfrieds Bahre auf den Knien und wacht. Die anderen sind gegangen.

Als der Morgen graut, kommen sie wieder. Es kommen auch Siegfrieds Nibelungen, die zwölf Ritter aus dem Nibelungenland. Gepanzert und mit dem Schwert in der Hand stehen sie da.

Kriemhild erhebt sich, ihr Blick gleitet langsam von Gesicht zu Gesicht, verweilt auf Gunthers bleicher Miene und bleibt an Hagens Raubvogelauge haften. Kalt und scharf ist ihre Stimme, als sie ruft: »Wer hat es getan? Wer hat ihn feig und hinterrücks gemordet? Wer hat mir den Toten auf die Schwelle gelegt?«

»Es wird sich erweisen, wer Schuld trägt und wer nicht«, sagt Königin Ute, die neben die Tochter getreten ist. »In den alten Zeiten hat die Blutprobe den Schuldigen verraten. Sie gilt auch heute noch. Jeder, der an der Jagd teilgenommen hat, trete heran, lege die Hand auf die Brust des Toten und schwöre, dass er unschuldig ist.«

Nun zieht der am nächsten Stehende sein Schwert, tritt vor die Bahre, legt dem Toten die Hand auf die Brust und beschwört seine Unschuld. Dann beugt er sein Knie und tritt wieder zurück. Nach ihm tritt der Nächste heran und dann einer nach dem andern. Sie ziehen das Schwert, legen die Hand auf Siegfrieds Brust, murmeln ihren Schwur, beugen das Knie und treten zurück. Als Letzter kommt Hagen. Langsam zieht er Balmung aus der Scheide und berührt schweigend den Leichnam, das Knie beugt er nicht. Da sickert Blut aus Siegfrieds Wunde, beginnt zu fließen und tropft schwer zu Boden.

»Mörder!«, schreit Kriemhild. Sie geht zu Gunther, der immer noch Halt an der Wand sucht, starrt ihm ins Gesicht, aus dem alle Farbe gewichen ist, und sagt: »Ich klage Hagen von Tronje des Mordes an. Er hat meinen Gatten, den König der Niederlande, deinen Gast, getötet. Ich fordere Recht. Richte ihn, du bist der König von Burgund und der Hüter der Gesetze.«

»Schwester«, sagt König Gunther und seine Stimme ist ein tonloses Flüstern, »ich weise deine Klage ab.«

»Wer den Mörder schützt, macht sich schuldig!«, sagt Kriemhild und wendet sich Gernot und Giselher zu. »So helft ihr mir, meine Brüder, dass Recht gesprochen und der Mörder gerichtet wird!«

Gernot beißt sich die Lippen blutig und schweigt. Giselhers einst jugendfrisches Gesicht ist so weiß wie die Wand, an der Gunther lehnt. Verzweifelt blickt er auf seine Brüder, dann auf Hagen. Tränen laufen ihm über die Wangen, doch kein Wort entringt sich seinen Lippen. Da schreit Kriemhild auf: »Wenn mir Recht verwehrt wird, fordere ich Rache!«

Die zwölf Nibelungen rücken mit gezücktem Schwert heran, bereit sich auf Hagen zu stürzen, der mit eisigem Gesicht zugehört hat.

»Nein«, sagt Kriemhild und ihre Stimme klingt jetzt ruhig und kalt. »Tötet ihn nicht. Ich will, dass er lebt. Die Rache ist mein und der Tag wird kommen, da ich meinen Durst mit dem Blut des Mörders stille.«

Gunther befiehlt, den Leichnam in einen Saal zu tragen. Dort wird er auf einen rasch aufgestellten Katafalk gebettet. Drei Tage wacht Kriemhild davor, drei Tage und drei Nächte, in denen das Mondlicht weiß über die Wände schleicht und dann auf dem Gesicht des Toten ruht, als wollte es ihn wieder zum Leben erwecken. In diesen Nächten winseln die Hunde und klagen die Eulen. Auch König Gunther wacht. Er findet keinen Schlaf und wälzt sich auf seinem Lager, gequält von Fragen, auf die er keine Antwort weiß. Was hätte er tun, was hätte er verhindern können? Wäre es in seiner Macht gestanden, dem Schicksal Einhalt zu gebieten? Sein Waffenmeister Hagen aber schläft. Hagen schläft einen tiefen, traumlosen Schlaf. Was er getan hat, hat er für Burgund getan, für seinen König und die Königin und für das Reich.

Als man am Morgen des dritten Tages den Toten in den Dom tragen will, schreit Kriemhild auf: »Nein! Nicht dorthin! Der Gott der Christen hat ihn nicht beschützt. Und sein Zeichen, das Kreuz, das ich Närrin selbst gestickt habe, weil mir der Mörder dazu geraten hat, wies der tödlichen Waffe den Weg. Der Leichnam soll brennen und zu Asche verbrennen, wie mein Herz verbrannt ist.«

Am Festplatz am Ufer des Rheins, dort, wo Kriemhild einst ihrem Geliebten entgegenlief und ihn küsste und wo Brunhild zum ersten Mal ihren Fuß auf burgundische Erde setzte, ragt ein Holzstoß empor. Königin Ute hatte zwar um eine fromme Feier in der Kirche und um eine christliche Bestattung gebeten, aber Kriemhild hört nicht auf sie, die Stimme ihrer Mutter zählt nicht mehr.

Zur Totenfeier kommen Menschen aus Stadt und Land, Freie und Unfreie, Burgherren und Bauern, Handwerker und Händler, Knechte und Mägde. Der Platz füllt sich. Das Volk hatte den Drachentöter geliebt, ihn bewundert und ihm zugejubelt, wenn er im Turnier gesiegt hat. Nun ist es gekommen um Abschied zu nehmen. Wo einst der fröhliche Lärm der Waffenspiele und der Beifall der Zuschauer hallten, geht nun ein Raunen durch die Menge, ein banges Flüstern und Fragen. Wie ist der Held zu Tode gekommen? Haben Räuber ihn hinterrücks erschlagen, war es ein Jagdunfall? Hat ein Speer das Wild verfehlt und stattdessen den Nibelungen getroffen?

Als Siegfrieds zwölf Ritter mit der Totenbahre auf den Schultern heranschreiten, weichen die Menschen scheu zurück und machen den Weg frei. Die zwölf legen ihren Herrn auf den Scheiterhaufen, dann bilden sie einen Halbkreis. Wieder weicht das Volk zurück, denn nun kommt Kriemhild mit einer brennenden Fackel in der Hand. Ihr Gesicht ist weiß wie das Kleid, das sie trägt. Hinter ihr geht der alte König Siegmund, gestützt von dem jungen Giselher. Ihnen folgen Gunther und Gernot und des Königs Getreue. Trommelwirbel ertönt, als Kriemhild den Holzstoß entzündet. Knisternd fängt das Holz Feuer, Flammen lecken hoch und züngeln, dann lodern sie und schlagen über dem Toten zusammen.

»Weine nicht«, sagt die Magd Fricka zu ihrer Herrin Brunhild, die in ihrer Kemenate kauert. »Er ist deine Tränen nicht wert. Er hat aufgehört ein Held zu sein, lange vor seinem Tod. Er war ein Held, damals, als er durch die Flammen ritt und dich erweckte. Die Flammen sind erloschen wie das Feuer seines Geistes. An deiner Seite hätte er ein Gott sein können. Aber er war ein Mensch mit dem Herzen eines Menschen und Menschenherzen sind wandelbar, sind heute heiß und morgen kalt. Er hat dich verraten und betrogen.«

»Ich habe ihn geliebt und ließ ihn töten.«

»Ich weiß. Sein Schicksal ist erfüllt, weine nicht.«

»Auch meines ist es. Ich wollte, er hätte meine Insel aus Feuer und Eis nie gefunden. Burgund ist ein Reich der Lüge. In den Kammern, in den Gemächern, auf den Treppen und Gängen der Königsburg, überall lauern Verrat und Tücke. In den Adern dieses Geschlechts kocht giftiges Blut, das Blut des Drachen, den Siegfried erschlug. Es ist vergiftet von der Gier nach Gold und Macht. Dem Glauben seiner Väter hat es abgeschworen, den neuen begreift es nicht.«

»Burgund wird untergehen. Ich sehe einen Strom von Blut, ich sehe Feuer und Asche«, sagt die Blinde mit den toten Augen.

»Auch mein Leben ist nah dem Tod. Der, der mich vom Schlaf erweckt hat und mit dem ich hätte leben wollen, ist tot. Nun will auch ich sterben.«

»Hüte dich!«, mahnt Fricka und tastet mit den Fingern nach Brunhilds Gesicht. »Der Wunsch, zu sterben, erzürnt die Götter. Sie selbst bestimmen über Leben und Tod.«

In dieser Nacht stößt ein Wächter in sein Horn, weckt mit schrillem Ton die Schlafenden. Feuer wütet in dem Turm, in den Brunhild sich zurückgezogen hat. Aus den Fenstern brechen Flammen aus, züngeln die Mauern entlang, unaufhaltsam und gefräßig.

»Die Königin!«, schreit Gunther. »Rettet die Königin!«

Es ist zu spät. Lichterloh brennt das Gebälk, krachend stürzt der Turm ein und begräbt in einem Feuerregen die Königin Brunhild. Die Flammenfrau stirbt in einem Flammenmeer, das kein Retter durchdringen kann.

Am Tag darauf findet man die alte Fricka tot in ihrer Kammer. Sie starb, als das Herz ihrer Herrin aufhörte zu schlagen.

Der Nibelungenhort

Die Stimmung in der Burg zu Worms ist so düster wie ihre grauen Mauern. Kriemhild trauert. Ihre Brüder gehen mit gesenkten Köpfen aneinander vorbei. Den Jäger Gernot lockt die Jagd nicht mehr, der junge Giselher lacht nicht mehr und geht Wege, die niemand kennt. König Gunther denkt nach über das, was geschehen ist, und kann doch keinen Sinn darin finden, zu viele Hoffnungen sind zerbrochen, zu viele Zweifel martern ihn. Die alte Königin Ute zieht sich in ihre Gemächer zurück, weint über ihre Kinder und betet für sie. Wenn Volker zu seiner Fidel greift, spielt er traurige Lieder. Selbst die Hunde bellen nicht mehr ausgelassen, sondern kläffen und jaulen. Brunhilds Gefolge war eines Tages verschwunden, wie die Nibelungenritter, niemand fragte danach.

Auch König Siegmund hatte Worms verlassen und war abgereist nach Xanten, in das verwaiste Königreich. Vergeblich hatte er Kriemhild beschworen, mit ihm zu reisen, hatte ihr versichert, dass ihr als der Witwe Siegfrieds dieselbe Stellung zukäme, die ihr Gemahl als König innegehabt hatte. Sie sei als Königin und Herrscherin der Niederlande herzlich willkommen, hatte er beteuert, denn das Volk liebe sie. Kriemhild aber hatte abgelehnt, unter Tränen hatte sie ihm gestanden, dass sie die Erinnerung an die glücklichste Zeit ihres Lebens, die Jahre mit Siegfried in der Burg zu Xanten, nicht ertragen könnte. Es wäre zu schmerzlich für sie.

»Mit Hagen unter einem Dach willst du wohnen? Dieselbe Luft atmen wie der Mörder deines Mannes?«, hatte König Siegmund gefragt.

Kriemhild hatte geschwiegen. Was hätte sie ihm auch sagen können? Dass ihr Herz danach brannte, sich zu rächen? Dass sie an Hagen und denen, die ihn schützten, Vergeltung üben wollte? Der alte Mann hätte sie nicht verstanden und so schied er grußlos. Worms hatte ihm den Sohn geraubt und nun auch eine Tochter.

Kriemhild wohnt nicht mit dem Mörder unter einem Dach. Unweit des Doms hat sie für sich und ihre Dienerschaft ein Haus errichten lassen. Dort lebt sie zurückgezogen, gibt sich ihrer Trauer und ihren Erinnerungen hin. Nur Ute, die alte Königin, darf zu ihrer Tochter und die Brüder Gernot und Giselher. Giselher versucht seine Schwester zu trösten, aber Kriemhilds Schmerz heilt nicht. Es scheint, als würde er jeden Tag aufs Neue aufflammen. Ihr schönes Gesicht ist wie versteinert, die hellen Augen haben ihren Glanz verloren.

Hagen von Tronje kümmert sich nicht um die Befindlichkeit der Witwe. Der Hüter und Ratgeber des Königs hat wieder einen Plan. Der unermessliche Nibelungenhort, der jetzt Kriemhild gehört, liegt ungenutzt in einer Höhle im fernen Nibelungenland. Wäre es nicht besser, überlegt er, der Schatz käme nach Worms? Könnte er nicht eines Tages dem König statt der Witwe gehören? Der Gedanke, den Reichtum Burgunds zu mehren, lässt den Tronjer nicht los. Er beschließt zu tun, was er für richtig hält. Da er weiß, dass Kriemhild erlauben muss den Hort nach Worms zu schaffen, soll der König sie darum bitten. Daher muss Gunther sich vorher mit seiner Schwester versöhnen.

Anfangs sträubt sich Gunther gegen den Vorschlag. Doch Hagens Beredsamkeit entfacht die Gier nach Gold in dem Burgundenkönig, der die Pracht liebt und zu schwach ist, den Argumenten seines Waffenmeisters und Ratgebers etwas entgegenzuhalten.

»Mein König«, sagt Hagen und versucht seiner schnarrenden Stimme einen schmeichlerischen Ton zu verleihen, »Ihr seid zu jung, um freudlos Eure Tage zu verbringen. Das Gold des Horts könnte Glanz in die Düsternis Eures Daseins bringen. Der Hof zu Worms sollte wieder ein Ort der Feste und der Geselligkeit werden. So manche Königstochter wäre nur allzu gerne bereit, Euch aus Eurer Einsamkeit zu erlösen und Euch glücklich zu machen. Reichtum und Ruhm Burgunds würden weit über die Grenzen strahlen und die Herrscher des Abendlandes vor Neid erblassen lassen. Reicht Eurer Schwester die Hand zur Versöhnung!«

Gunther schüttelt den Kopf. »Wie kann ich mich mit Kriemhild versöhnen? Sie spricht kein Wort mit mir.«

»Schickt Eure Brüder vor und lasst sie für Euch sprechen!«

Gunther gehorcht wie so oft und wendet sich an Gernot und Giselher mit der Bitte um ihre Fürsprache. »Wir wollen den alten Hass vergessen, er macht Tote nicht wieder lebendig und das Herz unserer Mutter bricht vor Schmerz«, sagt er. Vom Gold spricht er nicht.

Kriemhild hört ihre Brüder schweigend an, als sie ihr vom Wunsch Gunthers berichten, sich mit ihr zu versöhnen. Erst als sie vom Leid der Königin sprechen, weicht die Starre ihrer Züge einem Ausdruck der Trauer.

»Nun denn«, sagt sie, »um unserer Mutter willen soll es sein.«

Doch sie weiß, dass sie in ihrem Innersten dem Bruder nie würde vergeben können.

Hagen, der die Brüder beobachtet hatte, als sie in Kriemhilds Haus gingen, sieht sie mit erleichterten Mienen heraustreten. Ein zufriedenes Lächeln spielt um seine Lippen. Er weiß, was er plant, wird gelingen.

Die Begegnung Gunthers mit Kriemhild ist kurz. Sie haben einander nicht viel zu sagen. Als sie sich kühl die Hand reichen, denkt Gunther an Gold und Kriemhild an Rache. Es fällt ihm nicht schwer, Kriemhild zu überreden, den Hort nach Worms schaffen zu lassen. Sie hatte selbst schon daran gedacht. Der Schatz ist Siegfrieds Vermächtnis, er gehört ihr und sie will frei darüber verfügen. Das sichert ihr Gunther zu und sie gibt ihre Erlaubnis.

Schon am nächsten Morgen ruft König Gunther seine Brüder zu sich und heißt sie, Schiffe und Wagen zu rüsten und mit den besten Kriegern den Nibelungenhort herbeizuschaffen.

»Er ist Kriemhilds Eigentum«, sagt er. »Sie soll damit schalten und walten, wie es ihr beliebt.«

Gernot und Giselher und eine Schar ausgewählter Männer brechen auf ins Nibelungenland. Als sie König Alberich befehlen den Hort herauszugeben, sagt der Schatzhüter: »Ich kann es euch nicht wehren, denn nun ist Siegfried tot. Ich wollte aber, das Gold bliebe in meiner Höhle, weil es verflucht ist. Wenn ihr es mitnehmt, könnt ihr euch Nibelungen nennen, denn wer den Hort besitzt, trägt auch den Namen, so hat König Nibelung es einst verfügt. Ich sage euch aber, dass der Reichtum noch jedem, der ihn besaß, Unglück und Tod gebracht hat, auch meinem Herrn, dem Drachentöter. Nicht einmal die Tarnkappe konnte ihn vor Hinterlist und Mord schützen. Mit seinem Tod hat auch sie ihre Kraft verloren. Am besten wäre es, der Hort läge versunken am Grunde des Rheins. Doch das liegt nicht in meiner Macht. Möge geschehen, was die Nornen am Fuße der Weltenesche spinnen.«

Gernot und Giselher kümmern sich nicht um Alberichs Warnung, für sie gilt es, den Auftrag des Königs von Burgund zu erfüllen und den Schatz nach Worms zu bringen. Alberich führt sie durch ein Felsentor einen dunklen Gang entlang, in dem ein kühler Hauch weht. Am Ende des Ganges stoßen sie auf ein mächtiges Tor aus Eisen. Der Schatzhüter schließt es auf und sie befinden sich in einem riesigen Gewölbe, in einem Felsendom. Darin glitzert und funkelt es, dass den Brüdern die Augen schmerzen. Erst als sie sich an das gleißende Licht gewöhnt haben, sehen sie, was hier gelagert ist. Juwelen in den prächtigsten Farben, goldene und silberne mit Edelsteinen bestückte Ringe, kunstvoll geschmiedete Armbänder, Stirnreifen mit Diamanten und blutroten Rubinen, Perlenketten und Ohrgehänge aus Jade und Bernstein und reich verzierte Opferschalen liegen ausgebreitet auf weichen Teppichen. Im hinteren Teil des Gewölbes befinden sich Rüstungen aus Gold und Silber, Schwerter, deren Griffe mit Edelsteinen bestückt sind, prunkvolle Helme mit seltsamen Tierfiguren und schwere kostbare Schilde. Erlesenes Tafelgeschirr, Teller und Schüsseln aus feinstem, hauchdünnem Porzellan und Becher aus Kristall, steht auf Tischen aus Ebenholz, Truhen sind voll gefüllt mit wertvollsten Stoffen, schweren Brokaten, schillernden Seiden und goldbestickten Bordüren. Die Brüder sind von dem Reichtum überwältigt und bringen vor Staunen kein Wort heraus. Alberich geleitet sie wieder ins Freie, dann befiehlt er seinen Zwergen den Hort aus dem Berg zu holen.

Später hieß es, dass Tausende Zwerge hin und her gelaufen wären, den Schatz aus dem Dunkel der Höhle ans Tageslicht geschleppt und all das Gold, die Rüstungen, die Becher und Pokale, das Geschmeide und die Kleinodien auf zwölf bereitgestellte Wagen geschlichtet hätten. Diese zwölf Wagen, erzählte man, wären viermal einen ganzen Tag und eine ganze Nacht von der Höhle zu dem Ufer gefahren, wo die burgundischen Schiffe vor Anker lagen. Dort wären die Männer und Krieger gestanden und hätten schwitzend und fluchend die kostbare Fracht auf die Schiffe verladen, ehe die Fahrt über das Meer und den Rhein stromaufwärts nach Worms ging.

Hagens Auge leuchtet, als er die Schätze sieht. In einem riesigen unterirdischen Gewölbe der Burg lässt er sie lagern. Kriemhild hat den Schlüssel dazu und Hagen einen zweiten.

Für die Armen bricht nun eine gute Zeit an. Kriemhild verschenkt ihren Reichtum mit vollen Händen. Das spricht sich weit im Land herum und bald belagern Scharen von Bettlern und Bedürftigen, von Kranken und Krüppeln, von Schuldnern und in Not Geratenen ihre Tür. Keiner bittet vergeblich, keiner geht ohne reichliche Geschenke aus ihrem Haus. Sie stiftet Kirchen und Klöster, lässt Siechenhäuser erbauen und sorgt für den Lebensunterhalt von Witwen und Waisen.

Das gefällt Hagen nicht. Was geschieht, so überlegt er, wenn sie ihre Schätze nicht mehr an die Armen verteilt, sondern an Ritter und Krieger? Sie könnte sich eine Heerschar gefügig machen und den Tod Siegfrieds an ihm und an Burgund rächen. Hagen weiß, dass Kriemhild ihn hasst. In ihren Augen kann er den tödlichen Hass lesen, der auf die Stunde der Rache wartet. Er weiß auch, dass sie sich mit Gunther nur mit den Lippen und nicht mit dem Herzen versöhnt hat. Wieder ahnt er Unheil, wittert Gefahr für König und Reich und beschließt zu handeln.

»So viel Reichtum in Frauenhand tut nicht gut«, sagt er eines Tages zu Gunther. »Man sollte der Witwe den Hort wegnehmen. Sie hat nicht den Verstand, ihn richtig zu gebrauchen.«

Doch da widerspricht der König. »Nein! Das Gold gehört meiner Schwester und sie kann damit verfahren, wie sie will. Ich will nicht noch mehr Schuld auf mich laden.«

»Schuld? Wer spricht von Schuld?«, fragt Hagen und kneift sein Raubtierauge zusammen. »Nun denn, mein König, wenn Ihr es so nennen wollt, dann lasst mich der Schuldige sein.«

Gunther zuckt die Achseln und fügt sich.

Die Nacht liegt über der Burg. Wenn die Wolken den Mond freigeben, durchbricht sein Licht kurz die Dunkelheit. Die Menschen schlafen, hin und wieder jault ein Hund im Zwinger, scharrt ein Ross im Stall. Ein Schatten schiebt sich an den Mauern vorbei. Der Wächter auf dem Turm wird aufmerksam und zieht sein Schwert, doch dann erkennt er den Mann, der den Schatten wirft. Hagen von Tronje ist es, der den Hof durchquert. Warum schläft Hagen nicht?, denkt der Wächter, was treibt den Waffenmeister um zu dieser Stunde? Doch da es nicht zu den Aufgaben eines Wächters gehört darüber nachzudenken, was dem Ratgeber des Königs schlaflose Nächte bereitet, steckt er beruhigt sein Schwert zurück in die Scheide.

Hagen bleibt vor einem alten verwitterten Tor stehen und schließt es auf mit einem eisernen Schlüssel, der sich geräuschlos dreht und den Zugang freigibt. Dumpfer, modriger Geruch schlägt ihm entgegen, als er den Torflügel öffnet. Er entzündet eine Fackel, steigt eine Treppe hinab, geht gebückt durch einen langen engen Gang. Wieder hat er das Gesetz des Handelns an sich gerissen und Gunther, zu schwach um selbst zu entscheiden, überlässt es ihm. Vielleicht ist der König schwach weil der mächtige und schlaue Hagen Gunthers Entschlusskraft nie aufkommen ließ? Vielleicht hat er ihm zu früh und zu oft jede Entscheidung abgenommen und ihn so zu einem gefügigen Werkzeug eigenen Machtstrebens gemacht?

Hagen geht schneller, kommt zu einer zweiten Tür. Geräuschlos schiebt er den Riegel zurück. Ein Gleißen und Glitzern springt ihm ins Auge, sodass er es vor Schmerz schließen muss. Als er es wieder öffnet, braucht er das Licht der Fackel nicht mehr, so hell strahlen Kriemhilds Schätze.

Eine kleine, auf dem Boden kauernde Gestalt erhebt sich und tritt auf Hagen zu. Alberich ist es, der Schatzhüter des Drachentöters. Die Krone auf seinem kleinen Kopf funkelt heller als Kriemhilds Gold.

»Ihr habt mich rufen lassen, Hagen von Tronje?«

»Ich ließ nach dir rufen, weil ich deiner Hilfe bedarf.«

»Wie, der mächtige Hagen, der den Drachentöter erschlug, bedarf der Hilfe eines Zwergs?« In Alberichs Augen blitzt es boshaft.

»Schweig!«, herrscht Hagen ihn an. »Sonst rettet dich nur die Unsterblichkeit vor dem tödlichen Schlag.«

Alberich zuckt zusammen. »Ich bin ja hier, um Eure Wünsche zu hören. Sprecht, Hagen von Tronje!«

Hagen streckt seine Hand aus, zeigt mit weit ausholender Geste auf all das Geschmeide und das Gold, das sich in dem Gewölbe türmt, und sagt: »Es waren deine Worte, dass ein Fluch auf diesen Schätzen liegt und dass es besser wäre, sie lägen versunken im Rhein. Es ist wahr. Mit Gold kauft man Menschen und in den Händen einer rachsüchtigen Frau wird es zur tödlichen Gefahr. Lieber weiß ich es am Grunde des Stroms, wo die Nixen und die Fische damit spielen, als dass Kriemhild darüber verfügt. Ruf deine Zwerge. Wenn der Mond zwischen Erde und Sonne steht, sollen sie kommen und diesen Reichtum hier auf ein Schiff laden, so wie sie ihn vor einem Jahr aus der Schatzhöhle geschleppt haben. Alles, bis auf die Waffen und die Rüstungen.«

»Es soll geschehen, wie Ihr es wünscht«, sagt Alberich.

Es ist Nacht, Neumondnacht. Wolkenfetzen jagen über den Himmel, ein Sturm lässt die Bäume ächzen, bricht dürre Äste vom Stamm und wirbelt welkes Laub durch die Luft. Ein Schiff liegt angekettet am Rheinufer, schaukelt auf den Wellen, das Wasser schwappt über Deck, spritzt hoch am Bug. Kleine Gestalten schleichen und huschen von der Burg zum Strom und zum Schiff. Auf dem Rücken schleppt jede einen prall gefüllten Sack, händigt ihn ebenso klein gewachsenen Wesen aus, die die Säcke auf das Schiff tragen und dort stapeln.

Alberichs Zwergenheer war auf Geheiß seines Königs durch Geheimgänge und Stollen herbeigeeilt und verlädt nun im Dunkel der Nacht Kriemhilds Schätze auf Hagens Schiff.

Der Sturm, der über Burg und Stadt braust, erstickt jedes Geräusch. Kein

Hund heult, auch das Vieh und die Rosse in den Ställen halten still. Alberichs Zauberkraft hat den Tieren für diese Nacht die Stimme geraubt und die Menschen in einen tiefen, traumlosen Schlaf versetzt. Niemand weiß, was vorgeht, und Hagen führt aus, was er geplant hat, zum Heil Burgunds, wie er glaubt.

Er steht auf dem Schiff, überwacht den Zug, der sich emsig von der Burg zum Strom und wieder zurück bewegt. Alberich steht neben ihm, hetzt seine Zwerge, treibt sie an, noch schneller zu sein, denn die Zeit eilt und die Nacht mit ihren verborgenen Stunden ist bald vorbei. Nur mühsam beherrscht der Tronjer seine Ungeduld, denn vieles muss noch getan werden, ehe der Tag anbricht. Aber die Schwärze der Nacht liegt noch über dem Strom, als die Arbeit getan, der Raubzug beendet ist.

»Ich danke dir, Zwerg«, sagt Hagen, »du kannst gehen.«

Alberich kichert. »Schau an«, sagt er, »der große Hagen lässt sich herab und dankt dem Zwerg.«

»Verschwinde!«

Alberich gibt seinen Alben einen Wink und lautlos, wie es gekommen war, stiehlt sich das Zwergenvolk fort, wandert auf verschlungenen Wegen unter der Erde zurück in sein dunkles Reich. König Alberich verbeugt sich als Letzter mit einem hämischen Grinsen. Dann ist auch er verschwunden.

Hagen macht das Schiff los, greift zu den Rudern und treibt es mit mächtigen Stößen stromaufwärts. Er steuert es an Klippen und Felswänden vorbei und kämpft gegen die Strömung, die im enger werdenden Flussbett immer reißender wird. Strudel brausen und Hagen kann kaum Kurs halten. Endlich hat er sein Ziel erreicht. Er umschifft einen Felsen, der weit vorspringt und an dem sich die Wucht des Stromes bricht. Dahinter weiß er eine Stelle, wo das Wasser tief ist und still. Dorthin rudert er und macht das Schiff mit einer Kette an einem eisernen Haken fest, der in den Fels geschlagen ist. Dann nimmt er einen Sack nach dem andern und leert ihn über dem Wasser aus. Gold und Geschmeide, Juwelen und Kleinodien versinken in der Tiefe. Hagens Rücken schmerzt, Schweiß dringt ihm aus den Poren und rinnt über sein Gesicht. Da tauchen schimmernde weiße Arme aus den Fluten auf, silberhelles Lachen erklingt und schmale Hände haschen nach Reifen und Ringen, werfen sie einander zu und fangen sie wieder. Wasserfeen sind es, die anmutigen Töchter des Rheins, die mit Kriemhilds Schätzen spielen. Recht so, denkt Hagen, nehmt es nur, das verfluchte Gold, euch soll es gehören, euch und den Fischen. Sack um Sack schüttet er aus, bis beim ersten Dämmerlicht des Morgens alle Säcke leer sind und der Nibelungenhort am Grunde des Rheins ruht, wo das Wasser am tiefsten ist. Hagen macht das Schiff los und lässt es mit der Strömung treiben. Als die Wellen in der aufgehenden Sonne glitzern und die Türme von Worms zu leuchten beginnen, macht er das Schiff am Ufer des Rheins wieder fest.

Beim ersten Hahnenschrei geht eine Magd schlaftrunken über den Burghof. Sie sieht vor ihren Füßen etwas glitzern, hebt es auf, reibt sich verwundert die Augen und ist plötzlich hellwach. Sie hält einen goldenen Ring mit einem Edelstein in der Hand. Sie läuft damit in die Küche, wo eine Küchenmagd eben dabei ist, Feuer zu machen, und zeigt ihn her.

Während die Frauen schwatzen und raten, wem der Ring gehören könnte, kommt ein Knecht und erzählt, dass das alte Holztor der Burg, das zu einem unterirdischen Gewölbe führt, offen stehe. Gestern, so sagt er, wäre es noch geschlossen gewesen, da sei er ganz sicher. Ein Küchenjunge geht nachsehen und kurz danach weiß es das gesamte Gesinde – das Gewölbe, in dem Kriemhilds Schatz gelagert war, ist leer.

Bald wissen es alle in der Burg – der Nibelungenhort ist verschwunden. Aber keiner weiß wohin. Kriemhild erfährt es als Letzte. »Er wurde geraubt«, sagt sie, »und Hagen hat es getan. Er ist ein Mörder und ein Räuber.«

Als sie vor die Tür ihres Hauses tritt, sieht sie den Waffenmeister, der rasch an ihr vorbeigehen will. Sie tritt ihm in den Weg, flammend vor Zorn.

»Hagen von Tronje, wo ist der Hort?«

Er sieht sie an, sein rotgeränderte Auge ist trüb und seine Stimme ohne Klang. »Am Grunde des Rheins, bei den Fischen. Dort, wo das verfluchte Gold niemandem schaden kann.«

Stunden später besteigen Hagen und Gunther mit seinen Brüdern das Schiff, das noch immer am Ufer ankert. Zwei Ruderknechte fassen die Ruder und rudern rheinaufwärts, bis Hagen ihnen Halt gebietet. Dann schickt er sie fort. Er zeigt den Burgunden die Stelle, wo er den Hort versenkt hat und wo jetzt das Wasser in der Abendsonne schimmert, als würden Gold und Edelsteine vom Grunde des Stroms herauf an die Oberfläche leuchten. Da schwören die drei Brüder und Hagen, dass keiner ohne Einwilligung des andern diese Stelle je verraten würde, es sei denn, die anderen wären tot.

Im Geheimen überlegt Hagen jedoch, dass er eines Tages den Schatz würde heben können, der dann Eigentum Burgunds wäre. Und Giselher denkt, dass er eines Tages das Gold heben und Kriemhild zurückerstatten könnte. Doch darüber schweigt er genauso wie Hagen.

König Etzel

Der Herr, dem die halbe Welt untertan ist, dessen Reich im Osten an die Eisberge des Kaukasus grenzt und im Westen fast bis an den Rhein, dem der Kaiser von Ostrom Gold als Tribut zahlt, gibt in der Halle seiner Königsburg zu Gran* ein Fest. Attila, Väterchen, nennen ihn die einen, Etzel die anderen. Und die, über deren Landstriche er mit seinem Reiterheer wie ein Feuersturm gezogen ist und nichts als Asche und Verwüstung hinterlassen hat, nennen ihn die Geißel Gottes.

Es heißt, dass Attila, der Herrscher der Hunnen, seine Macht dem Schwert des Kriegsgottes Geser verdankt. Dieses Schwert soll einmal den Königen der asiatischen Steppenvölker gehört haben, bevor es für lange Zeit verschwunden blieb. Eines Tages ging ein Hirte der Blutspur eines verwundeten Stiers nach und sah plötzlich in einem Maulwurfshügel die Klinge eines Schwertes blinken. Es war aus Eisen und so alt, dass seine Schwärze grünlich schimmerte. Der Hirte trug es zu einem Schamanen, der es sogleich als das Schwert des Kriegsgottes erkannte. Darauf machte der Hirte es König Attila zum Geschenk. Von diesem Tag an blieb dem König das Kriegsglück treu und der Herr über die halbe Welt glaubte fest daran, dass er mit Hilfe des Schwertes auch die andere Hälfte der Welt unterwerfen würde.

An diesem Tag aber denkt der König der Hunnen nicht an Krieg. Er hat die Vornehmen seines Reiches, seine Ratgeber und Befehlshaber und die Fürsten und Könige der von ihm unterworfenen Völker in seine Burg geladen. Er gibt ein Festmahl, denn die burgundische Königstochter Kriemhild, seine zweite Gemahlin, hat ihm einen Sohn geboren und der Hunnenkönig hat ihn ihr zuliebe nach christlichem Ritual taufen lassen. Ein römischer Priester hatte auf seinen Befehl die Zeremonie vollzogen und das Kind auf den Namen Ortlieb getauft.

Die Nachricht von der Geburt seines Sohnes und Erben hatte den Herrscher auf einer Kriegsfahrt erreicht. Aus Lust an neuen Eroberungen war er

* Ungarisch Esztergom, Stadt an der Donau

mit seinen hunnischen Reitern, den Pferdemenschen, südwärts gezogen. Eines Abends, nach anstrengendem Ritt, hielt er mit seinem Heer Rast. Die Reiter hatten ihre Pferde versorgt und die Jurten aufgestellt. Nun hockten sie um die Lagerfeuer, brieten Fleisch auf Spießen und sangen Kriegslieder, die in den Ohren anderer Völker wie Geheul klangen. Es stank nach dem Urin der Pferde, nach Rauch, Schweiß und Leder. Der König hatte sich in sein Zelt zurückgezogen, als ihn ein Geräusch aufhorchen ließ. Es war der donnernde Hufschlag eines galoppierenden Pferdes, dem sein Reiter die Sporen in die Flanken stieß. Er hörte, wie der Mann sein schnaubendes Ross vor dem Zelt zum Stehen brachte und absprang. Dann wurde der Eingang aufgerissen und der Reiter stand im Zelt. Bleda war es, König Etzels jüngerer Bruder.

Der König stellte ihn zur Rede, denn Bleda hätte zum Schutz der Königin in der Burg zu Gran bleiben sollen.

»Wie hast du es wagen können, meinen Befehl zu missachten und sie allein zu lassen?«

»Halt ein!«, unterbrach ihn Bleda. »Es ist eine gute Nachricht, die mich hierher getrieben hat. Kriemhild hat dir einen Sohn geboren.«

Da umarmte Etzel seinen Bruder und Tränen der Freude rannen ihm über das breite, dunkle Gesicht. Er trat vor das Zelt und sein Ruf gellte über das Lager: »Wir kehren um!«

Er schwang sich aufs Ross, ritt Tage und Nächte und jeder Hufschlag hämmerte den Takt: Kriem-hild, Kriem-hild. Hinter ihm galoppierten die Reiter, angeführt von Bleda. Einholen konnte den König keiner.

Die Knie des Herrn, der sich die halbe Welt unterworfen hatte, zitterten, als er leise die Tür zum Gemach der Königin in der Königsburg zu Gran öffnete. Dort saß Kriemhild, die Königin der Hunnen, an der Wiege eines Kindes. Sie stand auf, ging ihrem Gemahl entgegen und legte dem Vater den Sohn in die Arme. Das Kind sah ihn mit großen hellen Augen an. Es waren die Augen Kriemhilds.

Nun gibt König Etzel ein Fest zu Ehren seiner Gemahlin, die ihm den Sohn geboren hat, seinen Erben, der einmal Herr der ganzen Welt werden soll.

Etzel sitzt auf einem aus Holz gefertigten Hochstuhl, daneben steht der prächtig verzierte Thron der Königin. Er hebt den mit dunklem Wein gefüllten hölzernen Becher, den der Mundschenk gebracht hat, und trinkt Kriemhild zu. Dann trinkt er dem Rangältesten seiner Fürsten und Vasallen zu. Der so Geehrte steht auf und trinkt auf Gesundheit und Heil des Königs. Zuerst erhebt sich Dietrich von Bern, der König der Ostgoten, um Attila zu huldigen, dann Ardarich, der Fürst der Gepiden, nach ihm Markgraf Rüdiger von Bechelaren, Irmfried von Thüringen, Hawart von Dänemark und dann all die Fürsten und Häuptlinge der Rugier, der Walachen, der Petschenegen und der vielen anderen unterworfenen Völkerschaften und Stämme.

Nachdem alle auf das Wohl des Königs getrunken und sich wieder gesetzt haben, tritt ein Mundschenk zu jedem Gast und füllt ihm erneut den Becher. Etzels Vasallen und Könige essen von silbernen und goldenen Tellern und trinken aus silbernen Bechern, während der König selbst sich mit Schalen aus Holz begnügt, wie es Sitte seiner Vorfahren in den Steppen Asiens war. Ein schlichtes Leinengewand umhüllt seinen muskulösen Körper mit den mächtigen Schultern. Er trägt keinen Schmuck. Weder das Schwert an seiner Seite noch die Riemen seiner Stiefel sind mit Edelsteinen besetzt. Seine Vasallen hingegen sind prunkvoll gekleidet, an ihrer Seite hängen goldbeschlagene Schwerter und in ihren Gürteln stecken Dolche mit reich verzierten Griffen. Die riesige Halle der Burg wird von Fackeln erleuchtet, die von Bronzenringen an den Wänden gehalten werden, von der Holzdecke hängen Ampeln mit Ölflammen und bringen das Gold der Gäste zum Funkeln.

Etzels Spielleute Werbel und Swemmel schlagen in die Saiten und singen Heldenlieder, preisen den mächtigen Herrscher, der weise über so viele verschiedene Völker und Stämme regiert. Sklaven eilen lautlos hin und her, bringen gebratenes Fleisch und scharfe Soßen, die nach Zwiebel und Knoblauch riechen. Die Mundschenken füllen die Becher mit Bier und Wein. Ein bunt gekleideter Zwerg hüpft von Tisch zu Tisch, treibt plumpe Scherze und erntet grölendes Gelächter.

Kriemhild sitzt auf ihrem Thron, bleich und schön und schweigsam. Ihre Gedanken sind nicht bei den Gästen und den Liedern der Spielleute. Die Königin denkt auch nicht an ihr Kind und ihren Mann, der mit der Taufe seines Sohnes seiner Gemahlin beweisen wollte, wie sehr er sie und ihre Herkunft achtet. Kriemhild hat es scheinbar gleichgültig hingenommen, auch dieses Fest lässt sie gleichgültig. Wenn der Blick des Königs auf das unbewegte Gesicht seiner Gemahlin fällt, beschleicht ihn der Gedanke, dass sie wohl seine Krone angenommen hatte, nicht aber sein Herz.

Als die Fackeln eine nach der anderen verlöschen und der Lärm und die

Gespräche verstummen, wendet sich Etzel an seine Gemahlin: »Du hast mich zum glücklichsten Mann der Welt gemacht«, sagt er. »Ich will es dir danken, indem ich dir einen Wunsch erfülle. Was immer du verlangst, es wird dir gewährt werden.«

Da kommt ein Leuchten in Kriemhilds Augen. »Wenn du mich erfreuen willst«, sagt sie mit schmeichelnder Stimme, »so lade meine geliebten Brüder als Gäste hierher an unseren Hof. Ich habe sie so lange nicht gesehen und die Sehnsucht nach ihnen verzehrt mich.«

»Nichts lieber als das«, sagt Etzel hocherfreut. »Dein Wunsch ist auch meiner, ich wollte sie schon längst kennen lernen und freue mich darauf.«

In dieser Nacht schläft die Königin nicht. Sieben Jahre weilt sie nun an Etzels Hof. Sieben lange Jahre, in denen sie mit Würde die Krone der Hunnen trägt und ihre Pflichten als Regentin wahrnimmt. Das Volk bewundert ihre helle, schlanke Schönheit, aber es liebt die Fremde nicht.

»Sie hat ein kaltes Herz«, flüstern ihre Dienerinnen. Niemand am Hofe Etzels ahnt das Geheimnis, das die Königin tief in ihrem Inneren birgt. Einzig Dietrich von Bern, dem König der Goten, hat sie einmal ihr Herz geöffnet.

»Meine Liebe zu Siegfried ist stärker als der Tod«, hatte sie gesagt, »und die Schmach seines ungerächten Mordes brennt wie Feuer in meiner Seele. Aber einmal kommt die Stunde, da ich es löschen kann.«

Das Leid, das Kriemhild in die Fremde und in die Arme des Hunnenherrschers getrieben hat, war in all den Jahren nicht geringer geworden, die Wunde in ihrem Herzen nie verheilt. Konnte sie nicht vergessen, was ihr einst angetan wurde, oder wollte sie es nicht vergessen? Wer vermag die Gedanken hinter ihrer hohen Stirn zu lesen und das Rätsel ihrer Schwermut zu lösen? Der König kann es nicht.

Die Königin schläft nicht in dieser Nacht. Ihre Gedanken wandern, bringen sie weit fort, tragen sie von der Burg an der Donau in die Burg am Rhein.

Der Frühling in jenem Jahr, an den sich die Königin erinnert, kam spät und war kalt. Auf dem Rhein trieben Eisschollen und eine dünne, wässerige Schneedecke lag auf den Dächern der Burg Worms. Die Dämmerung hatte das Nachmittagslicht gelöscht und Kriemhild, die junge Witwe, saß, wie so oft, in ihrer Kemenate, schaute in die Flammen des Kaminfeuers und gab sich ihrer Trauer hin. Es schien ihr, als hätte nach dem Frühling und dem kurzen

Sommer ihres Lebens ein Winter begonnen, dem kein Ende beschieden war. Während die Bilder vergangener Zeit in ihr aufstiegen, wurde plötzlich die Tür aufgerissen und der junge Giselher stürmte herein, der einzige ihrer Brüder, der unangemeldet zu ihr Zutritt hatte. Dennoch war es ungewöhnlich, dass er nicht angeklopft hatte. Fragend sah sie ihn an, da stürzte er sich ihr zu Füßen. »Schwester, ich muss dir etwas berichten«, begann er und dann erzählte er, was sich zugetragen hatte.

Ein Wachposten hatte einen Reitertrupp gemeldet, angeführt von einem Ritter in prachtvoller Rüstung und mit vornehmem Gefolge, der sich der Burg näherte. Die Harnische der Reiter waren fremdartig und auch die Waffen und Helme sahen anders aus, als man sie am Rhein zu sehen gewohnt war. Dahinter aber brauste wie ein Sturm eine Schar von kleinen Gestalten, die geduckt auf struppigen Pferden saßen, als wären sie angewachsen. Sie hatten dunkle Gesichter mit breiten Backenknochen und schmale schlitzartige Augen. Der Schnurrbart hing ihnen lang und dünn an den Mundwinkeln herab, ihre Haare waren ein verfilztes Gewirr von schwarzen, fettig glänzenden Strähnen, die ihnen bis über den Rücken fielen.

Der Reiter an der Spitze war Markgraf Rüdiger von Bechelaren, ein Freund und Vasall König Etzels. Dreimal klopfte er an das Tor der Burg, ehe ihm aufgetan wurde. Dankwart erkannte ihn und begrüßte ihn herzlich.

»Ich freue mich, Markgraf, Euch nach langer Zeit wieder in Worms zu sehen. Was gibt uns die Ehre Eures Besuches?«

»Ich komme im Auftrag König Attilas. Ich habe König Gunther eine Botschaft zu übermitteln. Ich bitte Euch, führt mich zu ihm.«

Dankwart ließ Rüdigers Gefolge und die hunnischen Reiter bewirten und wies ihnen Unterkünfte zu, dann geleitete er den Gast zum König.

König Gunther saß in der Halle auf seinem Thron, die Arme auf die Lehnen gestützt, den Kopf gesenkt. Seine umschatteten Augen blickten nur kurz auf, als Dankwart ihm den Markgrafen meldete. Obwohl Gunther seinen alten Freund herzlich begrüßte, beschlich Rüdiger das Gefühl, dass ein Gram, ein geheimer Kummer, den König bedrücke. Gunthers Freundlichkeit hatte etwas Gezwungenes und die Falten in seinem Gesicht schienen tiefer eingekerbt, als es seinen Jahren entsprach.

»Ich komme als König Attilas Bote«, begann Rüdiger, nachdem ihn Gunther aufgefordert hatte zu sprechen.

»Will er die Krone Burgunds? Er kann sie haben.«

Gunther versuchte zu lächeln, aber was ihm gelang, war eher ein Verzerren der Lippen.

»Du irrst, König Gunther. Mein Herr hat Kronen genug. Und die strahlendste seiner Kronen, die Krone der Hunnen, hat er deiner Schwester zugedacht. Ich komme als Attilas Brautwerber. Des Königs Gemahlin Helche ist gestorben, seine beiden Söhne sind in der Schlacht gefallen und nun begehrt er Kriemhild zur Frau.«

»Du weißt nicht, um wen du wirbst.«

»Ich weiß es wohl und Attila weiß es auch.«

»Du denkst an Kriemhild, die einst das Lächeln Burgunds war, das schöne, heitere Mädchen und die glückliche junge Frau nach der Vermählung mit Siegfried. Sie ist es nicht mehr. Sie ist ein Schatten jener Kriemhild, die du kanntest.«

Schritte hallten auf den Fliesen, die Tür wurde geöffnet und Hagen, begleitet von Gernot und Giselher, trat ein.

»Willkommen in der Burg zu Worms«, dröhnte Hagens Stimme. »Es kann nichts Geringes sein, Markgraf, was Euch von der Donau an den Rhein geführt hat.«

»Es ist auch nichts Geringes, Hagen von Tronje. König Attila wirbt durch mich um die Hand Kriemhilds.«

»Nein! Das darf nicht sein!« Hagens Auge blickte streng.

»Warum?«, fragte Gernot.

»Weil der zweite Mann Kriemhilds eben gut genug wäre, ihren ersten zu rächen. Er wäre ein Werkzeug in ihrer Hand.«

»Ich verstehe Euch nicht«, sagte Rüdiger und blickte ratlos von Hagen zu Gunther. »Ich weiß, dass Kriemhild Siegfrieds Witwe ist, doch weiß ich nicht, wie er gestorben ist.«

»Er wurde ermordet.« Hagen sagte es ruhig und teilnahmslos, als würde er sagen: Es schneit.

»Und wer hat es getan?«

»Ich«, sagte Hagen von Tronje. »Und ich hatte meine Gründe.«

Verwirrt schwieg Rüdiger und Gunther warf seinem Waffenmeister einen zornigen Blick zu, hatte sich aber bald wieder in der Gewalt.

»Wir wollen in Ruhe über König Attilas Antrag beraten«, sagte er, »und Euch dann unsere Entscheidung wissen lassen.«

Als Giselher das hörte, rannte er aus dem Saal und zu Kriemhild und erzählte ihr, was er gehört hatte. Kriemhild unterbrach ihn nicht.

»Geh wieder zurück in den Saal«, sagte sie ruhig, nachdem er geendet hatte. »Morgen will ich den Grafen zu mir bitten. Ich treffe meine Entscheidungen selbst.«

Giselher kehrte in den Thronsaal zurück, wo inzwischen ein Streit entbrannt war. Markgraf Rüdiger, der gebeten hatte sich zurückziehen zu dürfen, war nicht mehr im Saal.

»Es ist Wahnsinn, wenn Kriemhild sich mit dem mächtigsten Herrscher der Welt vermählt! Mit jedem Atemzug denkt sie an Rache. Als Gemahlin Attilas ist ihr die ganze Macht des Hunnenkönigs untertan. Wollt Ihr, dass sie Attilas gelbe Horden gegen uns hetzt?«

Zornbebend schrie es Hagen seinem König ins Gesicht.

Gunther blickte unsicher auf seine Brüder.

»Das wird sie nicht tun«, sagte er leise. »Sie ist unsere Schwester.«

»Wir haben ihr schon genug Leid angetan«, warf Gernot ein. »Warum sollten wir ihr verwehren, was sie vielleicht glücklich macht? Es wird unser Schaden nicht sein, wenn Attila unser Schwager und unser Verbündeter ist. Kriemhild wird an seiner Seite ihren Hass vergessen.«

»Sie hasst Euch, Hagen von Tronje, nicht uns!«, rief Giselher dazwischen. »Wir sind ihre Brüder und sie liebt uns. Der Mord an Siegfried war Eure Tat, nicht unsere.«

Da schwoll die Zornesader auf Hagens Stirn und seine Hand zuckte zum Schwert. Doch rasch hatte er sich wieder gefasst.

»Wenn ich es getan habe, so habe ich es für Euch getan, Söhne Dankrats, für Euch und Euer Reich Burgund. Euer Geist ist zu schwach, um Gefahren zu erkennen und Euer Arm zu schwach um sie abzuwehren.«

Seine Worte ließen Gunther zusammensinken. Er starrte auf seine Hände, um Hagen nicht ins Auge sehen zu müssen. Dann raffte er sich auf.

»Kriemhild soll selbst entscheiden, was sie zu tun gedenkt.«

In dieser kalten Frühlingsnacht ging Kriemhild in ihrer Kemenate auf und ab. Gedanken jagten ihr durch den Kopf, wurden verworfen und wieder aufgenommen und fortgesponnen. Wie im Fieber verrannen die Stunden. Ein Wort ihrer Mutter, der alten Königin Ute, fiel ihr ein: »Es ist nicht Größe, mein Kind, einen Toten zu lieben und das Leben zu verachten, es ist Schwäche, es ist Feigheit vor dem Leben.«

Ute hatte ihre Tochter nicht zu trösten und aus ihrer Starre zu lösen vermocht. Jetzt erst, in dieser Nacht, da Kriemhild sich quälte und um eine Entscheidung rang, tat das Wort seine Wirkung. Wenn sie auch das Leben verachtete, schwach war König Dankrats Tochter nicht, und was Ute vielleicht als Feigheit gedeutet hatte, war nichts anderes gewesen als ein Warten, ein Ansammeln und Anspannen aller Kräfte, wie ein Tiger, bevor er zum Sprung ansetzt. Ja, entschied sie, sie würde den Sprung wagen.

Am nächsten Morgen empfing die Witwe Siegfrieds Markgraf Rüdiger von Bechelaren.

»Seid gegrüßt, Markgraf Rüdiger«, sagte sie mit fester Stimme, »man hat mir gemeldet, dass Ihr als Bote König Etzels nach Worms gekommen seid.«

»Meine Botschaft«, sagte Rüdiger, »geht an Euch. Mein König wirbt durch mich um Eure Hand.«

Es war still in dem weiten Raum, nur das Feuer knisterte, warf Schatten auf Kriemhilds blasses Gesicht. Sie ging zu einem Stuhl, setzte sich und lud auch Rüdiger ein sich zu setzen.

»Ich habe Euch rufen lassen, Markgraf«, begann sie, »obwohl ich den Zweck Eures Besuches schon kannte. Mein Bruder Giselher hat mir davon berichtet. Das gab mir Zeit, nachzudenken und Zwiesprache zu halten mit Siegfried, meinem toten Gemahl. Ich will Euch erzählen, was mir widerfahren ist. Hagen von Tronje hat den Speer geworfen, der Siegfrieds Herz durchbohrte, aber ich, seine geliebte Frau, die ihn mehr liebte als ihr Leben, ich habe mitgeholfen. Ich habe ein Kreuz auf Siegfrieds Gewand gestickt, um die Stelle zu kennzeichnen, wo er verwundbar war, und dem Mörder das Ziel vorgegeben. Hagen hat mich belogen, hat versprochen ihn zu schützen und mich so zu seinem Werkzeug gemacht. Ich habe Rache gefordert von Gunther, dem König. Aber Gunther stellte sich schützend vor Hagen und schützt ihn immer noch. Nun wisst Ihr, Markgraf«, fuhr sie nach kurzer Pause fort, »wie es am Hof zu Worms um Recht und Gesetz steht.«

Stumm hatte Rüdiger zugehört, dann hob er den Blick und sagte: »Königin, Euch ist schweres Unrecht widerfahren. Es liegt an Euch, zu bestimmen, wie Ihr Euer Leben leben wollt. Aber eines weiß ich: Wäret Ihr König Etzels Frau, keiner könnte Euch ungestraft kränken. An seiner Seite hättet Ihr mehr Macht als je eine Frau zuvor und mehr als Euer Bruder, der König von Burgund. König Etzel würde Euch jeden Wunsch von den Augen ablesen, selbst wenn Ihr ihn bätet, um Euretwillen Kriege zu führen, er würde es für Euch tun.«

»Herr Markgraf«, sagte Kriemhild leise, »schwört Ihr mir das?«

Rüdiger wusste, dass von seiner Antwort Kriemhilds Entscheidung abhing. Wortlos stand er auf und wortlos kniete er nieder.

»Schwört«, wiederholte Kriemhild, »dass Ihr, Markgraf Rüdiger von Bechelaren, und alle, die König Attila untertan sind, mir gehorchen werden, wenn ich es verlange.«

Da legte der Markgraf seine Schwurfinger auf den Kreuzgriff seines Schwertes. Kriemhild aber stand auf, nahm das Schwert und zog den Stahl aus der Scheide.

»Schwört nicht auf das Kreuz, Markgraf, schwört auf die Klinge.«

Und Rüdiger von Bechelaren schwor in seinem und König Etzels Namen und in dem seiner Vasallen der künftigen Königin der Hunnen den Treueeid.

Die Hufe der Pferde gaben keinen Laut, denn noch lag Schnee auf den Wegen. Stumm ritten Kriemhild und Giselher Seite an Seite. Kriemhild wollte Abschied nehmen und ein letztes Mal vor ihrer Reise ins Hunnenland die Stelle sehen, wo Hagens Speer Siegfrieds Herz und ihres durchbohrt hatte. Die Bäume im Odenwald waren kahl, ein paar Krähen kreisten über den schwarzen Ästen, die Singvögel waren noch nicht zurückgekehrt. Hin und wieder hörte man den dumpfen Aufprall von Tauschnee, der sich von den Zweigen löste und zu Boden fiel. Damals hatte der grüne Wald vom Klang der Jagdhörner gehallt, vom Gebell der Hunde und vom Geschrei und Gelächter der Jäger. Es war Sommer gewesen.

Diesem Sommer war ein trauriger Herbst gefolgt und ein langer Winter. Das Frühjahr zögerte, der Schnee wollte nicht schmelzen. Es schien, als wollte er mit seiner Decke verbergen, was damals geschah.

Giselher und Kriemhild ritten zu der Wiese, die der Jagdgesellschaft als Lagerplatz gedient hatte. Giselher hatte es seiner Schwester schon oft erzählt und erzählte es ihr wieder, welch heillose Verwirrung der Bär anrichtete, nachdem Siegfried ihn freigelassen hatte.

»Hier war es, wo der Bär wie verrückt im Kreis und dann ins Zelt rannte und Töpfe und Kessel umstieß. Hier war es, wo die Hunde, die Hagen losgelassen hatte, den Bären anfielen und sich in sein Fell verbissen, bis Siegfried ihn tötete.«

Sie ritten weiter auf jenem Weg zur Quelle, den Siegfried, König Gunther und Hagen im Wettstreit gelaufen waren. Vor der Esche, an deren Fuß das Wasser sprudelte, stiegen sie ab. Damals war der Baum hell und grün gewesen und hatte in der Abendsonne geleuchtet. Damals war auch das Gras grün gewesen, ehe Siegfrieds Blut es rot färbte.

Kriemhild kniete nieder, zog aus ihrem Mantel ein kleines graues Tuch und breitete es aus. Dann schob sie mit bloßen Händen den Schnee beiseite, griff in die kalte Erde und legte eine Hand voll auf das Tuch. Eine Hand voll jener Erde, die von Siegfrieds Blut getränkt war, wollte sie mitnehmen in die Fremde. Schweigend ritten die Königskinder zurück nach Worms.

Es war Frühsommer, als Kriemhild mit Markgraf Eckewart, der einst mit ihr in die Niederlande gezogen war, und ihrem Gefolge zu ihrer Hochzeit mit dem Hunnenkönig aufbrach. Gernot und Giselher gaben ihrer Schwester bis an die Grenze des Burgundenreichs das Geleit. Es war Giselher schwer ums Herz, denn er liebte seine Schwester. Er wünschte ihr Glück und versprach sie bald im Hunnenland zu besuchen. Kriemhild lächelte und strich ihm übers Haar. Der Abschied von Worms war ihr leicht gefallen, der von ihrer Mutter schwer.

Königin Ute hatte Tränen in den Augen gehabt, als sie ihre Tochter umarmte. In der Nacht zuvor hatte ein böser Traum sie gequält. Sie träumte von einer Vogelschar, die um einen goldenen Singvogel versammelt war. Der goldene Vogel hatte sie mit seinem Gesang angelockt. Doch plötzlich stürzten Geier mit gelben Augen vom Himmel und zerhackten mit ihren Schnäbeln die Vögel. Auch der goldene Vogel lag mit zerfetztem Gefieder tot am Boden.

Die alte Königin behielt den Traum für sich. Sie wusste, sie würde ihr Kind nie wiedersehen.

Der Hochzeitszug unter Markgraf Rüdigers Führung nahm seinen Weg südlich des Mains und folgte dann dem Lauf der Donau. In der von den Flüssen Donau, Ilz und Inn umströmten Stadt Passau hielten sie Rast. Passau war die Residenz von Bischof Pilgrim, Kriemhilds Onkel. Der Bischof hätte seine Nichte, die nun so weit in die Fremde zog, gerne länger als Gast beherbergt und bewirtet, doch Markgraf Rüdiger drängte schon am nächsten Morgen zum Aufbruch. Sie ritten weiter die Donau entlang und erreichten nach einigen Tagen Rüdigers Stammsitz, die Burg zu Bechelaren*. Sie lag bereits im Herrschaftsbereich des Hunnenkönigs.

Rüdigers Gemahlin Gotelind und ihre Tochter Dietlinde bereiteten Kriemhild einen herzlichen Empfang. Für das Gefolge waren Zelte errichtet wor-

* Pöchlarn im heutigen Niederösterreich

den und die Reiter genossen dankbar die großzügige Gastfreundschaft des Markgrafen. Rüdiger aber drängte wieder zum Aufbruch, denn er wusste, dass König Etzel mit seinen Fürsten voll Ungeduld seiner Braut entgegenzog.

Während der Markgraf und Kriemhild nebeneinanderher ritten, erzählte Rüdiger von König Etzels Hofhaltung und informierte sie, welch berühmte Fürsten sie im Gefolge des Königs kennen lernen würde. Der Berühmteste von allen, so meinte Rüdiger, sei Dietrich von Bern, dem König Attila an seinem Hof Gastrecht gewähre und der wegen seiner Tapferkeit und Weisheit hoch geachtet werde.

Dietrich von Bern, so berichtete der Markgraf, als sein Pferd neben dem Kriemhilds im gleichen Schritt ging, lebte einst als mächtiger König der Goten in der Stadt Verona, die man auch Bern nannte. Schon bei der Geburt des Kindes hatte eine Seherin geweissagt, dass es dereinst zu großen Taten berufen sei. Als Zeichen der Wahrheit dieses Spruchs sollte Feuer aus seinem Mund sprühen, sobald es in Zorn gerate.

Dietrichs Vater, König Dietmar, hatte seinen Sohn auf das Sorgfältigste erziehen lassen und ihn der Obhut des Waffenmeisters Hildebrand anvertraut. Hildebrand unterrichtete den Königssohn in allen Waffenkünsten und wurde später Dietrichs treuester Gefährte. Gemeinsam vollbrachten sie so manche Heldentaten und bestritten viele Abenteuer. Man lobte und pries Dietrich aber nicht nur wegen seiner Kühnheit und Stärke, sondern auch wegen seiner Weisheit und Mildtätigkeit.

Eines Tages war Hartwig von Meran am Königshof zu Bern erschienen und hatte um Hilfe gebeten. Der Zwergenkönig Laurin, der in den Bergen der Dolomiten einen Garten voll herrlich blühender Rosen besaß, hatte die schöne Königstochter Similde, die Braut Hartwigs, entführt und hielt sie in seinem Palast im Inneren eines Berges gefangen. Sogleich machten sich Dietrich von Bern und sein Waffenmeister Hildebrand auf, um Similde zu befreien. Einige von Dietrichs Getreuen, darunter Witege und Wolfhart, schlossen sich an.

Schon von weitem strömte ihnen der betörende Duft der in allen Farben prangenden Rosen entgegen. Ein seidener Faden umspannte den Garten, den niemand betreten durfte. Wenn einer es wagte, hieb ihm der Zwergenkönig den rechten Arm und den linken Fuß ab.

Witege aber kümmerte sich nicht darum, zerriss den Faden und zerstampfte mit seinem Pferd die Rosen. Da stürzte sich Laurin voll Wut auf den Eindringling und hätte Witege erschlagen, wenn Dietrich den Zwergenkönig, der so stark wie zwölf Männer war, nicht besiegt hätte. Darauf bat Laurin Dietrich um Gnade und lud ihn und sein Gefolge zu einem Fest der Versöhnung in seinen Kristallpalast.

Als das Fest den Höhepunkt erreicht hatte, ließ Laurin seinen Gästen einen Zaubertrank reichen, der sie in tiefen Schlaf versetzte. Dann ließ er die Schlafenden fesseln und warf sie ins Verlies.

Als Dietrich aus seinem Zauberschlaf erwachte, geriet er in unbändigen Zorn. Flammen sprühten aus seinem Mund und verbrannten die Fesseln. Wieder gelang es ihm, Laurin zu besiegen und seine Gefährten sowie Similde zu befreien. Da verfluchte der Zwergenkönig seinen Rosengarten.

»Nur noch nackte und kalte Felsen sollen gegen den Himmel starren und nichts mehr soll an die Rosen erinnern, weder bei Tag noch bei Nacht«, schrie er.

In seinem Zorn aber hatte er die Dämmerung vergessen und so kommt es, dass im Schein der sinkenden Sonne die Felsen der Dolomiten rosenrot erglühen. Wenn auch der Duft der Rosen verweht ist, so wird Laurins Zaubergarten immer noch für kurze Zeit lebendig.

Hartwig konnte seine Braut glücklich in die Arme schließen und Dietrich ritt mit seinem Gefährten zurück nach Bern.

Eines Tages beschloss Ermenrich, der König von Rom, dem Dietrichs Ruhm schon lange ein Dorn im Auge war, in Bern einzufallen. Dietrich, dessen Späher ihn davon unterrichtet hatten, rüstete sein Heer, und als es zur Schlacht kam, bereitete er Ermenrich eine schwere Niederlage.

Nun hatte aber die Aufrüstung des Heeres eine gewaltige Summe Geld verschlungen und Dietrich konnte seine tapferen Krieger nicht entlohnen. Da bot ihm Bertram, einer seiner Vasallen, einen reichen Schatz an, der nur geholt werden müsste. Dietrich nahm das Angebot an und beauftragte seinen Waffenmeister Hildebrand sowie sieben seiner Getreuen das Gold herbeizuschaffen.

Davon erfuhr jedoch König Ermenrich. Er lockte Hildebrand und die sieben Männer, die bereits im Besitz des Schatzes und auf dem Rückweg waren, in einen Hinterhalt, raubte ihnen das Gold und warf sie in den Kerker.

Nun setzte Dietrich alles daran, die Gefangenen zu befreien. Ermenrich glaubte schlau zu sein und stellte eine Bedingung: Wenn der König seine Getreuen lebend wieder sehen wolle, müsse er Bern verlassen und ihm die Herrschaft über sein Reich abtreten.

Der König von Rom hatte jedoch nicht mit Dietrichs Treue gerechnet.

»Kein Reich der Welt ist das Leben eines einzigen meiner Getreuen wert«, sagte der Berner. »Lieber will ich betteln als einen der Gefangenen zu opfern.«

Nun ließ Ermenrich Dietrichs Gefolgsmänner und Hildebrand frei, sie mussten jedoch, wie der König selbst, Bern verlassen. Als Bettler zogen sie nach Gran, an den Hof des Hunnenkönigs. Dort nahm Etzel, der von Dietrichs Edelmut zutiefst gerührt war, den König und seine Gefährten mit Freude auf. Sie lohnten es dem König, indem sie ihn auf seinen Heerfahrten begleiteten und für seinen Ruhm kämpften. Der König der Hunnen und der König von Bern wurden Freunde und bald war Dietrich Etzels wichtigster Ratgeber.

Aufmerksam hatte Kriemhild zugehört. Sie hoffte, sie würde in Dietrich von Bern einen Freund am Hof des Hunnenkönigs finden.

Der Markgraf erzählte auch von Fürst Bleda, dem jüngeren, heißblütigen Bruder des Königs, von Attilas verstorbener Gemahlin Helche und von den Sitten und Gebräuchen am Hof zu Gran. Er bemühte sich redlich, ihr die Zeit zu verkürzen und sie gleichzeitig auf ihre Stellung als Königin der Hunnen vorzubereiten.

Die Hochzeit zu Wien

Sie ritten die Donau entlang, die sich mit brausenden Strudeln in ihr enges Bett zwängt, dann an sonnigen, rebenbewachsenen Bergen vorbeiströmt, ehe sich das Tal zum Tullner Feld weitet. Die Ebene vor Wien mit dem weiten Himmel und der Sonnenglut ließ Kriemhild die Hitze des Ostens ahnen, wo ihre künftige Heimat lag. Als sich der Zug der Stadt Tulln näherte, sahen sie in der Ferne eine Staubwolke, die wirbelnd immer näher kam und begleitet wurde vom Donnern tausender Pferdehufe. Wie der Sturmwind kam König Etzel mit seinen Vasallen und Gefolgsleuten geritten, um seine Braut zu begrüßen.

Hinter ihnen galoppierte auf struppigen kleinen Pferden des Königs Leibgarde, eine Schar hunnischer Lanzenreiter, kleine Gestalten, die mit hochgezogenen Beinen auf ihren Pferden mehr hockten als saßen. Sie trugen Umhänge aus verschiedenen Fellen und spitze Filzhauben auf dem Kopf. Um Hals und Handgelenke hatten sie goldene Ketten geschlungen, an ihren krummen Schwertern blitzten Edelsteine.

Rasch ließ Markgraf Rüdiger ein Zelt aufschlagen, um Kriemhild Gelegenheit zu geben, sich umzukleiden. Als sie aus dem Zelt trat, trug sie ein mit Gold besticktes und mit Edelsteinen verziertes Kleid und im Haar einen schmalen Goldreif. Es schien, als hätte das Leid ihre Schönheit nicht berührt. Sie sah so aus wie damals, als sie an der Seite Siegfrieds in Worms zum Altar schritt.

Sie bestieg ihr Pferd, das nun ein Page am Zügel führte, und sie ritten weiter, bis sich beide Reiterzüge gegenüberstanden. Ein kostbar gekleideter Hunne stieg ab und ging auf Kriemhild zu, die ebenfalls abgestiegen war.

»Das ist Bleda, König Etzels Bruder!«, flüsterte Rüdiger Kriemhild ins Ohr. »Ihr müsst ihn begrüßen.«

Sie reichte ihm die Hand und Bleda verneigte sich tief. Dann stiegen zwei Reiter von ihren Pferden. Der eine groß mit blondem Haar und Bart in silberner Rüstung, der andere klein und gedrungen mit schwarzen, schräg gestellten Augen in einem Gesicht, in das Wetter und Winde und unzählige

Schlachten tiefe Kerben gegraben hatten. Sein prachtvoller golddurchwirkter Mantel war mit Zobel verbrämt und reichte vom Nacken und den breiten Schultern bis zu den Knöcheln, die schwere Krone auf seinem Haupt funkelte.

»Dietrich von Bern und König Etzel«, flüsterte der Markgraf.

Sie nickte unmerklich, sie wusste, wer der König war.

Etzels schwarze Augen starrten wie verzaubert in Kriemhilds Gesicht. Dann ging der Herr, dem die halbe Welt untertan war, vor der burgundischen Königstochter in die Knie. Sie reichte ihm die Hand, beugte sich nieder und küsste ihn, wie es der höfischen Sitte ihrer Heimat entsprach. Nichts in ihrem Blick verriet, was die künftige Königin der Hunnen fühlte. Nachdem sie auch Dietrich von Bern und die anderen Fürsten im Gefolge des Königs begrüßt hatte, half ihr der Page wieder aufs Pferd. Die Reiterzüge formierten sich und zogen gegen Wien.

Die Stadt lag im goldenen Licht der Abendsonne, als König Etzel und Kriemhild unter Glockengeläute durch das Tor ritten.

Am nächsten Tag kündigten Trommelwirbel und Paukenschlag den Beginn der Hochzeitsfeierlichkeiten an, die siebzehn Tage dauern sollten. Im Kreise seiner Fürsten und Vasallen und der vornehmsten der Hunnen krönte König Attila Kriemhild mit der Krone seines Reiches und machte sie zur Königin der Hunnen. Anschließend fanden zur Unterhaltung der Gäste Turniere und Kampfspiele statt, bei denen jeweils gleich starke Gruppen der verschiedenen Völkerschaften gegeneinander antraten. Die burgundischen Ritter aus Kriemhilds Gefolge kämpften gegen Mannschaften verschiedenster Herkunft aus Attilas Gefolgschaft nach den Regeln, die sie gewohnt waren, und trugen stets den Sieg davon.

König Etzel hatte einen großen Baum mit silbernen und goldenen Blättern aufstellen lassen. Wenn ein Kämpfer den Schild seines Gegners spaltete, erhielt er ein silbernes Blatt, wenn er den Gegner aus dem Sattel hob und zu Boden streckte, ein goldenes. Es war ein Schauspiel, das die Hunnen, denen ritterliche Wettkämpfe fremd waren, mit ohrenbetäubendem Gebrüll und Gelächter begleiteten. Zuletzt traten die Hunnen gegen die Burgunden an und zeigten ihre Art zu kämpfen. In dichtem Schwarm galoppierten sie den Burgunden entgegen und schossen im Reiten ihre Pfeile ab, über die Köpfe der Gegner hinweg. Bevor sie aber mit ihnen zusammenstießen, rissen sie ihre Pferde zurück und wendeten blitzschnell, sodass der Gegenangriff der

Burgunden ins Leere stieß. Dabei zeigten die hunnischen Reiter, wie vertraut sie mit ihren Tieren waren. Manche sprangen aus dem Reitersitz auf den Rücken ihres Pferdes und galoppierten stehend weiter, andere legten sich der Länge nach darauf, wieder andere ließen sich an der Flanke herunterhängen und hielten sich mit der einen Hand an der Mähne, mit der anderen am Schweif fest. Einige sprangen vom Pferd, gaben ihm einen Schlag, dass es vorwärts stürmte, rannten hinterdrein und schwangen sich mit einem Griff in die wehende Mähne wieder in den Sattel. Dann wendeten sie erneut und sausten zurück.

Diesem blitzschnellen Hin und Her waren die Burgunden nicht gewachsen. Sie konnten ihre schweren Streitrosse nicht so schnell wenden und es gelang ihnen nicht, die Hunnen im Kampf zu stellen. König Etzel sah es mit einem triumphierenden Lächeln, Kriemhild mit unbewegter Miene. Markgraf Rüdiger, der neben ihr saß, wandte sich ihr zu und sagte: »Seht Ihr jetzt, warum Euer Gemahl jede Schlacht gewinnt und unbesiegbar ist? Kein Land, das er mit seinen hunnischen Reitern überfällt, kann ihm widerstehen. Seine Hunnen sind die schnellsten Reiter und die besten Bogenschützen, die es je gab, und sie gehen für ihn in den Tod. An seiner Seite seid Ihr die mächtigste Königin der Erde.«

Kriemhild nickte und ein leises Lächeln spielte um ihren Mund.

Der Tag endete mit einem Festmahl, bei dem die Königin der Hunnen stumm und stolz an der Seite ihres Gemahls saß. Vergeblich bemühte sich Markgraf Rüdiger sie aufzuheitern und in ein Gespräch zu ziehen. Sie saß da, als wäre ein Zauber über sie geworfen, der sie versteinerte.

Außerhalb der Stadt war ein Zeltlager für Attilas und Kriemhilds Gefolgsleute errichtet worden. König Etzel ließ sie reichlich bewirten und bald herrschte in und um die Zelte lautstarkes Treiben. Über den Feuern hingen Kessel mit dampfendem Fleisch und Spieße mit Ochsen und Hammeln. Um die Bier- und Metfässer drängten sich Burgunden und Hunnen, und wenn Bier und Met ihre Wirkung getan hatten, verstanden sich Christen und Heiden auch ohne Sprache. Sie hockten um die Lagerfeuer und ihr dröhnendes Gelächter und die Lieder aus rauen Kehlen klangen bis in die frühen Morgenstunden.

An jedem Tag fanden Kampfspiele statt, nachmittags zeigten Gaukler und Akrobaten ihre Kunststücke, ließen Bärentreiber ihre Bären tanzen und Dompteure führten gezähmte Löwen und Tiger vor, Tiere, die Kriemhild noch nie gesehen hatte. Am Abend leuchtete die Stadt in einem Lichtermeer aus Fackeln und Freudenfeuern.

Nach siebzehn Tagen rüstete man zum Aufbruch. Die Straße zog sich zwischen Buschwerk und Dickicht dahin, vorbei an Tümpeln und Seitengewässern. Der Strom breitete sich aus, mehrere Arme umschlossen mit Augehölz bewachsene Inseln mit kleinen Seen und stehendem Gewässer. Aufgescheuchte Sumpfvögel flatterten und hoch im Blau des Himmels zogen Reiher und Störche ihre Kreise.

Sie ritten auf der alten Römerstraße an Carnuntum, dem einstigen Heerlager der Römer, vorbei und sahen in der Ebene ein gewaltiges Bauwerk aufragen, mächtige Pfeiler, die ein Gewölbe trugen. »Heidentor«, nannte es Markgraf Rüdiger. Sie ritten bis zur Heuneburg* an der Donau, wo sie Rast machten, dann weiter den Strom entlang nach Südosten und erreichten Wieselburg**, wo Etzels Schiffe ankerten. Schiffe und Flöße wurden miteinander vertäut und bildeten eine riesige Fläche, auf der so viele Menschen und Tiere Platz fanden, dass man kein Wasser mehr sah. Auf den prächtig geschmückten Schiffen hatte man mit dicken Teppichen ausgelegte Zelte für das Königspaar, für Rüdiger von Bechelaren, für Dietrich von Bern und die anderen Fürsten aufgestellt.

So glitten sie, von keiner Welle erschüttert, ruhig dahin und fuhren, von den Menschen, die ihnen vom Ufer aus zuwinkten, freudig begrüßt, die Donau stromabwärts nach Gran. Die Gefolgsleute und der Tross zogen zu Lande weiter.

Dort, wo der Fluss Gran in die Donau mündet, sah Kriemhild am südlichen Ufer des Stroms die gleichnamige Stadt. Sie war anders als alle Städte, die sie kannte. Neben ebenerdigen Häusern aus ungebrannten Ziegeln waren Zelte aus dunklem Filz und Leder aufgeschlagen, umgrenzt von bunten Pfählen, die mit Schnitzereien verziert waren. Wagen mit Planen waren zu einem Ring zusammengeschoben, daneben standen kleine zottelige Pferde angebunden oder weideten frei. Zwischen den Zelten und den Häusern spielten halbnackte Kinder und warfen mit Steinen nach hässlichen Hunden. Auf einem Felsen, hoch über der Stadt und der Donau, stand Etzels gewaltiger Königssitz, die Etzelburg.

* Hainburg

** Ungarisch Mosonmagyaróvár

Kriemhild erinnert sich noch gut, wie schwer es ihr fiel, sich an die Sitten der Hunnen zu gewöhnen. Obwohl König Etzel von Anfang an um ihre Zuneigung warb und bestrebt war ihr jeden Wunsch zu erfüllen, waren sich beide stets fremd geblieben.

In den sieben Jahren, die Kriemhild nun als Königin der Hunnen und Etzels Gemahlin in Gran lebt, sind ihr Schmerz und ihre Trauer um Siegfried nicht geringer geworden und der Hass auf seinen Mörder brennt in ihrem Herzen wie in jener dunklen Nacht, da man ihr die Bahre mit dem Toten vor die Tür stellte. Auch die Liebe ihres Gemahls und die Geburt ihres Sohnes hatten daran nichts geändert.

Am Tag nach dem Tauffest befiehlt Kriemhild die Spielleute Werbel und Swemmel zu sich. Sie sollen eilends nach Burgund reiten und als Boten die Einladung überbringen, den König und die Königin im Hunnenland zu besuchen.

»Geht zu Gunther, dem König, und sagt ihm, wie sehr ich mich sehne, ihn und meine Brüder Gernot und Giselher und meine Mutter, Königin Ute, wiederzusehen. Sagt ihm, dass es schon lange der Wunsch meines Gemahls ist, meine Verwandten kennen zu lernen. Zur Sonnenwende wird er ein Fest geben, wie es die Welt noch nie gesehen hat, und zu diesem Fest sind sie und die Vornehmsten des Landes eingeladen. Sie werden uns herzlich willkommen sein.«

Werbel und Swemmel nicken. »Es wird geschehen, wie Ihr es befiehlt«, sagen sie gehorsam.

»Sagt ihm auch, dass ich an König Etzels Seite glücklich geworden bin und alles Leid, das mich einst bedrückte, vergessen habe. Berichtet ihm, wie sehr mein Frohsinn den König aufheitert und dass ihr mich nie anders als heiter gesehen habt.«

Die Spielleute reißen erstaunt die Augen auf, denn keiner hat die Königin je lächeln gesehen. Doch Kriemhilds strenger Blick lässt sie rasch die Köpfe senken.

»Es wird geschehen, wie Ihr es wünscht.«

»Und noch etwas richtet König Gunther aus«, fährt die Königin fort. »Hagen von Tronje soll den Zug anführen. Er kennt den Weg ins Hunnenland und bürgt für Sicherheit.«

Wieder nicken die Spielleute. Am nächsten Morgen satteln sie die Pferde und reiten nach Worms.

Wenn die Königin Kriemhild am Fenster der Burg steht und ihre Blicke über die Donau schweifen lässt, denkt sie an den Strom, der in ihrer Heimat rauscht. Ein eigenartiges Lächeln spielt um ihren Mund.

»Bis zur Sonnenwende«, murmelt sie und ihre Augen werden schmal.

Verhängnisvolle Einladung

Wir wollen den König sprechen«, verlangen zwei Reiter vor dem Tor der Königsburg zu Worms. An ihrer Seite hängen goldbeschlagene Schwerter, im Gürtel hängen Dolche. Sie haben gelbliche Gesichter und dunkle, schräg gestellte Augen. Das schwarze Haar hängt ihnen zu einem Schweif gebunden auf den Rücken und an den Armen klirren goldene und silberne Reifen.

»Das kann jeder sagen! Wer seid ihr?«, fragt der Wächter und mustert misstrauisch die Fremden auf den kleinen, gedrungenen Pferden.

»Wir kommen aus Gran und sind Boten der Königin Kriemhild und König Etzels. Wir haben eine wichtige Nachricht für König Gunther!«

Nun öffnet der Wächter Werbel und Swemmel das Tor und meldet dem König, dass ihn Boten des Hunnenkönigs zu sprechen wünschen.

König Gunther, seine Brüder und Hagen von Tronje sitzen in der Halle, als Etzels Spielleute eintreten. Einen Augenblick lang sind die beiden wie geblendet, so groß ist der Unterschied von der Helle des Tages zum Dämmerlicht in der düsteren Halle. Auf Hagens Wink gehen sie näher und knien vor Gunthers Thron nieder. Sie schweigen, denn in ihrer Heimat ist es Sitte, zu warten, bis der König das Wort an seine Untertanen richtet. Da dröhnt Hagens Stimme: »Erhebt euch und sagt, was ihr zu sagen habt. Der König ist bereit zu hören.«

Sie stehen auf und verneigen sich. »Wir haben den Auftrag, zu melden, dass es der Wunsch unserer verehrten Königin Kriemhild ist, ihre geliebten Brüder und ihre Mutter wiederzusehen. Auch ihr Gemahl, König Etzel, wünscht sich schon lange die Verwandten seiner Gemahlin kennen zu lernen.«

König Gunther beugt sich vor, als hätte er nicht richtig gehört.

»Was sagst du?«

Werbel wiederholt, was er gesagt hat, dann fügt Swemmel hinzu: »Der König und die Königin geben zur Sonnenwende ein Fest. Dazu laden Sie Euch, edler König der Burgunden, mit Euren Verwandten und mit Eurem Gefolge in den Königspalast zu Gran.«

»Ist das alles, was ihr zu sagen habt?« Hagens Stimme klingt scharf.

Werbel verneigt sich vor Hagen. »Königin Kriemhild wünscht, dass wir Königin Ute die Einladung ihrer Tochter überbringen und dass Hagen von Tronje als kundiger Führer den Zug leitet. Königin Kriemhild ist an König Etzels Seite glücklich geworden und hat alles Leid, das sie einst bedrückte, vergessen. Sie heitert mit ihrem Frohsinn den König auf und wir haben sie nie anders als fröhlich gesehen.«

Hagen lässt sich nicht anmerken, was er denkt und fühlt.

»Wenn es die Königin wünscht, soll es so geschehen«, sagt er scheinbar gleichgültig und befiehlt einem Pagen, der Königinmutter Etzels Boten zu melden.

Als die Spielleute vor der alten Königin niederknien, deren Gesicht von der Mühsal ihrer Jahre und dem Kummer um ihre Kinder gezeichnet ist, sagt sie: »Kniet vor Gott, aber nicht vor Menschen. Steht auf und redet!«

Ruhig hört sie die Botschaft, dann schüttelt sie den Kopf.

»Mein Herz war immer bei meinem Kind und ist es auch jetzt. Aber mein Körper ist zu alt für die Anstrengungen einer so weiten Reise. Das richtet eurer Königin aus. Doch wartet, ich will euch etwas für sie mitgeben.«

Sie verlässt den Raum und kehrt nach einer Weile mit einem goldenen Medaillon in der Hand wieder. Sie reicht es Werbel und sagt: »Gib es deiner Königin, meiner Tochter Kriemhild.«

Im Thronsaal ist inzwischen ein Streit entbrannt. Hagen hat Gunthers Getreue rufen lassen, um sie von Attilas und Kriemhilds Einladung zu informieren. Nun sind sie da, Hagens Bruder, der Marschall Dankwart, Ortwin von Metz, der Spielmann Volker von Alzey, Sinold, der Herold, der Ritter Runold, der Markgraf Gere und all die andern, auf die sich die Macht Burgunds stützt. Ein aufgeregtes Gemurmel herrscht im Saal, bis Hagen mit starker Stimme zur Ruhe mahnt. Knapp und kühl berichtet der Tronjer von der Einladung des hunnischen Königspaares. Scharf fasst er die Anwesenden ins Auge, doch kein Muskel in seinem Gesicht verrät, was er selbst dabei denkt.

Er hat kaum zu Ende gesprochen, als erneut erregtes Stimmengewirr anhebt. Giselhers helle Stimme übertönt es: »Wir nehmen an! Ich will Kriemhild wiedersehen.«

Auch Gernot pflichtet ihm bei. Ihn lockt das Abenteuer, ins ferne Hunnenland zu ziehen. »Wir sollten die Einladung annehmen und aufbrechen. Schon lange wollte ich Etzels Reich und Burg kennen lernen«, sagt er.

Der bedächtige Ortwin von Metz wiegt den Kopf.

»Es ist eine gefährliche Fahrt. Wer einmal im Hunnenland ist, der kommt nicht wieder. Wenn die Götter nicht dafür sorgen, dann tut es Attila. Wer weiß, was er im Schilde führt.«

Auch Sinold und Runold raten von der Fahrt ab. Wieder ruft Giselher: »Die Einladung kommt von unserer Schwester. Sie liebt uns und sie sehnt sich nach uns.«

König Gunther blickt ratlos von einem zum andern. Als Hagen Gunthers fragende Augen auf sich gerichtet sieht, sagt er: »Wenn Kriemhild ihre geliebten Brüder und ihre alte Mutter sehen will, warum kommt sie dann nicht nach Worms? Ihre Einladung ist eine Falle. Schickt die Boten zurück und erwidert Einladung mit Einladung. Der Weg von Etzels Burg nach Worms ist ebenso weit wie der Weg von Worms nach Gran.«

Giselher ist empört. »Ich hasse Misstrauen, Hagen von Tronje, Kriemhild hat uns aus Liebe eingeladen!«

Gunther nickt zustimmend und wendet sich seinem Ratgeber zu. »Du weißt, Hagen, wie sehr ich deine Klugheit schätze. Aber seit Siegfrieds Tod ist viel Wasser den Rhein und auch die Donau hinabgeflossen. Kriemhild ist an Etzels Seite glücklich geworden und hat vergessen, was geschehen ist.«

»Sie hat nicht vergessen, was geschehen ist«, sagt Hagen. »Nicht aus Liebe, aus Hass lädt sie uns ein. Kriemhild liebt nur einen – einen Toten!«

Wieder werden Stimmen laut, ein heftiges Für und Wider entzweit die Burgunden, bis König Gunther sich aufrafft und mit fester Stimme verkündet: »Es ist eine Einladung, die wir nicht ausschlagen können, ohne König Etzel und unsere Schwester zu beleidigen. Wir reiten!«

Diesmal muss Hagen sich dem Befehl seines Königs beugen. Aber der Einäugige, der mehr und weiter sieht als die, denen er dient, ruft zu den Waffen. Tausende schwer gewappnete Reiter sollen mit Gefolge und Tross den Zug der Burgunden ins Hunnenland begleiten.

Bestürzt hatte die Königinmutter vernommen, was im Thronsaal beschlossen wurde. Sie geht zu ihrem ältesten Sohn und beschwört ihn seinen Entschluss zu widerrufen. Leidvoll musste sie Kriemhild in Etzels fernes Land ziehen lassen und nun wollen auch die Söhne in die Fremde ziehen. Die alte Königin kennt das Herz ihrer Tochter und sie ahnt die Gefahren dieser Fahrt, doch der schwache und wankelmütige König, der zum ersten Mal gegen seinen Ratgeber entschieden hat, kann und will nicht widerrufen. Sie muss es hinnehmen, aber von jetzt an werden ihre Tage und Nächte von Sorge und

Angst um ihre Kinder erfüllt sein, die sie in der Fremde auf gefährlichen Wegen weiß.

Hagen ahnt, wie es der Mutter ums Herz ist.

»Verzeiht, Königin, dass ich diese Fahrt nicht verhindern kann. Ich habe vergeblich davor gewarnt. Aber der Wunsch Eurer Söhne ist mächtiger als meine Einwände. Doch schwöre ich Euch, über Eure und König Dankrats Söhne zu wachen und sie zu beschützen, solange ich atmen und ein Schwert in meinen Händen halten kann.«

Königin Ute reicht Hagen die Hand. »Ich weiß, dass Ihr für meine Kinder und für Burgund Euer Leben gebt.«

Der Tronjer beugt sich nieder und küsst die Hand der Königin. Die Nornen spinnen ihre Fäden, denkt er, aber ich werde mit dem Schicksal ringen bis auf den letzten Blutstropfen.

Werbel und Swemmel reiten vom Rhein zurück an die Donau, um König Etzel Gunthers Entscheidung mitzuteilen. Sie galoppieren schnell wie der Wind und die Hufe ihrer Pferde wirbeln Staub auf, der sich zu Wolken zusammenballt und dann wie ein grauer Schleier auf das grüne Gras am Wegrand niedersinkt. Sie hetzen ihre Pferde Tag und Nacht, denn in Gran winkt ihnen für die gute Nachricht Botenlohn. Nachdem sie König Etzel Gunthers Antwort übermittelt haben, melden sie sich bei Königin Kriemhild.

Die Burgundentochter erwartet die Boten mit nervöser Ungeduld. Als sie hört, dass ihre Brüder die Einladung angenommen haben und dass Hagen von Tronje ihr Führer sein wird, vermeint Swemmel in ihren Zügen ein Gefühl der Erleichterung zu sehen. Dann fährt Werbel fort: »Königin, Eure Mutter fühlt sich zu alt für die beschwerliche Reise, sie hat uns aber ein Geschenk für Euch mitgegeben.«

Er erhebt sich von den Knien und reicht Kriemhild das goldene Medaillon.

Als sie allein ist, öffnet sie es. Ihre schmalen Hände zittern und ihr Herz klopft schneller. Das Medaillon enthält eine Haarsträhne, das weiße Haar ihrer Mutter. Die Königin schließt es rasch und legt es zur Seite. Kriemhild weint.

In Worms hat sich vor den Mauern der Burg ein schwer bewaffnetes Heer versammelt. Laut ruft König Gunther über das weite Feld: »Wir reiten!«, und der Zug setzt sich waffenklirrend in Bewegung. Hagen auf seinem schwarzen Hengst führt ihn an, hinter ihm reiten der König und seine Brüder, gefolgt von dem Spielmann Volker und den anderen Getreuen, der Schar der Ritter, dem Fußvolk und dem Tross. Es ist eine gewaltige Heerschar, die Hagen mit Kettenpanzern, Helmen und den Waffen aus dem Nibelungenschatz ausgerüstet hat. Das Gold des Hortes hatte er in den Rhein versenkt, Waffen und Rüstungen aber behalten. So mancher, der am Wegrand steht und die Nibelungen, wie sich die Burgunden jetzt nennen, vorbeireiten sieht, wundert sich. Sind sie nach Gran zu einem Fest geladen oder ziehen sie in den Krieg?

Auch ein Priester ist mit dabei. Der Bischof hatte es gewünscht und Hagen duldet es murrend. Der blasse junge Mann in seiner Kutte hat die Aufgabe, auf das Seelenheil der christlichen Ritter und ihres Gefolges zu achten, damit sie nicht Schaden nehmen im Land der Hunnen, wo man, wie der Bischof gehört hat, noch Götzen verehrt.

Auf Fährschiffen setzen sie über den Rhein, dann ziehen sie die alte Römerstraße entlang gegen den Main zu und weiter durch Ostfranken. Nach zwölf Tagen gelangen sie an das Ufer der Donau.

Dunkel liegt die schwüle Nacht über dem Strom. Das Wasser steht hoch und die Wellen sind reißend. Noch immer führen die Nebenflüsse Schmelzwasser zu und überschwemmen die Auen. Dankwart hat einen Platz ausfindig gemacht, wo das Heer sein Lager aufschlagen kann. Der König, seine Brüder und ihre Getreuen schlafen in Zelten, die anderen auf dem Boden.

Einer schläft nicht.

Hagen reitet auf seinem schwarzen Hengst stromabwärts auf der Suche nach einer Furt. Wenn der feuchtwarme Wind Wolken über den Mond jagt, dann ist die Nacht schwarz. Feiner Dunst steigt auf über trügerischen Sümpfen, das Gelände ist unsicher und zwingt ihn auszuweichen. Er gelangt zu einem Seitenarm, der sich gurgelnd und zischend noch einmal teilt, und folgt dem schmäleren Arm, der zu einem von Schilf und Augehölz umwachsenen Weiher führt. Im Mondlicht schimmert das Wasser dunkelgrün. Ein leises Plätschern, ein silberhelles Lachen und Stimmen lassen ihn aufhorchen. Frauenstimmen sind es und sie kommen aus dem Teich. Er steigt vom Pferd, schleicht sich an und sieht am Zweig einer Weide, deren Äste ins Wasser hängen, ein Gespinst. Er nimmt es an sich und hält drei Kleider in Händen, spinnfädenfeine durchsichtige Gewänder. Da hört er ein klagendes Rufen: »Ach, gib uns doch unsere Kleider wieder!«

Drei schöne junge Frauen mit langen Haaren schwimmen ans Ufer, strecken ihre weißen Arme aus und betteln mit süßen Stimmen um ihre Kleider. Es sind Donaunixen, Wasserfeen, die das Schicksal der Menschen vorhersehen können.

»Ihr sollt euer Gewand haben, wenn ihr mir sagt, welches Los den Nibelungen im Land der Hunnen beschieden ist«, ruft Hagen ihnen entgegen und schwenkt die Kleider.

Die Nixen zögern. »Menschen steht es nicht zu, Wissen zu begehren, das die Götter ihnen verwehren. Es ist ihnen bestimmt, ihr Schicksal zu ertragen, nicht es zu steuern«, sagt eine der Feen und ihre Gefährtin fleht: »Gib uns doch unsere Kleider zurück!«

Sie schmeicheln und locken, doch Hagen, der eisenharte Mann, lässt sich nicht erweichen. Da erkennen sie, dass der Zauber ihrer Stimmen keine Macht über ihn hat, und geben nach.

»Höre!«, sagt eine Nixe, »ich will dir sagen, wie es dir und den Nibelungen in Attilas Reich ergehen wird. Am Königshof zu Gran wird man euch mit großen Ehren empfangen.«

Und eine andere verkündet: »So schwer bewaffnet, wie ihr jetzt dahinzieht, so schwer mit Gold beladen werdet ihr nach Worms zurückkehren. Sänger und Spielleute werden euren Ruhm in alle Lande tragen.«

Nun lächelt Hagen und wirft den Nixen ihre fein gesponnen Kleider zu. Doch kaum sind sie hineingeschlüpft, als Hohngelächter über den Teich schallt.

»Wir haben dich belogen, Hagen von Tronje, damit du uns unsere Gewänder wiedergibst«, rufen sie. »Ein Fluch liegt auf eurer Fahrt. Nicht Ehre und Ruhm erwarten euch an Attilas Hof, sondern Not und Tod. Kehrt um, noch ist es Zeit.«

»Ihr lügt!«, schreit Hagen.

»Wir haben gelogen, aber jetzt sprechen wir die Wahrheit und die Wahrheit ist, dass keiner von euch den Tag nach der Sonnenwende überleben wird. Nur einer wird die Heimat wiedersehen, der Priester.«

»Wir sind zu einem Fest geladen, nicht zu einer Schlacht, ich glaube euch nicht«, erwidert der Tronjer. »Aber wenn ihr schon so kundig seid, dann sagt mir, wo ich einen Fährmann finden kann, der das Heer übersetzt.«

»Glaube, was du willst, und handle, wie du willst. Einen Fährmann kannst du weiter stromaufwärts finden. Nicht weit von hier steht am jenseitigen Ufer seine Hütte. Vielleicht setzt er dich über, wenn du vorgibst sein Freund Amelrich zu sein. Er bringt nicht jeden ans andere Ufer, denn das Land dort drüben gehört zum Reich Königs Gelfarts von Bayern und der liebt Fremde nicht.«

Die Stimme verklingt. Die Frauen sind verschwunden, über dem Weiher ist es still, kein Zweig, kein Blatt regt sich. Hagen greift sich an die Stirn. War es ein Traum gewesen, hatten sich seine eigenen dunklen Ahnungen in Trugbilder verwandelt? Da hört er das Rauschen von Flügeln in der Luft und aus der Ferne den Schrei wilder Schwäne, der wie ein Lachen klingt.

Als Hagen zurückreitet, bricht der Tag an. Er reitet stromaufwärts und sieht die Hütte, von der die Wasserfee gesprochen hat.

»Fährmann, hol über!«, ruft er laut und gleich darauf noch einmal und ein drittes Mal. Keine Antwort, nur das Brausen des Stroms dröhnt ihm in den Ohren. Da ruft er noch einmal: »Fährmann, hol über, ich, dein Freund Amelrich, bin aus der Fremde zurückgekommen und will hinüber. Ich lohne es dir mit rotem Gold!«

Der Fährmann tritt aus der Hütte, macht sein Schiff los und steuert es ans Ufer, wo Hagen steht. Bevor er anlegen kann, springt Hagen zu ihm an Deck.

»Wer zum Teufel bist du?«, brüllt der Fährmann. »Du hast mich belogen. Du bist nicht Amelrich. Raus aus meinem Boot oder soll ich dir Beine machen?«

»Fährmann, du hast Recht, ich bin nicht Amelrich, aber ich bin in Not und brauche deine Dienste. Weiter stromabwärts lagert ein Heer, das muss über den Strom.« Hagen holt eine Kette aus schwerem rotem Gold hervor. »Sie soll dein Lohn sein.«

»Behalte dein Gold und verschwinde! Mein Herr, der König Gelfart von Bayern, hat Feinde genug und duldet kein fremdes Heer in seinem Land. Raus jetzt!«

Der Fährmann nimmt sein Ruder und will ausholen, das Schiff schwankt, Hagen verliert das Gleichgewicht, taumelt und fällt. Ein Schlag donnert auf Hagens Kopf, der ihm den Helm zertrümmert. Da ist der Tronjer wütend, springt auf, packt das Schwert Balmung und köpft den Fährmann. Dampfendes Blut schießt wie eine Fontäne aus dem zerteilten Körper und ergießt sich auf die Schiffsplanken. Hagen wirft Kopf und Rumpf in die tosende Flut und lenkt dann das Schiff zum Ufer, wo die Burgunden auf ihn warten. Dabei zerbricht die Ruderstange, das Boot tanzt, hin und her gerissen von der reißenden Strömung, hilflos auf den schäumenden Wellen. Mit seinem Schildriemen bindet der Tronjer die Teile des Ruders zusammen und steuert mit gewaltiger Kraft das Ufer an. Als Gunther die Lache Blut auf dem Schiff sieht, ruft er entsetzt: »Hagen von Tronje, wo ist der Fährmann?«

»Ich weiß von keinem Fährmann«, sagt Hagen barsch. »Ich habe das Schiff am Ufer gefunden und nun wollen wir übersetzen.«

Er befiehlt den Knechten die Pferde in den Strom zu treiben, damit sie schwimmend ans andere Ufer gelangen. Dann verladen die Knechte Gewänder, Sättel, Zaumzeug und Waffen, die Ritter steigen ein und Hagen stößt ab. Er steuert das Boot so sicher, als wäre er in seinem Leben niemals etwas anderes gewesen als ein Fährmann.

Den ganzen Tag setzt Hagen über die Hochwasser führende Donau, in der entwurzelte Bäume und totes Vieh treiben. Als er zum letzten Mal anlegt, um Gunther und seine Brüder mit ihrem Gefolge über den Strom zu fahren, ist auch der Priester mit an Bord. Der Priester sieht das Blut auf den Brettern und erschrickt.

»Blut!«, sagt er und starrt Hagen an. »Was ist geschehen?«

Und jetzt fragt auch Gunther noch einmal: »Wo ist der Fährmann? Hast du das Boot mit Gewalt genommen, Hagen von Tronje?«

Da wird Hagen zornig.

»Ja!«, schreit er. »Weil es mir besser schien, dass ich den Fährmann tötete als er mich. Er hat sich geweigert seinen Dienst auszuüben. Wir brauchen das Schiff. Wie sonst, mein König, hätten wir über den Strom setzen können?«

Der König schweigt, der Priester aber murmelt: »Also war es Mord. Eine Bluttat, eine Todsünde, steht am Beginn unserer Fahrt. Gott wird uns strafen.«

Der Tronjer hört wieder die höhnende Stimme der Wasserfee: »Nur einer wird die Heimat wiedersehen, der Priester«, und die Wut packt ihn.

»Wenn dein Gott straft, dann dich zuerst!«, brüllt er, packt mit beiden Händen den Priester, schwingt ihn hoch und wirft ihn über Bord.

Verzweifelt schlägt der Mann im Wasser um sich, kämpft mit der reißenden Flut und versucht sich ans Boot zu klammern. Da nimmt Hagen, immer noch rasend vor Wut, die Ruderstange und schlägt ihm auf die Hände. Mit einem Aufschrei lässt der Priester los und schon trifft ihn ein Schlag auf den Kopf und das Wasser schlägt über ihm zusammen. Jetzt erfasst ihn ein Strudel und droht ihn auf den Grund zu ziehen, der Priester aber empfiehlt seine Seele Gott dem Herrn und lässt sich ruhig treiben. Die Strömung erfasst ihn, trägt ihn und schwemmt ihn heil ans Ufer.

Gunther, Gernot und Giselher sind starr vor Entsetzen, Hagen aber lacht.

Es ist ein Lachen, in dem er sein Grauen versteckt. Denn nun hat er den Beweis, dass die Wasserfrauen die Wahrheit gesprochen haben, dass keiner außer dem Priester in die Heimat zurückkehren wird. Die Reise in das Land der Hunnen wird zu einer Reise ohne Wiederkehr.

Doch Hagen schüttelt das Grauen ab, das ihn zu lähmen droht, und steuert das Boot mit seinen Insassen sicher ans Ufer. Als das Schiff leer ist, nimmt er sein Schwert, schlägt ein Leck in den Boden und gibt dem Schiff einen gewaltigen Stoß. Es schießt hinaus in den wütenden Strom, taumelt und tanzt auf den Wogen, bis es in der Tiefe versinkt. Das Schicksal nimmt seinen Lauf, denkt er, reißt Schuldige und Unschuldige mit und treibt erbarmungslos dem Ende zu.

Fassungslos haben die Burgunden zugesehen.

»Bist du dem Wahnsinn verfallen, Bruder?«, schreit Dankwart. »Wie sollen wir über den Strom setzen, wenn wir aus dem Land König Attilas zurückkehren?«

»Ich tat, was ich tat, damit kein Feigling vor seinem Schicksal fliehen kann. Denn eines müsst ihr wissen: Keiner von uns wird die Heimat je wiedersehen. So lautet die Weissagung der Wasserfeen, denen ich heute Nacht begegnet bin. Ich fand den Fährmann, wie die Feen es gesagt haben, und musste ihn erschlagen, um das Schiff zu gewinnen. Ich warf den Priester über Bord, weil sie prophezeit haben, er würde als Einziger nach Worms zurückkehren. Ihr habt es gesehen: Er ist nicht ertrunken und lebt.«

König Gunther erbleicht und viele andere auch. Doch da ruft Gernot: »Was hat dir die Sinne verwirrt, Hagen von Tronje? Seit wann glaubst du an Spukgeschichten? Wir sind über tausend schwer bewaffnete Ritter und wir reiten zu einem Fest, zu dem uns unsere Schwester geladen hat. Auf, lassen wir uns nicht entmutigen, reiten wir weiter!«

Nun erhellen sich die Mienen der Burgunden, und Ritter und Knechte jubeln Gernot zu. Nur König Gunther starrt gedankenverloren ins Weite.

Sie satteln und zäumen die Rosse und reiten in das Land König Gelfarts. Nun führt Volker von Alzey den Zug an, Hagen und sein Bruder Dankwart bleiben in der Nachhut.

Sie reiten nicht lange, da sprengt ihnen der König von Bayern mit siebenhundert Rittern nach.

Als er Hagen eingeholt hat, sagt er: »Wir suchen die Mörder unseres Fährmanns, er war mein Dienstmann und ein tapferer Recke. Wir sind ausgezogen, um seinen Tod zu rächen.«

»Ich habe ihn erschlagen, sonst hätte er mich erschlagen«, antwortet ihm Hagen. »Es war Notwehr, kein Mord. Ich wollte ihm seine Dienste lohnen, aber er schlug mich nieder. Ich zahle Sühnegeld.«

»Dein Blut wird das Sühnegeld sein!«, schreit König Gelfart, stürmt mit seiner Lanze auf Hagen zu und durchbohrt ihm den Schild. Hagens Hengst bäumt sich auf, der Sattelgurt reißt und der Tronjer stürzt zu Boden. Gelfart springt vom Pferd und zückt sein Schwert, doch da rast Dankwart heran, schlägt mit einem gewaltigen Streich dem König den Kopf ab und rettet seinem Bruder das Leben. Als König Gelfarts Ritter den Tod ihres Königs sehen, machen sie kehrt und fliehen, aber die Burgunden verfolgen sie bis tief in die Nacht.

Im Mondlicht zählen sie ihre Toten. Sie haben vier Ritter verloren, von Gelfarts Rittern aber liegen an die hundert erschlagen auf dem Feld.

Sie reiten weiter und erreichen bald den Haupttrupp. Das nächste Ziel ist die Drei-Flüsse-Stadt Passau, wo das Heer, wie einst Kriemhild auf ihrer Fahrt zu König Etzel, Halt macht. Einen Tag und eine Nacht bleiben die Nibelungen bei Bischof Pilgrim zu Gast. An dem Morgen, an dem sie aufbrechen, steht der Bischof vor dem Tor des Doms und segnet das Heer, das langsam an ihm vorbeizieht, weiter die Donau entlang, der Burg Etzels entgegen.

Hagen von Tronje hat wieder die Führung übernommen und reitet voraus. Da sieht er im Licht des Nachmittags im Schatten einer Eiche einen Ritter liegen, tief im Schlaf. Der Ritter sieht aus wie Markgraf Eckewart, der vor Jahren mit Kriemhild nach Xanten und dann nach Gran gezogen war, doch sein Gesicht ist verwittert wie der Stamm einer alten Eiche. Ein langer weißer Bart reicht ihm bis an die Knie, das spärliche Haar auf dem Kopf ist schlohweiß. Neben ihm im Gras liegt sein Schwert.

Hagen steigt vom Pferd, nimmt das Schwert und weckt den Schläfer. Als dieser die Augen aufschlägt und Hagen mit dem Schwert vor sich stehen sieht, ruft er aus: »Weh mir, welche Schande, dass ich eingeschlafen bin!«

Hagen lacht und gibt ihm das Schwert zurück.

»Wer seid Ihr?«, fragt er. »Ihr gleicht dem Ritter Eckewart, der einst mit Kriemhild in die Niederlande und später ins Hunnenland zog.«

»Der bin ich und tausend Jahre warte ich schon auf Euch, das ist eine lange Zeit und deshalb bin ich eingeschlafen.«

»Und warum wartet Ihr auf mich?«

»Ihr befindet Euch bereits im Gebiet des Markgrafen Rüdiger von Bechelaren, das zum Reich König Attilas gehört. Ich bin ein Bote der Königin Kriemhild und beauftragt Euch zu warnen. Ihr sollt nicht weiterziehen, lässt sie Euch sagen, denn im Land der Hunnen lauern Tod und Verderben auf Euch. Kehrt um, noch ist es Zeit!«

Der Alte hatte sich auf die Ellenbogen gestützt und aufgerichtet, dann war er wieder zurückgesunken. Seine Worte waren leiser geworden und verwehten mit dem Wind. Plötzlich war er verschwunden. Verwundert starrt Hagen auf den Platz, wo der Ritter gelegen war, und sieht nur grünes Gras.

Seltsame Dinge geschehen auf dieser Fahrt, denkt er, oder narrt mich ein Hirngespinst?

Ein fröhliches »Willkommen, Hagen von Tronje!« reißt ihn aus seinen Gedanken. Markgraf Eckewart ruft es, der ohne Bart, mit wehendem braunem Haar auf seinem Pferd heranreitet.

»Ich soll Euch im Namen der Königin Kriemhild begrüßen und Euch und das Heer zu Markgraf Rüdigers Burg zu Bechelaren geleiten. Rüdiger und seine Gemahlin Gotelind erwarten Euch.«

Hagen blinzelt mit seinem Auge, tritt näher an den Reiter heran und blickt ihm forschend ins Gesicht. Kein Zweifel, es ist Markgraf Eckewart.

»Ich danke Euch«, sagt Hagen und dann nach kurzem Zögern: »Haben wir uns heute schon einmal gesehen?«

Eckewart schüttelt den Kopf. »Nein, wie denn auch? Ich komme geradewegs aus Bechelaren, von Rüdigers Burg.«

Ein Sommernachtstraum

Die Nachmittagssonne lässt die weite Wiese vor der Burg des Markgrafen grüngolden aufleuchten. Im dichten Laub der Bäume weht ein leiser Wind und die Blätter drehen und wenden sich im Tanz von Licht und Schatten.

Unter der ausladenden Krone einer blühenden Linde stehen Markgraf Rüdiger, seine schöne Frau Gotelind und ihre junge Tochter Dietlinde, um die Nibelungen willkommen zu heißen.

Als die Trompeten von den Türmen der Burg die Ankunft der Gäste verkünden, klopft das Herz Dietlindes bis zum Hals. Nach höfischer Sitte muss sie als Tochter des Gastgebers König Gunther und seine Brüder, aber auch Hagen von Tronje, dessen Bruder Dankwart und den Spielmann Volker mit einem Kuss begrüßen. So hatte es Markgraf Rüdiger seiner Tochter eingeschärft.

Als die hohen Herren kostbar gekleidet vor ihr stehen, geht Dietlinde beherzt auf König Gunther zu, küsst ihn und heißt ihn willkommen auf ihres Vaters Burg. Genauso begrüßt sie auch Gernot. Dann geht sie Giselher entgegen, doch als sie sein schönes, von hellblondem Haar umrahmtes Gesicht sieht und in seine strahlend blauen Augen blickt, bleibt sie stehen. Der Anblick des jungen Königssohns hat sie verzaubert. Da geht Giselher auf sie zu, breitet die Arme aus und umfasst sie. Er küsst sie und für einen Augenblick steht die Welt still.

Ein Räuspern des Markgrafen reißt beide aus ihrer Verzauberung. Giselher stellt sich wieder neben seine Brüder und Dietlindes Blick fällt nun auf Hagen. Sein düsteres, vernarbtes Gesicht mit dem wilden Bart und sein stechendes Auge erschrecken sie. Ihn soll sie küssen? Sie zögert, da ermahnt sie erneut ein Räuspern ihres Vaters. Mutig geht sie auf den Tronjer zu, haucht einen Kuss auf die zerfurchte Wange und erfüllt ihre Pflicht. Erleichtert begrüßt sie nach ihm Dankwart und den freundlich lächelnden Spielmann Volker.

Nachdem auch Gotelind nach höfischer Sitte die vornehmen Gäste mit einem Kuss begrüßt hat, reicht sie König Gunther die Hand und geleitet ihn hinauf zur Burg. Da will es Dietlinde ihrer Mutter gleichtun, sie nimmt den errötenden Giselher an der Hand und beide folgen dem König und der Gräfin.

Markgraf Rüdiger ist Wächter und Hüter der Außengrenze des Hunnenreiches und König Attilas wichtigster Vasall. Seine mächtige Burg auf felsiger Anhöhe steht auf den festen Mauern des vormaligen römischen Kastells Arelape. Es gereicht ihm zur Ehre, die Burgunden, die nun Verwandte seines Königs sind, an der Grenze des Reiches gebührend zu empfangen.

Schon Tage vorher haben unter der kundigen Anleitung der Markgräfin Köche, Knechte und Mägde mit den Vorbereitungen zu dem Festmahl begonnen. Die Herren sollen mit dem Besten, das Küche und Keller zu bieten haben, bewirtet werden. Für das Heer hatte der Markgraf am Ufer der Donau Zelte aufstellen lassen. Seine Knechte bringen Ochsen und Schweine, und als noch voll mit Bier- und Weinfässern beladene Wagen heranrollen, erschallen Hochrufe auf den Markgrafen und König Attila.

Drei unbeschwerte Tage sind den Burgunden beschert, bevor die Reise weitergeht. Was immer an düsteren Vorzeichen sie auf ihrer Fahrt erschreckt haben mag, es ist vergessen und verdrängt von der Freude und der Lust zu leben.

Die Freude und die Lust zu lieben erfahren zwei junge Menschen zum ersten Mal. Wie im Traum haben Giselher und Dietlinde zueinander gefunden und erleben das Wunder der ersten Liebe. Auch wenn die Lippen noch verschweigen, was sie füreinander fühlen, so verraten es doch ihre Augen. Giselher ist bezaubert von dem Liebreiz des anmutigen Mädchens und Dietlinde hat sich auf den ersten Blick in den jungen Ritter verliebt und ihm ihr Herz geschenkt. Niemandem in der Burg des Markgrafen bleibt die Zuneigung der beiden verborgen, einer aber sieht sie mit besonderem Wohlgefallen. Hagen von Tronje ist es und er schmiedet bereits einen Plan. Wie wäre es, überlegt er, wenn Burgunds Königssohn und des Markgrafen Tochter ein Paar würden? Rüdiger wäre dann nicht nur Attilas Vasall, sondern durch verwandtschaftliche Beziehungen auch mit den Burgunden verbündet. Ein so mächtiger Verbündeter wie der Markgraf könnte im Land der Hunnen nur von Vorteil sein.

Am Abend des dritten Tages ihres Aufenthalts zu Bechelaren sitzen Burgunds Königssöhne, Hagen, sein Bruder Dankwart und der Spielmann Volker mit Markgraf Rüdiger und seiner Gemahlin Gotelind beisammen. Hagen und der Spielmann stecken die Köpfe zusammen und flüstern. Dann nickt Volker und Hagens Auge blickt zufrieden.

Es ist das letzte Mal vor der Weiterreise ins Land der Hunnen. Sie haben reichlich und gut gegessen, erlesene Weine getrunken und den Liedern gelauscht, die Volker zur Fidel gesungen hat. Nun legt der Spielmann sein Instrument weg und wendet sich lächelnd dem Gastgeber zu.

»Ihr seid fürwahr ein glücklicher Mann, Rüdiger. Eure Gemahlin ist eine wunderschöne Frau und eine kluge und umsichtige Hausherrin obendrein. Sie hat uns den Aufenthalt zu Bechelaren so angenehm gemacht, dass wir gerne noch bleiben würden. Und Eure bezaubernde Tochter Dietlinde, Markgraf, gleicht in allem ihrer schönen Mutter. Wäre ich eines Königs Sohn, ich würde um sie werben.«

»Ihr seid sehr freundlich, Spielmann Volker«, erwidert der Markgraf. »Aber sie ist die Tochter eines Vasallen, ich bin König Attilas Lehnsmann.«

Da meldet sich Gernot zu Wort: »Und wenn sie die Tochter eines Bauern wäre, ein Fürst könnte sich glücklich schätzen, würde sie ihm die Hand reichen.«

Giselher wird blass und rot bei diesen Reden und schweigt. Dietlinde schlägt die Augen nieder. Ihr Herz klopft so laut, dass sie meint, man müsste es hören. Der Markgraf will dem Gespräch eine andere Wendung geben, doch da kommt Hagen ihm zuvor.

»Warum reden wir herum, meine Freunde? Wir haben doch alle gesehen, dass Giselher und Dietlinde zueinander gefunden haben. Die beiden sind wie geschaffen ein glückliches Paar zu werden. Es gehört zwar nicht zu meinen Pflichten, als Brautwerber aufzutreten, aber in diesem Fall, Markgraf Rüdiger, gebe ich mir die Ehre, Euch im Namen Giselhers um die Hand Eurer Tochter Dietlinde zu bitten.«

Er verneigt sich vor dem Grafen, dem Tränen in den Augen stehen, währenddessen Frau Gotelind vor Freude strahlt. Die beiden Liebenden aber glauben einen Traum zu träumen. Wie in Trance stehen sie auf und geloben einander immer zu lieben, zu ehren und treu zu sein, solange ihre Herzen schlagen.

»Wenn Giselher mit den Burgunden aus dem Hunnenland zurückkehrt, soll Hochzeit sein!«, ruft Rüdiger.

Nun erschallen Hochrufe auf das Brautpaar, auf die Brauteltern, auf König Gunther und seinen Bruder Gernot, auf Hagen und auf Volker. Zuletzt lässt man auch König Attila hochleben, denn ohne ihn wären die Burgunden nie bei Rüdiger zu Gast gewesen und Giselher und Dietlinde hätten einander nie kennen gelernt. Die Becher werden gehoben, man trinkt auf das allseitige Wohl und der Spielmann greift wieder zur Fidel.

Volker spielt sein schönstes Liebeslied, aber die Verlobten hören es nicht, sie haben sich still davongemacht und sind dem Trubel entschwunden. Die Anwesenden im Saal geben sich den Anschein, als hätten sie es nicht bemerkt. Sie wissen, dass der nächste Morgen den bitteren Abschied bringt, und sie gönnen den Liebenden ein paar glückliche Stunden der Zweisamkeit.

Hagen von Tronje ist zufrieden mit sich und dem Lauf der Dinge. Vielleicht, so denkt er, lässt sich das Unheil doch noch abwenden, wenn Attilas mächtigster Vasall Giselhers Schwiegervater wird, vielleicht erweist sich die Weissagung der Wasserfeen doch noch als Trugbild.

Zum Abschied verteilen Rüdiger und Gotelind Gastgeschenke. König Gunther erhält eine prachtvolle Rüstung, Gernot ein Schwert mit besonders scharfer Klinge, Dankwart ein reich verziertes Gewand und Volker von Alzey sechs goldene Ringe. Nur Hagen hat noch nichts erhalten. Rüdiger wendet sich an ihn und fragt: »Welche Gabe, Hagen von Tronje, könnte Euch erfreuen?«

Hagen zeigt auf einen mächtigen Schild, der auf einem Haken an der Wand hängt.

»Ich wäre glücklich, wenn Ihr mir diesen Schild dort gebt. Meiner ist im Kampf mit König Gelfart zu Bruch gegangen.«

Als Gotelind Hagens Wunsch vernimmt, muss sie sich beherrschen um nicht zu weinen. »Das ist der Schild meines Bruders Nudung, der im Kampf gefallen ist. Aber Ihr sollt ihn haben.«

Rüdiger nimmt den schweren Schild von der Wand und reicht ihn dem Tronjer. »Möge er Euch besser schützen als einst meinen Schwager Nudung!« Und zu König Gunther gewandt sagt der Markgraf: »Das kostbarste Gut, das Herz meines Kindes, hat Euer Bruder Giselher erhalten. Ich will daher ihn und Euch und all die andern mit einer Gefolgschaft von fünfhundert Rittern begleiten. Ich schwöre beim Glück meines Kindes, Euch in allen Gefahren beizustehen und Euch stets treu ergeben zu sein.«

»Ich danke Euch, Markgraf«, sagt König Gunther und hebt den Becher. Nun werden Freundschaft und unverbrüchliche Treue der durch Verwandtschaft verbundenen Sippen beschworen, bis Gäste und Gastgeber erschöpft ihr Lager aufsuchen.

Giselher und Dietlinde hatten lange vorher den Saal verlassen und waren Hand in Hand hinausgegangen in die sternenklare Sommernacht. Sie hören nichts von den Beschwörungen und dem Jubel in der Burg. Die Nacht ist still bis auf das gleichförmige Rauschen der Donau und das Rascheln der Blätter in den Baumkronen. Unter der mächtigen Linde, die in der lauen Luft ihren Duft verströmt, haben sie sich niedergelassen. Noch können sie kaum fassen, dass ihr Glück kein Traum ist, und liegen einander stumm in den Armen. Dann aber löst der Wunsch, dem anderen das Herz zu öffnen, ihre Zungen. Nun werden sie nicht müde einander zu gestehen, wie sie schon beim ersten Blick in Liebe entbrannt waren, und jedes Wort, das sie sprechen, ist eine Liebkosung. Sie planen und bauen Luftschlösser für das Leben, das so herrlich vor ihnen liegt, und dabei verrinnt Stunde um Stunde. Doch schon verblassen die ersten Sterne und der Mond, die Kühle des Morgens weht sie an und die Sonne steigt blutrot auf.

Giselher erschrickt. Der Tag bricht an, an dem er weiterreiten, an dem er die Geliebte verlassen muss. Wortlos gehen sie zurück zur Burg und das Herz ist ihnen schwer.

Eine Trompete gibt das Signal zum Abmarsch und der Zug der Burgunden setzt sich in Bewegung. Markgraf Rüdiger führt ihn mit seinen Rittern an. Hinter ihm reitet Hagen, ihm folgen Gunther, Gernot, Volker und Dankwart. Stumm reiht Giselher sich ein. Die Brüder fragen ihn nicht und die Königssöhne Burgunds reiten schweigend ihrem Schicksal entgegen.

Auf dem Söller der Burg zu Bechelaren steht ein blasses junges Mädchen mit verweintem Gesicht. Lange starrt sie dem Heereszug nach, auch dann noch, als sich die Staubwolken, die er aufgewirbelt hat, längst gesenkt haben. In der Morgensonne blitzen silbern die Donauwellen, am Himmel zeigt sich keine Wolke. Schmerzlich hell ist der Tag erwacht und die Nacht ist zu Ende. War es ein Traum, war es Wirklichkeit, was sie erlebt hat? Ein Schatten senkt sich auf Dietlindes Herz.

In der Königsburg zu Gran

In der Halle der Königsburg steht Dietrich von Bern vor König Etzels Thron. Der Hunnenkönig empfängt ihn freundlich und fragt nach seinem Begehr. »Wer selten kommt wie du, hat wohl ein wichtiges Anliegen?«

Der Berner nickt. »König, ich habe vernommen, dass Königin Kriemhild ihre Brüder zur Sonnwendfeier an deinen Hof geladen hat. Stimmt das?«

»Ja«, sagt König Etzel, »und es scheint ihr viel an diesem Besuch gelegen. Auch ich freue mich darauf.«

»Dann gestatte mir, dass ich ihnen entgegenreite und sie hierher geleite.«

»Ich will es dir gerne erlauben, doch warum willst du das tun? Markgraf Rüdiger, so wird mir berichtet, reitet an der Spitze des Zuges und weist den Nibelungen den Weg.«

Dietrich von Bern senkt kurz den Blick, dann sieht er dem König in die Augen und sagt: »König Etzel, es ist lange her, da war ich in großer Bedrängnis und suchte Zuflucht. Du hast mich mit allen Ehren aufgenommen und ich habe dir in unzähligen Schlachten treu gedient. Du nennst mich deinen Freund und ich bin es. Ich bitte dich um unserer Freundschaft willen, lass mich reiten und frag mich nicht warum.«

Attila schüttelt verwundert den Kopf, doch dann sagt er: »Wenn es dein Wunsch ist, so reite!«

Auf einem Hügel halten Dietrich von Bern und sein Waffenmeister Hildebrand die Pferde an. Sie blicken auf einen endlos scheinenden Zug von Reitern in blitzenden Rüstungen mit bunten Fahnen und Wimpeln, dahinter marschieren die Gefolgsleute und die Kriegsknechte. Verwundert schüttelt Hildebrand den Kopf. »Ich hoffe, die Königin hat ihre Vorratskammern ordentlich gefüllt, sonst nagt sie nach der Sonnwendfeier am Hungertuch!«

Dietrich blickt sorgenvoll. »Ich hoffe, die Königin weiß auch, was Gastfreundschaft und Gastrecht bedeuten«, sagt er und gibt seinem Ross die Sporen.

Im Galopp reiten sie den Hügel hinunter, dann steigen sie ab und gehen den Nibelungen entgegen. Als Markgraf Rüdiger Dietrich von Bern und seinen Waffenmeister erkennt, steigt auch er vom Pferd um ihnen entgegenzugehen. König Gunther, seine Brüder und Hagen sind ebenfalls abgesessen und haben die Zügel ihrer Pferde den Reitknechten übergeben. Der König von Burgund und Dietrich von Bern begrüßen einander mit einer Verbeugung und reichen sich die Hand.

»Eine größere Ehre konnte König Etzel uns nicht erweisen, als dass er uns durch Euch willkommen heißt«, sagt Gunther.

»Ich weiß nicht, wie Etzel Euch zu ehren gedenkt«, erwidert Dietrich. »Ich komme nicht auf sein Geheiß, ich komme aus eigenem Entschluss.«

»Dann fühlen wir uns umso mehr geehrt«, sagt Hagen von Tronje.

»Nicht um Euch zu ehren bin ich gekommen«, widerspricht Dietrich, »sondern um Euch zu warnen.«

»Warnen? Wovor und warum?«, fragt Gernot.

»Ich bin Euer und Markgraf Rüdigers Freund. Ich bin aber auch der Freund und Verbündete meines Königs und meiner Königin. Deshalb rate ich Euch: Kehrt um, reitet zurück nach Burgund. Noch ist es Zeit!«

»Ihr warnt sicher nicht ohne Grund«, beginnt Hagen, aber ehe er weitersprechen kann, fällt ihm Gunther ins Wort: »Ihr vergesst, Herr Dietrich, dass wir zu unserer Schwester ziehen.«

»Eure Schwester ist Siegfrieds Witwe und sie hat seinen Tod weder vergeben noch vergessen. Die Königin sinnt auf Rache.«

»Sie hat uns zu einem Fest geladen. Was unterstellt Ihr Kriemhild?«, ruft Giselher voll Zorn. »Das ist Verleumdung!«

Dietrich bleibt stumm. Gunther ist blass geworden. Sein Blick ist unsicher, als er leise sagt: »Selbst wenn es so wäre, dass unsere Schwester Unheil gegen uns hegte, wir sind auch König Etzels Gäste und das Gastrecht ist heilig. Wir kehren nicht um.«

Ohne sich einzumischen hat Rüdiger von Bechelaren dem Gespräch zugehört. Nun wendet sich Dietrich von Bern an ihn. »Stimmt das Gerücht, dass deine Tochter Dietlinde und Giselher verlobt sind?«

»Ja, es ist wahr. Als die Nibelungen bei mir zu Gast waren, haben die Kinder sich verlobt. Da ich sie beide liebe, bin ich darüber sehr glücklich.«

»Dann bist du ihnen zu Treue und Freundschaft verpflichtet«, sagt Dietrich von Bern.

Rüdiger nickt. »Ja, das bin ich.«

»Bist du nicht auch Attilas und Kriemhilds Vasall und ihnen durch Treueschwur verbunden?«

»Ja«, sagt Rüdiger.

»Du wirst es beweisen müssen!«

Dietrich von Bern und Hildebrand schwingen sich in den Sattel und auch der Zug der Nibelungen setzt sich wieder in Bewegung. Unbeirrt wie der Strom, der breit und ruhig nach Osten fließt, reiten sie ihrem Schicksal entgegen.

In der Königsburg zu Gran steht Königin Kriemhild am Fenster ihrer Kemenate und blickt hinaus. Die Hitze des Mittags ist einer dumpfen Gewitterschwüle gewichen, Wind kommt auf und lässt die Kronen der Bäume rauschen. Ein zufriedenes Lächeln spielt um die Lippen der Königin. Was sie sieht, gefällt ihr. Seit ihr Werbel und Swemmel meldeten, dass die Burgunden beabsichtigten, die Einladung zum Sonnwendfest anzunehmen, hatten unter Fürst Bledas Anleitung Knechte und Zimmerleute Tag und Nacht geschuftet, um eine riesige Halle aufzubauen. Dort sollten die Kriegsknechte der Burgunden gemeinsam mit den hunnischen Kriegern das Fest feiern. Nun ist die Halle fertig und die Gäste können kommen. Die Königin wird Bleda, der bestrebt ist, seiner Herrin jeden Wunsch von den Augen abzulesen, für seine Dienste reich entlohnen. Bald wird sie ihm noch mehr abverlangen.

Der Wind, der jetzt um die Burg braust, wird stärker und ein leises Geräusch, das aus der Tiefe des Zimmers dringt, reißt sie aus ihren Gedanken. Ortlieb, ihr Kind in der Wiege, hat zu weinen begonnnen. Sie nimmt es auf den Arm und singt ein Wiegenlied:

»Schlaf ein, schlaf ein, mein armes Kind,
was draußen wütet, ist nicht der Wind!
Schon schleicht sich heran die Drachenbrut
und die Krähen schreien, gierig nach Blut.
Schlaf ein, mein Kind, bis zum Morgenrot,
denn jener Morgen bringt Not und Tod,
an dem deine Mutter hält Blutgericht,
und dich, mein Kind, beschützt sie nicht.
Bald wird sie brennen, die glimmende Glut,
mein armes Kind, sei auf der Hut.«

Plötzlich verstummt die Königin. Ihr Gemahl ist eingetreten. Wie immer, wenn der König Kriemhild mit dem Kind sieht, wird sein hartes, von Narben zerfurchtes Gesicht weich und aus seinen Augen strahlt Güte. Rasch legt die Königin das Kind zurück in die Wiege. Attila beugt sich zu ihm und streicht seinem Sohn mit rauer Hand behutsam übers Haar. Der Kleine blickt seinen Vater mit großen hellen Augen an. Es sind die Augen seiner Mutter.

»Bald kommt der Tag, an dem wir unsere Gäste begrüßen können«, sagt Attila und richtet sich auf, »ich freue mich darauf.«

»Es kommt der Tag, an dem ich dich an den Eid erinnere, den Rüdiger in deinem Namen mir geschworen hat«, sagt Kriemhild.

»Ich weiß nicht, was du meinst.«

Kriemhild sieht ihn mit kalten Augen an. »Du und Rüdiger, ihr habt geschworen, jedes Leid, das mir angetan wurde, zu rächen. Der Mörder Siegfrieds, Hagen von Tronje, wird unter deinem Dach weilen, König Etzel, und ich fordere Rache.«

Attilas vernarbtes Gesicht, das eben noch vor Freude leuchtete, wird düster. »Kriemhild«, sagt er leise, fast flehend, »du bist meine Gemahlin, meine Frau. Hast du Siegfried nie vergessen?«

Kriemhild schüttelt stumm den Kopf.

Attila, der mächtige König, vor dem die Völker zittern und der die halbe Welt eroberte, hat keine Macht über diese Frau, deren Herz er nie erobern konnte. Sie trägt seine Krone und hat ihm einen Sohn geboren und ist ihm doch immer fremd und unnahbar geblieben. Er ahnte es von Anfang an und weiß es jetzt, dass seine Liebe sie nie erreichen würde, dass keiner die Einsamkeit des anderen je würde durchbrechen können. Er blickt auf das Kind, dann auf die Frau.

»Ich werde den Mörder Siegfrieds zum Zweikampf fordern«, sagt er leise.

»Nein!« Messerscharf klingt Kriemhilds Stimme und das Kind schreit auf. Ruhig fährt sie fort: »Du sollst nicht mit dem Mörder kämpfen, du sollst ihn töten.«

Da strafft sich Attilas gedrungene Gestalt und alles Schmerzliche ist aus seinem Gesicht verschwunden.

»Er ist mein Gast!«, sagt er bestimmt.

»Er ist ein Mörder!«

Attila macht einen Schritt auf sie zu.

»Ich warne dich, Frau!«, sagt er und starrt sie an. »Wer immer unter meinem Dach weilt, ist mein Gast und Gastrecht ist heilig. Solange Hagen von Tronje den Frieden meines Hauses nicht verletzt, steht er unter meinem Schutz.«

Kriemhild antwortet nicht und Attila verlässt sie.

Draußen wird der Wind zum Sturm und am dunkler werdenden Himmel flammt ein Wetterleuchten. Kriemhild blickt nachdenklich auf das Kind. Dann schließt sie leise die Tür hinter sich.

Durch einen geheimen unterirdischen Gang schleicht die Königin in jenen Trakt der Burg, in dem Fürst Bleda mit seinen Männern residiert. Überrascht springt er auf, als er Kriemhild auf der Schwelle zu seinem Gemach stehen sieht. Was begehrt die Königin? Warum hat sie ihn nicht rufen lassen? Nie war sie ihm so schön erschienen wie jetzt, da sie sich im Licht der Fackel ihm zuwendet. Er will sie nach ihren Wünschen fragen, doch sie kommt ihm zuvor und beginnt zu sprechen: »Bald werden meine Brüder und Hagen von Tronje, der Mörder Siegfrieds, hier eintreffen und du weißt, welches Leid mir Hagen zugefügt hat. Bleda, du bist um nichts weniger klug und tapfer als dein mächtiger Bruder Attila. Willst du ewig in seinem Schatten stehen, ihm untertan sein wie ein Vasall?«

Süß und schmeichelnd spricht die Königin, stachelt den Ehrgeiz Bledas an, weckt Hass und Neid in dem Zweitgeborenen und verspricht ihm ein Königreich und Gold, so viel er will, wenn er ausführt, worum sie ihn bittet: »Räche Siegfrieds Tod und bring mir Hagens Kopf.«

In Bledas Augen glimmt die Gier. Schon lange hadert er mit dem Schicksal, das seinen Bruder und nicht ihn zum Thronerben bestimmt hat, schon lange will auch er König sein und Herrscher eines Reiches. Nun verspricht ihm Kriemhilds schöner Mund die Erfüllung seiner Sehnsucht und das Gift ihrer Stimme zeigt Wirkung. Verblendet und trunken von Machtgier stammelt er: »Am Tag der Sonnenwende wird dir ein Kopf zu Füßen liegen. Der des Tronjers oder meiner.«

Die Nibelungen ziehen weiter, folgen dem Lauf der Donau nach Osten. Es ist Frühsommer, das Getreide steht hoch, die Mittagshitze flirrt, Fasane und Rebhühner flattern auf und flüchten erschreckt vor den Hufen der Pferde. Fremde Reiter kommen ihnen entgegen, kleine Gestalten, die auf ihren Pferden sitzen, als wären sie angewachsen. Nach einer kurzen Unterredung mit Dietrich von Bern stieben sie wieder davon, dumpf dröhnen die Hufe auf dem Gelände, schleudern Erdbrocken mit Grasbüscheln aus den grünen Wiesen. Hunnen sind es, Abgesandte ihres Königs oder der Königin, die auskundschaften sollen, wann die Gäste in Gran zu erwarten sind.

Eines Abends, zwei Tage vor Sonnenwende, erreichen die Nibelungen ihr Ziel. Am südlichen Donauufer kommt ein steiler Felsen in Sicht, auf dem im Schein der tiefen Sonne die Etzelburg leuchtet. Sie reiten hinauf und durch das weit geöffnete Burgtor hinein in den Hof.

Ein Hunne bespricht sich mit Dietrich von Bern, der dann die Weisung weitergibt, dass König Gunther, seine Brüder und die burgundischen Ritter als Gäste des Königs in der Burg wohnen sollten, die übrigen Reiter, das Fußvolk und die Trossknechte aber in der neu errichteten Halle unterhalb der Burg. Hagens Bruder, der Marschall Dankwart, geht mit ihnen.

Die Burgunden sitzen ab, Knechte eilen herbei, nehmen die Pferde in Empfang und wollen ihnen auch die Waffen abnehmen. Auf einen Wink Hagens weigern sie sich. Schwer gerüstet stehen sie im Burghof und warten.

Auf der Haupttreppe schreitet eine hoch gewachsene schlanke Frau langsam hinunter in den Hof. Die Königin trägt ein Kleid aus blauer Seide und einen Goldreif im Haar. Kriemhild ist so schön, als wäre die Zeit spurlos an ihr vorübergegangen. Sie lächelt gezwungen und begrüßt mit einem kurzen Nicken Gunther und Gernot, dann geht sie auf Giselher zu und ihre Augen strahlen vor Freude. Sie umarmt und küsst ihn, und als sie ihn willkommen heißt, scheint ihr die Stimme zu brechen. Dann sieht sie Siegfrieds Schwert mit dem grün leuchtenden Smaragd in der Hand ihres Todfeindes und die Zornesröte steigt ihr ins Gesicht. Doch rasch hat sie sich wieder gefasst und mustert die von Waffen starrenden Burgunden.

»Seit wann ist es Sitte, als Gäste des Königs mit Waffen zu erscheinen? Brüder, ihr besucht eure Schwester mit dem Schwert an der Seite und dem eisernen Harnisch über der Brust. Warum?«

»Die Reise war lang und gefährlich, wären wir nicht gerüstet gewesen, hätten wir uns gegen König Gelfart, der uns verfolgte, nicht wehren können«, sagt Giselher und die Verlegenheit ist ihm anzumerken.

»Aber nun seid ihr hier«, erwidert Kriemhild sanft, »seid meine Gäste in König Etzels Land.«

Giselher schweigt und auch Gunther und Gernot wissen keine Antwort. Hagen jedoch schweigt nicht.

»Wir trauen Eurer Sanftmut nicht. Wir vertrauen auf unsere Waffen. Ihr habt Euren Sinn nicht geändert«, sagt er kühl.

»Wer behauptet das?«, fragt Kriemhild zornig.

Dietrich von Bern tritt vor sie hin und sagt: »Königin, ich war es, ich habe Eure Verwandten vor Euch und Eurem Zorn gewarnt. Sie hatten vergessen, was Ihr nicht vergessen und vergeben könnt. Sie wussten nicht, dass Ihr immer noch auf Rache sinnt für einen, der schon längst im Totenreich weilt.«

Kriemhild schweigt, tief gekränkt, weil Dietrich verraten hat, was sie ihm einst anvertraut hat. Stumm verlässt sie den Hof. Hagen und der Spielmann

Volker setzen sich auf eine Bank, die anderen bleiben stehen und warten. Da erschallen Posaunen und Flöten und Hörner zur Begrüßung der Gäste und Kriemhild kehrt in den Hof zurück. Als Volker sie kommen sieht, sagt er: »Wir sollten aufstehen und uns vor ihr verneigen, wie es die Sitte gebietet.«

»Nein, wir bleiben sitzen und verneigen uns nicht«, sagt Hagen. Er hat Siegfrieds Schwert Balmung über die Knie gelegt und Volker seinen Fidelbogen. Kriemhild bleibt vor ihnen stehen. »Hagen von Tronje, es war sehr mutig von Euch, in dieses Land zu kommen. Ihr wisst genau, was Ihr mir angetan habt«, sagt sie und blickt ihm herausfordernd ins Auge.

»Und Ihr wisst genau, warum ich es getan habe«, erwidert er ruhig. »Ich habe Siegfried getötet, weil er eine Gefahr für Burgund war. Ein Schwätzer, der das Geheimnis seines Königs verraten und die Ehre der Königin von Burgund befleckt hat. Ich bin hierher gekommen, weil ich meinem König diene. Wohin er geht, dahin gehe auch ich und sei es bis ans Ende der Welt oder ins Land der Hunnen.«

»Habt Ihr mir wenigstens mein Eigentum, den Nibelungenhort, mitgebracht?«

»Der liegt in den Tiefen des Rheins und er wird dort liegen bis zum Jüngsten Tag. Seid Ihr im Hunnenland so arm geworden, dass Ihr Geschenke braucht?«

»Es geht mir nicht um Gold, es geht mir um Recht. Ein Mörder und ein Räuber seid Ihr, Hagen von Tronje. Fürchtet Ihr meine Rache nicht?«

»Nein. Ich fürchte nichts und niemanden. Ich bin dem Tod oft genug begegnet in meinem Leben, allzu oft, als dass ich noch Furcht vor etwas haben könnte, auch nicht vor Eurer Rache. Das Schicksal nimmt seinen Lauf, ich kann ihm nicht entrinnen und Ihr auch nicht, Königin Kriemhild.«

Giselher fühlt, dass sich Unheilvolles zusammenbraut und weiß nicht, wie er es verhindern könnte. Er will etwas sagen, etwas, das seine Schwester, die er liebt, versöhnt, aber seine Zunge ist wie gelähmt. Dietrich von Bern, der mit Sorge den Streit Hagens mit der Königin verfolgt hat, tritt vor und sagt: »Der König erwartet uns, wir sollten gehen!«

Gunther schreitet mit düsterer Miene an Dietrichs Seite. Nun weiß er, dass Hagen Recht gehabt hatte, als er vor dieser Fahrt warnte. Er fürchtet Kriemhilds Hass, den er längst erloschen glaubte, und wünscht, er hätte nie auf dieser Reise beharrt. Doch es ist zu spät. Sie können nicht mehr zurück, selbst wenn sie es wollten.

König Etzel empfängt die Gäste in seinem riesigen Thronsaal. Er begrüßt sie freundlich und sie antworten freundlich. Doch wundert es ihn, dass die Nibelungen gerüstet sind.

»Wozu die Waffen?«, fragt er. »Hat Euch jemand beleidigt in meinem Reich?«

»Nein«, sagt Hagen, »aber es ist Sitte in Burgund, dass die Ritter zu allen Festlichkeiten Waffen tragen. Und ein Mahl bei Euch, König Etzel, ist ein Fest.«

Ein Mundschenk tritt auf Hagen und Gunther zu, reicht ihnen goldene Becher und wartet, bis sie getrunken haben. Ein anderer Diener geleitet sie zu ihren Ehrenplätzen an Attilas rechter Seite. Auch den anderen Gästen werden von eigenen Mundschenken Becher mit Wein gereicht, nur Dietrich von Bern wird von seinem Waffenmeister Hildebrand bedient. Stehend trinken sie auf das Wohl des Hunnenkönigs, ehe sie zu ihren Plätzen geführt werden, wo köstliche Speisen bereitstehen.

Während des Mahls singen Werbel und Swemmel Lieder von dem großen hunnischen Reich und den Heldentaten König Attilas, des Größten unter den Großen. Sie singen von der Heimat der Hunnen im fernen Asien, dem Land der weiten Steppen und der Wälder, die bevölkert sind von guten und bösen Geistern, singen von den breiten Strömen, die es durchfließen, und den schneebedeckten Bergen, auf deren Gipfeln die Götter wohnen. Nachdem sie geendet haben, bemüht sich König Etzel seine Gäste zu unterhalten und fordert sie auf, mehr von dem köstlichen Wein zu trinken, den er reichlich kredenzen lässt, doch die Stimmung bleibt gedrückt.

Höflich beantworten Gunther und seine Brüder Etzels Fragen nach dem Verlauf der Reise, nur Hagen bleibt stumm. Er schweigt ebenso wie Kriemhild, die mit versteinertem Gesicht an der Tafel sitzt.

Zu fortgeschrittener Stunde, als über der Burg die ersten Sterne aufleuchten, bittet König Gunther um die Erlaubnis, sich zurückziehen zu dürfen.

»Wir sind müde von den Anstrengungen der Reise.«

König Etzel nickt und befiehlt einem Diener die Gäste in den Schlafsaal zu führen. In einem riesigen Raum sind bequeme Betten aufgestellt worden mit seidenen Decken und weichen Fellen aus Zobel und Hermelin. Erschöpft lassen sich die Burgunden hineinsinken.

»Ihr könnt ruhig schlafen«, sagt Hagen, »ich halte Wache, ich traue dem Frieden nicht.«

»Misstraust du dem König?«, fragt Giselher.

»Dem König nicht, aber der Königin.«

Gunther, Gernot und Giselher schlafen, als Hagen sie sinnend betrachtet. Gunthers schwerer Helm hat dem Burgundenkönig einen breiten Striemen wie ein Mal auf die Stirn gedrückt, seine Wangen sind eingefallen und die Lider zucken in einem schweren Traum. Gernot, der leidenschaftliche Jäger, hat noch im Schlaf einen trotzigen Ausdruck im Gesicht. Eine Falte steht ihm zwischen den dichten Brauen, als müsste er etwas bedenken. Giselher, der Jüngste, schläft tief und fest. Blondes Haar umrahmt die leicht geröteten Wangen, er seufzt tief auf und dann verzaubert ein Lächeln seinen Mund. Träumt er von Dietlinde, Markgraf Rüdigers schöner Tochter?

Hagen von Tronje, mit Schwert und Schild in Händen und dem Helm auf dem Kopf, tritt in den Burghof. Der Mond wirft sein bleiches Licht auf die Türme, die ringsum stehen, als hätten sie Geheimnisse zu hüten. Es ist eine seltsame Nacht. Kein Laut durchdringt die Stille, nur von Ferne sind die Schritte der hunnischen Wächter zu vernehmen, die den Schlaf des Königs und der Königin bewachen. Hagen aber scheint es, als würden die Schatten der Mauern etwas verbergen. Leise Schritte werden hörbar, eine Gestalt nähert sich. Volker von Alzey ist es, der nun mit dem Schwert in der einen und mit Fidel und Bogen in der anderen Hand neben ihm steht. Sie setzen sich auf die Bank, auf der sie beim Streit mit Kriemhild gesessen waren. Hagen hält wieder Balmung über den Knien. Volker hat sein Schwert beiseite gelegt.

»Willst du den Burgunden ein Schlaflied spielen?«, fragt Hagen. »Spiel ihnen ein Lied vom Rhein, damit ihnen ein Traum herbeizaubert, was sie nie mehr sehen werden.«

Da nimmt der Spielmann seine Fidel und den Bogen, streicht über die Saiten und beginnt zu singen. Er singt ein Lied von der mächtigen Burg zu Worms, zu deren Füßen der Rhein rauscht, von den rebenbewachsenen Hängen an den Ufern des Stroms und von den Heldentaten ferner Zeiten. Melodien klingen durch die Sommernacht, erst laut und fröhlich, dann süß und leise und immer leiser. In ihrer Kemenate liegt die Königin Kriemhild wach und lauscht und das Herz will ihr zerspringen.

Plötzlich hört Volker auf zu spielen. Ein Schlurfen, kaum hörbar, lässt ihn aufhorchen. Da hebt auch Hagen spähend den Kopf. Sein Raubtierauge sucht die Schatten im Hof zu durchdringen, wo sich etwas zu bewegen scheint.

»Sie kommen«, flüstert Volker, legt Fidel und Bogen weg und nimmt

Schwert und Schild. In der Schwärze der Nacht blinkt es. Mondlicht trifft blitzend auf Speere und die Klingen krummer Schwerter und verrät die Schar der Hunnen, die sich fast geräuschlos heranschleichen. Zuerst sind es zehn, dann fünfzig, dann hundert. Da erhebt sich Hagen, steht groß und mächtig da, unerschrocken und kampfbereit, mit der Hand am Griff des Balmung. Die Schar gerät ins Stocken, drängt rückwärts und Fürst Bledas Krieger verschwinden rasch und geräuschlos wie Ratten in den dunklen Schlupfwinkeln und Mauernischen des Palastes.

Der Spuk ist vorbei und die mondhelle Nacht liegt still über Burg und Strom. Hagen und Volker sitzen schweigend, bis Mond und Sterne verblassen. Dann gehen sie zurück in den Saal, in dem die Burgunden schlafen und sich im Traum in der vom grünen Rhein umrauschten Burg zu Worms wähnen.

Der Morgen graut, als Königin Kriemhild auf die Schwelle ihrer Kemenate tritt. Fürst Bleda hat sie gerufen und steht nun vor ihrer Tür.

»Königin«, stößt er heiser hervor, »ich wollte dir Hagen von Tronjes Kopf bringen, aber es war unmöglich. Ich wollte ihn mit meinen Männern im Schlaf überfallen und töten, aber er schlief nicht. Er und Volker von Alzey hielten Wacht vor dem Schlafsaal der Burgunden.«

Da lacht Kriemhild auf, lacht ein böses, grelles Lachen voll Hohn und Häme. »Im Schlaf wolltest du ihn töten, ihn hinterrücks meucheln, du erbärmlicher Feigling? Kannst du nicht kämpfen, Mann gegen Mann? Ach, wo bin ich nur hingeraten. Schutzlos bin ich in diesem verfluchten Land der Barbaren.«

Sie schlägt die Tür zu und lässt Bleda draußen stehen.

Wut kocht in ihm, steigt ihm siedend zu Kopf. Er wird ihr zeigen, dieser hochmütigen Burgundin, die das Herz seines Bruders gestohlen hat, was kämpfen heißt. Er wird es ausrotten, dieses aufgeblasene, sich vornehm dünkende Gesindel vom Rhein, das auf die Hunnen herabblickt. Nicht nur Hagens Kopf, alle Köpfe sollen rollen, die der Vornehmen und die der Knechte.

Das Ende in Feuer und Blut

Der nächste Tag beginnt mit einem Turnier zu Ehren der Gäste. Der König und die Königin nehmen auf erhöhten Sitzen der Tribüne Platz, umgeben von hunnischen Fürsten und Vasallen. Auch Attilas Bruder, Fürst Bleda, ist unter den Zuschauern. Der Marschall Dankwart und seine Knechte führen die Rosse heran.

»Lasst uns im Verband fechten«, ruft der Spielmann Volker. »Kampfschar gegen Kampfschar!«

Die Nibelungen schwingen sich in den Sattel und warten, dass die Hunnen als ihre Gegner ein Gleiches tun. Doch die Hunnen sitzen nicht auf. Die Burgunden werden ungeduldig, ihre Pferde scharren mit den Hufen und wiehern vor Kampfeslust. Aber noch immer machen die Hunnen keine Anstalten, sich ihnen zu stellen. Scheuen sie den Kampf oder hat Attila, der nicht sicher ist, ob seine Krieger den Sieg davontragen, ihn verboten?

Nun bitten die Amelungen, die Ritter Dietrichs von Bern, gegen die Gäste vom Rhein antreten zu dürfen. Der Berner verbietet es. Ebenso verbietet Rüdiger von Bechelaren seinen Gefolgsleuten, sich mit den Burgunden zu messen. Beide befürchten, dass aus dem Kampfspiel ein Kampf werden könnte. Da sprengen Irmfried von Thüringen und Hawart von Dänemark mit ihren Rittern heran und nehmen Aufstellung. Dann beginnt ein Schlagen und Stechen, dass die Speerschäfte splittern und die Schilde brechen. Staubwolken wirbeln auf, das Geschrei und Gebrüll ist ohrenbetäubend und die Lanzen verdunkeln im Flug die Sonne. Der Wettstreit dauert von Morgen bis Mittag, ohne dass eine Partei den Sieg errungen hätte. Als beide Lager erschöpft sind, lässt König Etzel den Kampf abbrechen und lädt zum Mahl.

Plötzlich sprengt ein vornehmer hunnischer Reiter, einer von Attilas Fürsten, auf den Turnierplatz. Er hat Hals und Arme mit Gold geschmückt und in die Mähne seines Pferdes sind bunte Bänder geflochten. Er verbeugt sich vor dem Königspaar, lässt sein Pferd tänzeln und schickt sich an, Reiterkunststücke vorzuführen. Als Volker sieht, wie sich das Pferd des Hunnen auf die Hinterhand stellt, packt ihn die Wut.

»Zum ehrlichen Kampf mit uns hat sich keiner von diesen Feiglingen gestellt. Wahrscheinlich gehört er auch zu diesen Kreaturen, die sich in der Nacht angeschlichen haben um uns zu töten. Jetzt spreizt er sich eitel wie ein Pfau!«

König Gunther versucht den Spielmann zu beruhigen, doch Volker hört nicht auf ihn. Er gibt seinem Ross die Sporen, dass ihm der Schaum vorm Maul flockt, sprengt auf den Hunnen zu und durchstößt ihm mit seinem Speer die Brust. Mit einem Schrei sinkt der Reiter zu Boden und bleibt tödlich getroffen in seinem Blut liegen.

»Mord!«, brüllen die Hunnen, stürmen mit Wutgeheul herbei und umzingeln mit gezückten Schwertern Volker. Ein fürchterliches Getümmel entsteht, doch Hagen hat rasch mit seinen Gefolgsleuten einen schützenden Ring um den Spielmann gebildet. Gunther, Gernot und Giselher galoppieren heran und mit ihnen kampfbereit die burgundischen Ritter. Ein Gemetzel scheint unvermeidlich. Doch da springt König Etzel auf und ruft mit weithin schallender Stimme: »Weg mit den Waffen! Der Tod unseres Freundes war ein unglücklicher Zufall. Es geschah nicht mit Absicht. Ich will Frieden für meine Gäste.«

Murrend gehorchen die Hunnen ihrem Gebieter. Fürst Bleda, der den Zwischenfall genau beobachtet hat, ballt die Fäuste. In seinen Augen flammt der Hass.

Königin Kriemhild wendet sich empört an Dietrich von Bern und seinen Waffenmeister. »Ihr habt gesehen, was geschehen ist, Ihr wart Zeuge, wie Volker meuchlings einen meiner Untertanen getötet hat und wie Hagen den Mörder schützte. Und ihr habt gestern gehört, wie Hagen sich zu seinem Mord an Siegfried bekannte. Soll auch in diesem Land Mord ungerächt bleiben? Ich, die Königin, bitte Euch zu handeln.«

Dietrich schweigt. Statt seiner antwortet Hildebrand: »Vergesst Eure Pläne, Herrin. Es war Euer Wunsch, die Burgunden einzuladen. Ich werde mein Schwert nicht für Euch ziehen.«

Dietrich nickt zustimmend und fügt hinzu: »Eure Verwandten sind Gäste meines Königs und Gastrecht ist heiliges Recht.«

Kriemhild antwortet nicht. Fürst Bleda hat in ihren Augen versagt, Dietrich und Hildebrand haben gezeigt, dass sie sich nicht für ihre Pläne einspannen lassen. Sie muss sich etwas einfallen lassen.

Der König und die Königin der Hunnen haben auf ihren Hochsitzen im

Thronsaal Platz genommen. Obwohl die späte Mittsommersonne ihr Licht durch die Fenster wirft, brennen Fackeln. Ein seltsames Zwielicht lässt die Gesichter des Königspaars fahl erscheinen. Die Schar der Nibelungen, die nun durch das weit geöffnete Tor einzieht, gleicht eher einem Heerzug als Gästen, die sich zur Sonnwendfeier einfinden. Auch die Hunnen, die nach ihnen den Saal betreten, sind nun schwer gerüstet und scheinen ebenfalls mehr für einen Kampf als für ein Fest gestimmt zu sein. Verwandte und Freunde des von Volker getöteten Hunnenfürsten werfen finstere Blicke auf die Gäste ihres Königs und halten ihre Krummschwerter fest in Händen. Nur Dietrich von Bern, Hildebrand und Rüdiger von Bechelaren sind unbewaffnet.

Man trinkt stehend auf das Wohl des Königs, dann geleiten Diener die Gäste zu ihren Plätzen. Kriemhild sitzt zwischen König Etzel und König Gunther. Ihnen gegenüber haben Gernot, Giselher und der Spielmann Volker Platz genommen. Gunther und seine jungen Brüder tragen einen Helm mit Goldreif, die Schwerter haben sie über die Knie gelegt. Als Hagen von Tronje seinen Platz neben dem Burgundenkönig einnimmt und Balmung über seine Knie legt, funkelt der Smaragd am Griff. Kriemhild gibt sich den Anschein, es nicht zu sehen.

König Etzel ermuntert seine Gäste zu essen und zu trinken. Gunther hebt seinen Becher und trinkt der Schwester zu. Mit großen Augen schaut sie ihn an, dann nimmt auch sie ihren Becher, hebt ihn hoch und stellt ihn langsam wieder zurück ohne daraus getrunken zu haben.

Schräg hinter König Etzel steht Fürst Bleda. Als Kriemhild den Kopf wendet und ihr Blick ihn verächtlich streift, zuckt er zusammen. Für den Bruchteil einer Sekunde verzerrt sich sein Gesicht zur Fratze. Niemand außer Kriemhild sieht, dass er sich aus dem Saal stiehlt.

Aus der Ferne dringt gedämpfter Lärm.

»Woher kommt das?«, fragt Gunther.

»Die Burgunden feiern Sonnenwende gemeinsam mit den Hunnen«, sagt Kriemhild und lächelt dabei. Dann wendet sie sich an ihren Gemahl. »Bei diesem Fest sollte unser Kind nicht fehlen. Ich habe befohlen Ortlieb zu holen. Meine Brüder sind begierig ihren Neffen kennen zu lernen.«

König Etzels zerfurchtes Gesicht strahlt. Als der Diener mit Ortlieb kommt, nimmt er ihm den Sohn aus den Armen, hebt das Kind hoch über seinen Kopf und ruft voll Stolz: »Seht her, Hunnen! Seht Kriemhilds und meinen Sohn! Er ist mein Erbe und euer zukünftiger König.«

Das Kind lacht und schaut vergnügt um sich, als sein Vater es auf den Schoß nimmt und zu Hagen sagt: »Wenn er herangewachsen ist, will ich ihn an den Königshof zu Worms senden. Er soll in allen ritterlichen Künsten und Tugenden erzogen werden. Ihr, Hagen von Tronje, seid bestimmt der beste Lehrmeister.«

Hagen kneift sein Auge zusammen und blickt böse auf das Kind, dann schaut er den König an. »Ich glaube nicht, dass dieser Knabe je Worms sehen wird. Er wirkt etwas kränklich und schwach. Es scheint, als hätte der Tod bereits die Hand nach Eurem Erben ausgestreckt.«

Das Kind sieht ihn mit den großen hellen Augen Kriemhilds verwundert an. Des Königs Gesicht ist grau geworden, das der Königin weiß wie Schnee. Alle, die Hagens Rede gehört haben, sind starr. Was führt Hagen im Sinn? Was bezweckt er mit dieser Kränkung? Da gellt ein Schrei durch die Halle und herein stürmt eine Gestalt, das blutverschmierte Schwert in der einen und den Rest eines Schildes in der anderen Hand.

»Verrat!«, brüllt Dankwart. »Verrat!«

»Was ist geschehen?«, ruft König Gunther.

Das Grauen ist Dankwart ins Gesicht geschrieben, als er stockend und keuchend berichtet: »Wir saßen beim Mahl, haben gegessen und auf das Wohl des Hunnenkönigs und seiner Königin getrunken, wir waren ausgelassen, haben gesungen und gelacht, und als wir erschöpft waren vom Trinken und vom Würfelspiel, tritt Fürst Bleda in die Halle. Ich dachte, er wolle uns begrüßen, freue mich und gehe ihm entgegen, strecke die Hand aus, doch er starrt mich an, sein Gesicht ist eine Grimasse. ›Sühne für Siegfrieds Tod!‹, schreit er. Ich sage ihm, dass ich mit Siegfrieds Tod nichts zu schaffen habe, doch er schreit wieder: ›Dann büßt du für deinen Bruder Hagen!‹, und zückt das Schwert. Jetzt musste ich mich wehren und habe ihn getötet. Doch hinter ihm strömten die Hunnen wie eine braungelbe Flut in den Saal und begannen ein fürchterliches Gemetzel. Unsere Männer hatten keine Waffen, sie hatten sie vor dem Mahl abgelegt. Nun wehrten sie sich mit Bänken, Stühlen, Schemeln und Tischen, schleuderten sie den Hunnen entgegen und schlugen ihnen die Schädel ein. Fünfhundert haben sie totgeschlagen. Doch als die Überlebenden brüllten, die Knechte der Burgunden würden ihre Gastgeber töten, stürmten zweitausend hunnische Ritter in den Saal und schlachteten unsere Männer ab. Alle liegen in ihrem Blut. Ich bin der Einzige, der überlebt hat.«

Im Saal herrscht die lähmende Stille des Entsetzens. Da erhebt sich Hagen, steht da wie ein Riese aus grauer Vorzeit, sein Gesicht ist versteinert. Er starrt Ortlieb an, der ihn noch immer mit seinen großen hellen Kinderaugen verwundert anschaut. Langsam greift Hagens Hand zum Balmung.

»Das Kind!«, schreit Kriemhild, doch da funkelt der grüne Smaragd und der Tronjer schlägt mit einem Streich Attilas und Kriemhilds Sohn den Kopf ab.

König Etzel brüllt auf, brüllt wie ein tödlich verwundetes Tier, seine mächtigen Arme umfassen den kleinen Leichnam, als müsste er ihn behüten. Da zischt eine Stimme an sein Ohr: »Dies, König Etzel, hat dein Gast getan!«

Der König blickt in Kriemhilds totenbleiches Gesicht, erhebt sich mit dem leblosen kleinen Körper in den Armen und schreit in den Saal: »Jetzt, ihr Nibelungen, habt ihr das Gastrecht verwirkt, jetzt seid ihr vogelfrei!«

Nun bricht die Hölle los.

»Bewache das Tor! Lass keinen entkommen!«, ruft Hagen seinem Bruder Dankwart zu. Dann fällt sein Blick auf den Spielmann Werbel, der mit Bogen und Fidel in den Händen an der Wand steht, noch immer bereit, zur Unterhaltung der Gäste aufzuspielen.

»Spiel uns das Lied vom Tod!«, schreit Hagen, und Hand und Fidel des Spielmanns fallen zu Boden.

»Warum tut Ihr das?«, ruft Werbel und krümmt sich vor Schmerzen.

»Das ist der Lohn für die Einladung, die du uns nach Worms gebracht hast.«

Neben dem Tronjer kämpft Volker, der seinen Bogen mit dem Schwert getauscht hat. König Gunther, zu Tode erschrocken, will das Unheil abwenden, doch niemand hört auf ihn. Kurz darauf muss er selbst um sein Leben kämpfen, Seite an Seite mit seinen Brüdern wehrt er die mit Krummschwertern und Messern anstürmenden Hunnen ab.

»Der Tod ist die Reise nach Walhall oder in den Christenhimmel«, schreit Hagen. Den Schild hat er auf dem Rücken befestigt, sodass er mit beiden Händen den Balmung schwingen kann. Er wütet unter den Hunnen wie ein Tobsüchtiger.

König Etzel hat seine Krone vom Kopf geschleudert, sie rollt auf dem blutgetränkten Boden und bleibt in einer Ecke liegen. Niemand hebt sie auf. Der Herr, dem die halbe Welt untertan war, ist ein Gefangener in seiner eigenen Burg. Er sitzt zusammengesunken in seinem Hochsitz und hält sein Kind im Schoß, in seinen Augen flackert der Irrsinn. Der mächtige König lässt geschehen, was geschieht. Sein Sohn und Erbe ist tot und sein Reich wird zerfallen. Es kümmert ihn nicht.

Kriemhild sitzt mit schreckgeweiteten Augen inmitten des Grauens. Der Brand, den sie entfacht hat, lodert, und kein Wasser der Welt wird ihn löschen können. In Todesangst packt sie jetzt Dietrich von Bern am Arm und fleht um Hilfe. Der Berner springt auf den Tisch und seine dröhnende Stimme durchdringt das Klirren der Schwerter und die Schreie der Verwundeten.

»Hört, König Gunther!«, ruft er. »Ich begehre freien Abzug für alle, die hier ohne Waffen sind.«

Gunther blickt Kriemhild ins Gesicht und sieht nicht mehr die hasserfüllte Königin, sondern die Frau, die Mutter, der man das Kind getötet hat. Er schließt die Augen und sieht das Bild seiner kleinen Schwester vor sich, die im Burggarten von Worms zu seinen Füßen spielt.

»Geht«, stößt er heiser hervor und die Kämpfenden halten inne.

Dietrich von Bern, sein Waffenmeister Hildebrand und die Amelungen bahnen Kriemhild und Etzel den Weg, geleiten sie mitten durch die aus tausend Wunden blutenden Hunnen und Burgunden. König Etzel hat sein totes Kind in seinen blutbefleckten Königsmantel gehüllt und trägt es vorsichtig und behutsam, als müsste er es auch jetzt noch beschützen. Neben ihm geht aufrecht und mit starrem Blick die Königin Kriemhild. Dem Königspaar folgt Rüdiger von Bechelaren mit seinen Rittern. Dankwart schließt hinter ihnen die Torflügel und im Königssaal beginnt das Schlachten erneut.

Langsam verebbt der Lärm der Waffen, der Schlachtrufe und der Todesschreie. Es wird still im Saal, totenstill. Von den Hunnen lebt keiner mehr.

Die Überlebenden der Burgunden sitzen inmitten der Erschlagenen, die Gesichter von Schweiß und Blut verschmiert, die Lippen aufgesprungen vor Durst, doch der Wein ist verschüttet. Da nimmt Hagen seinen Helm, hält ihn unter den Kopf eines toten Burgunden und fängt das Blut auf, das noch aus der Kopfwunde rieselt. Er hebt den Helm an den Mund und trinkt. Die anderen machen es ihm nach, trinken und schöpfen neue Kraft aus dem Blut der Gefallenen.

»Wir wollen die toten Hunnen hinauswerfen«, sagt Hagen. »Wir brauchen Platz, denn der Kampf ist noch nicht zu Ende.«

Die einen werfen die Toten aus den Fenstern über den Burgfelsen in die Tiefe, wo sie zerschmettert liegen bleiben. Die anderen schleppen die Leichen zum Eingang und stoßen sie zum Tor hinaus. Dumpf schlagen die Körper aufeinander auf, kollern die Treppe hinunter. Die Hunnen sehen es mit ohnmächtiger Erbitterung.

Da erscheint die Königin Kriemhild auf dem Platz vor der Treppe. Mit ausgestrecktem Arm zeigt sie auf den Haufen blutiger Leichname und ruft den Hunnen mit schneidendem Hohn zu: »Feiglinge seid ihr, erbärmliche Feiglinge. In der Nacht schleicht ihr heran mit Messern und jetzt steht ihr da und schaut tatenlos zu, wie eure Feinde eure Brüder morden. Schande über euch!«

Wie aus Trance erwacht stürmen jetzt die Hunnen los, andere drängen nach, die ersten hauen mit ihren Streitäxten gegen das wuchtige Tor, hinter dem sich die Nibelungen verschanzen, und schon kracht das Holz, doch ehe es nachgibt, werden die Flügel aufgerissen. »Das Tor auf!«, hatte Hagen geschrien und die Hunnen rennen in die tödliche Falle.

Tief steht die Sonnwendsonne, als kein Laut, kein Schrei mehr aus dem Saal nach außen dringt. Das Tor geht auf und ein junger Ritter tritt schwankend über die Schwelle, macht ein paar Schritte hin zur Königin und bleibt dann stehen.

»Schwester!«, stammelt der leichenblasse junge Giselher, »Schwester, ist es das, was du wolltest, als du daran dachtest, uns einzuladen?«

Kriemhild sieht ihren jüngsten Bruder an, alles Blut ist aus ihrem Gesicht gewichen und Tränen laufen ihr über die Wangen.

»Nein, Giselher, nein, das wollte ich nicht.«

»Was dann?«

»Hagens Tod wollte ich, nicht euren. Gebt mir Hagen heraus und ihr seid frei.«

Stumm steht Giselher da und schüttelt den Kopf. Noch einmal hört er Kriemhilds flehende Stimme: »Bruder, lieber Bruder, gib mir den Mörder Siegfrieds und ihr seid alle frei und könnt in Frieden nach Hause gehen.«

Er dreht sich um und geht zurück in den Saal.

Eine schwüle Nacht liegt über der ruhig dahinströmenden Donau und der Königsburg. Der Mond steht nicht am Himmel, ein feuchtwarmer Wind bringt Wolken und verdeckt die Sterne. Im Osten zuckt in der Schwärze der Sonnwendnacht ein fahler Schein. Noch ist es ruhig. Die Toten sind stumm und die Lebenden erschöpft. Die Burgunden haben ihre Wunden notdürftig verbunden, manche sind in tiefen Schlaf versunken. Vielleicht zaubert ein Traum den Schläfern einmal noch die Heimat am Rhein herbei, die sie im Wachen nie mehr sehen werden.

In ihrem Gemach geht die Königin Kriemhild auf und ab, ruhelos durchmessen ihre Schritte den Raum von einer Wand zur andern und wieder zurück. Wie flatternde Vögel schwirren ihr die Gedanken durch den Kopf und werden wieder verworfen. Nein, den Tod so vieler Unschuldiger hat sie nicht gewollt. Sie wollte Hagens Kopf, nur den Kopf des Mörders. Wäre Bledas Überfall geglückt, so wäre vieles anders gekommen. Nun aber nimmt das Schicksal seinen Lauf und lässt sich nicht aufhalten wie ein Strom, der den Berg hinabfließt und den nichts in der Welt zurücktreiben kann. Die Königin Kriemhild strafft die Schultern und befiehlt einer Dienerin: »Rufe mir Markgraf Rüdiger von Bechelaren.«

Dietrich von Bern, sein Waffenmeister Hildebrand und Markgraf Rüdiger sitzen beisammen.

»Eine böse Nacht«, sagt Dietrich von Bern. »Wer wird den Tag nach dieser Nacht erleben?«

Der Markgraf hat den Kopf in die Hände gelegt. »Die Kinder«, stöhnt er, »Giselher und Dietlinde, sie waren so glücklich und sie sind so jung. Wenn Giselher stirbt, bricht auch meinem Kind das Herz. Es ist Wahnsinn, was hier geschieht.«

»Blut schreit nach Blut«, sagt der Waffenmeister. »Das war schon immer so.«

Rüdiger will etwas entgegen, doch da tritt Kriemhilds Dienerin ein und meldet: »Markgraf, die Königin erwartet Euch!«

Graf Rüdiger zuckt zusammen. Was will die Königin? Er sieht Dietrich an, fragend und hilflos, der Berner aber senkt den Blick. Gehorsam steht Rüdiger auf, folgt mit schwerem Schritt der Dienerin.

Kriemhild ist nicht mehr die ernste junge Frau, um deren Hand der Markgraf in Worms für seinen König geworben hat, ihr schönes Gesicht ist hart geworden, ihre großen hellen Augen sind kalt wie Stahl. Graf Rüdiger verneigt sich.

»Ihr habt mich rufen lassen!«

»Ja«, sagt Kriemhild, »ich habe Euch rufen lassen, denn jetzt ist die Zeit gekommen, da ich Euch an Euren Eid erinnern muss.«

»Was meint Ihr, Königin?«, fragt Rüdiger und weiß doch genau, was Etzels Gemahlin im Sinn hat.

»Herr Markgraf, solltet Ihr vergessen haben, was Ihr mir an jenem kalten Frühlingstag in Worms geschworen habt? Ihr schuldet mir Gehorsam.«

»Was verlangt Ihr?«

»Den Kopf Hagen von Tronjes.«

»Königin«, sagt Rüdiger und ringt um jedes Wort, »wie soll das geschehen? Eure Brüder und die burgundischen Ritter schützen ihn.«

»Dann tötet meine Brüder.«

Der Markgraf kniet nieder, wie er schon einmal vor Kriemhild gekniet hat.

»Ich flehe Euch an, Ihr habt tausend Hunnen, die Euch als Henker dienen, warum fordert Ihr es von mir? Euer Bruder Giselher ist mit meiner Tochter Dietlinde verlobt, ich bin ein Freund der Burgunden, sie waren Gäste unter meinem Dach. Ich habe ihnen Freundschaft und Treue geschworen und habe sie nach Gran geleitet. Ihr wisst nicht, was Ihr verlangt. Nehmt mein Leben, aber erlasst mir diesen Kampf, seid barmherzig, Königin!«

»Ich weiß, was ich verlange, Markgraf Rüdiger«, sagt Kriemhild und ihre Stahlaugen werden schmal. »Wo war die Barmherzigkeit, als man Siegfried hinterrücks mordete? Wo war die Barmherzigkeit, als man mir den Nibelungenhort raubte? Und wo war die Barmherzigkeit, als Hagen Ortlieb, dem unschuldigen Kind, den Kopf abschlug? Markgraf, Ihr habt mir den Treueid auf die Klinge Eures Schwerts geschworen. Wenn Ihr ihn brecht, seid Ihr ehrlos.«

Rüdiger erhebt sich und verlässt wortlos den Raum. Er geht zu seinem Lehnsherrn, zu König Attila.

Der König sitzt in seinem Gemach, das nur spärlich von einer einzigen Fackel beleuchtet wird. Er trägt keine Krone, den mit eingetrocknetem Blut besudelten Königsmantel hat er über die Knie gebreitet, als wollte er etwas verbergen. Markgraf Rüdiger fällt vor ihm auf die Knie, und als er zu sprechen beginnt, bricht ihm die Stimme, doch dann berichtet er, was die Königin Kriemhild von ihm fordert. Attila starrt unbewegt auf seine Knie, nichts verrät, ob er gehört hat, was sein Lehnsmann sagte. Rüdiger wird lauter.

»Nehmt alles, was ich habe, König Etzel, nehmt meine Burg, mein Land, meine Güter«, ruft er verzweifelt. »Als Bettler will ich mit Frau und Kind in die Fremde ziehen, nur erlasst mir diesen Dienst!«

Jetzt hebt der König den Blick. Langsam zieht er den über seinen Schoß gebreiteten Mantel weg und lässt ihn auf den Boden gleiten. Auf den Knien Attilas liegt Ortlieb, sein totes Kind.

»Geh und erfülle deinen Eid!«, sagt er.

Wuchtige Schläge an das Tor schrecken die Burgunden aus dem Schlaf. Dankwart ist mit einem Sprung beim Eingang.

»Wer da?«, ruft er.

Die Antwort kommt prompt: »Markgraf Rüdiger von Bechelaren.«

Giselher jubelt vor Freude: »Nun sind wir gerettet.«

Die Flügel werden aufgestoßen und vor dem Tor steht Graf Rüdiger, gewappnet mit dem blanken Schwert in der einen und dem Schild in der anderen Hand. Hinter ihm stehen seine Ritter.

»Seit wann kommt ein Freund mit dem blanken Schwert?«, fragt Hagen und sein Raubvogelauge blickt scharf. Gunther, Gernot und Giselher aber gehen freudig auf ihn zu, um ihn zu begrüßen. Doch der Markgraf stellt den Schild vor sich auf den Boden, blickt finster und sagt: »Ich komme nicht als Freund. Der Königin habe ich in Worms Gehorsam geschworen in allem, was sie verlangt, und sie hat mich nicht von meinem Eid entbunden. Sie verlangt Hagen von Tronjes Tod.«

»Markgraf Rüdiger«, sagt Gunther mit heiserer Stimme, »Ihr kennt doch Burgunds Gesetz: Treue um Treue. Hagen kämpft für uns und wir kämpfen für Hagen. Der Weg zu ihm führt über unsere Leichen. Wir siegen gemeinsam oder wir sterben gemeinsam.«

Der junge Giselher schiebt seinen Bruder beiseite.

»Vater!«, ruft er. »Das kannst du doch nicht wollen. Wir waren deine Gäste, wir sind deine Freunde, und Dietlinde, deine Tochter, ist meine Braut.«

»Ich will es nicht, ich muss«, sagt Rüdiger leise. »Der Eid, den ich der Königin in Worms schwor, ist älter als die Freundschaft zu euch und der Schwur, den ich in meiner Burg Bechelaren leistete. Das Schicksal macht mich zum Schuldigen. Was immer ich tue oder nicht tue, ich lade Schuld auf mich.«

Er hebt Schwert und Schild und schreit: »Kämpft, Burgunden!«

Doch die Brüder treten zurück, Hagen und Dankwart schütteln den Kopf und Volker, der Spielmann, starrt den Markgrafen an, als könnte er seinen Augen und Ohren nicht trauen.

»Wollt ihr mich zwingen, meinen Eid zu brechen und ehrlos zu werden? Wehrt euch und kämpft!« Rüdiger holt zum Schlag aus und stürmt auf Hagen zu, der aber hat seinen Schild weggeworfen und schüttelt wieder nur den Kopf. Da springt Giselher vor, um ihn zu schützen, und der gewaltige Streich, der Hagen galt, fährt auf den jungen Ritter nieder, den Rüdiger liebt wie einen Sohn. Gunthers Arme fangen den Stürzenden auf. Giselher ist tot, sein Kopf fällt zur Seite, seine Augen blicken überrascht, überrascht vom Tod.

Nun schwingt Gernot wütend sein Schwert, jenes Schwert, das ihm Rüdiger zum Geschenk gemacht hat, und läuft auf den Grafen zu, aber Rüdiger reagiert schnell. Mit einem Schlag spaltet er Gernots Helm, doch gleichzeitig durchdringt Gernots Klinge den Harnisch des Grafen und fährt ihm tief in die Brust. Beide sinken blutüberströmt in die Knie, jeder das tödliche Opfer des anderen.

Nun stürmen Rüdigers Ritter gegen die Burgunden, Freunde gegen Freunde, und wieder strömt das Blut über umgestürzte Tische und Bänke und rinnt in Bächen auf den Boden. Hagen mäht Rüdigers Ritter nieder, als wären sie Gras und das Schwert Balmung eine Sense. Unermüdlich kämpfen auch Gunther, Dankwart und Volker, bis von den Männern Rüdigers keiner mehr atmet.

Kriemhild steht am Söller und lauscht. Gespannt lauschen auch die Hunnen im Burghof, doch es ist still geworden, kein Laut dringt mehr aus der Halle. Da werden plötzlich die Torflügel aufgestoßen und Hagen steht in blutverschmiertem Harnisch mit Schild und Schwert auf der Treppe. Sein rotgeändertes Auge späht nach dem Söller, nach der Gestalt Kriemhilds. Ein schauriges Lachen dröhnt über den Hof, dann schallt weithin seine Stimme: »Deine beiden jungen Brüder sind tot, Königin, tot ist auch der treue Rüdiger von Bechelaren, der dein Brautwerber war und den du zum Kampf gezwungen hast. Aber ich, Königin, ich lebe immer noch!«

Da hebt Kriemhild ihre schmale weiße Hand und ruft den im Hof versammelten Hunnen zu: »Werft Feuer auf das Dach!«

Geschosse, Fackeln und Brandpfeile fliegen durch die Luft, stecken das Dach der Halle in Brand und fressen sich ins Gehölz. Als die Sonnwendnacht herniedersinkt, brennt der Thron- und Festsaal, züngeln die Flammen, fallen wieder zusammen und lodern aufs Neue empor und färben den Himmel rot.

Die Nibelungen im Saal drängen sich an die gemauerten Wände, ringen in Feuer, Rauch und Hitze um Atem und wehren mit den Schilden die niederstürzenden brennenden Balken ab. Mit den Schwertern stoßen sie die glühenden Sparren in die Blutlachen, wo sie zischend verlöschen. Ihre Harnische werden glühend heiß, die Hitze versengt ihnen Bart und Haare, die rauchgeschwängerte Luft droht sie zu ersticken und der Durst wird unerträglich. Wieder trinken sie das Blut der Gefallenen und schöpfen neue Kraft.

»So helfen uns die Toten zu leben«, ruft Hagen. Dann trampeln sie auf die glosenden Holzstücke und ersticken die Glutnester. Als der Morgen dämmert, ist der Brand erloschen und am Himmel verlöschen die Sterne.

Lange hatten Dietrich von Bern und sein Waffenmeister auf Rüdiger von Bechelaren gewartet. Die Königin hatte ihn zu sich berufen und er war nicht wiedergekommen. Die Sorge um den Freund quält sie, immer wieder gehen sie zum Fenster und halten Ausschau. Plötzlich sehen sie zuckende Lichter und einen Feuerschein. Sie stürzen ins Freie und sehen die Brandpfeile und Geschosse, die von allen Seiten auf das Dach der Königshalle fliegen, bis es birst und das brennende Gebälk krachend in die Halle stürzt. Ein Mann aus Dietrichs Gefolge läuft auf sie zu.

»Rüdiger von Bechelaren ist tot«, schreit er, »die burgundischen Hunde haben ihn erschlagen!«

Dietrich von Bern, der mächtige Fürst, schwankt, als er diese Nachricht hört, er glaubt den Boden unter den Füßen zu verlieren und stützt sich auf den Arm seines Waffenmeisters.

»Diese Wahnsinnigen«, stöhnt er, »diese von Gott verlassenen Narren, nun haben sie den gütigsten und edelsten Ritter dieser Erde erschlagen.«

Mit Entsetzen stehen der König der Goten und sein Waffenmeister Hildebrand vor den schwarzen Mauern der Halle.

»Sie sollen uns den Leichnam Rüdigers herausgeben«, sagt Hildebrand, »damit wir ihn in Ehren bestatten können.« Dietrich nickt und Hildebrand eilt zu jenem Trakt der Burg, der den Amelungen als Unterkunft dient.

Dietrich von Bern geht zu König Attila. Der König hält sein totes Kind nicht mehr auf den Knien. Mit den Augen eines Wahnsinnigen starrt er aus dem Fenster auf seine verwüstete Königshalle, von der schwarze Rauchsäulen aufsteigen.

»König«, sagt Dietrich und tritt auf ihn zu, »König Attila, weißt du, dass Rüdiger von Bechelaren, dein getreuester Lehnsmann, den jungen Giselher getötet hat, seinen zukünftigen Schwiegersohn? Er tat es aus Gehorsam gegen dich und die Königin. Und weißt du, dass Rüdiger dann von Gernot, König Gunthers Bruder, getötet wurde und auch Gernot dabei starb?«

»Nein«, sagt König Attila und wendet sich um, »ich frage auch nicht danach, denn es kümmert mich nicht. Ich weiß nur, dass Hagen von Tronje meinem Sohn und Erben den Kopf abgeschlagen hat.«

»König«, fährt Dietrich fort, »Furchtbares ist geschehen und Furchtbares geschieht, aber dein Sohn wird nicht wieder lebendig, auch nicht wenn die Burgunden zu Asche verbrennen oder in Rauch und Qualm ersticken. Mach dem Unheil ein Ende, lass Gnade walten.«

König Attila sieht Dietrich lange an, bevor er sich die Antwort abringt: »Geh hin, Dietrich von Bern, und sag denen, die in meinem Saal noch leben, sie sollen mir den Mörder meines Kindes ausliefern. Dann sind sie frei und können gehen, wohin ihre Füße sie tragen.«

Dietrich schüttelt den Kopf. »Das werden sie nicht tun, du kennst die Nibelungentreue nicht, König Attila. Sie halten Hagen die Treue, wie er sie ihnen hält, bis in den Tod.«

»Dann sollen sie sterben!«

Hildebrand steht mit den Amelungen vor dem Tor der Halle.

»Ist es wahr, dass ihr den edlen Rüdiger von Bechelaren erschlagen habt?«, schreit er so laut, dass ihn die Nibelungen drinnen hören. Die Torflügel werden aufgestoßen, Hagen tritt heraus, stellt seinen Schild vor sich hin und sagt, indem er Hildebrand in die Augen blickt: »Ja, es ist wahr.«

Die Amelungen brüllen auf. Rüdiger war der Freund ihres Herrn und somit auch ihr Freund gewesen und alle hatten den gütigen und gerechten Markgrafen geliebt. »Gebt uns den Leichnam heraus, wir wollen ihn begraben«, ruft Hildebrand.

Da tönt Volkers Stimme aus dem Inneren des Saals: »Wenn ihr ihn haben wollt, dann holt ihn euch!«

Nach dieser Antwort stürmt Hildebrand wutentbrannt in den Saal, hinter ihm drängen die zornigen Amelungen mit gezückten Schwertern und erneut beginnt ein furchtbares Gemetzel.

Die Amelungen kämpfen wie die Löwen und die Nibelungen wehren sich mit letzter Kraft. Jetzt stehen sich die besten Ritter des Abendlandes gegenüber, Mann gegen Mann. Wieder brechen Schwerter und Schilde, splittern Harnische und werden Helme gespalten und Wunden geschlagen. Wieder rinnt Blut, wird erstochen, erschlagen und geköpft. Das Klirren der Waffen und die Schreie der Getroffenen übertönen das Röcheln der Sterbenden, die in der Glut verbrennen oder im Qualm ersticken. König Attilas Thronsaal ist zum Höllenschlund geworden, der Nibelungen und Amelungen in gleicher Weise verschlingt.

Es fallen Hagens Bruder Dankwart und der Spielmann Volker, es fallen Rumold und Ortwin und Sinold und all die anderen Ritter Burgunds bis auf König Gunther und den unermüdlich das Schwert schwingenden Hagen. Es fallen auch Dietrichs Getreue, die Amelungen, einer nach dem andern, bis zuletzt Hagen von Tronje und der alte Hildebrand einander inmitten der in ihrem Blut liegenden Leichen gegenüberstehen. Mit eingesunkenen Augen im totenblassen Gesicht lehnt Gunther an der Wand und schaut dem Kampf zu. Hieb folgt auf Hieb und Schlag auf Schlag. Da durchstößt Hagen mit Balmung Hildebrands Harnisch und fügt ihm eine tiefe Wunde zu. Nun macht Hildebrand etwas, das er noch nie gemacht hat: Er nimmt seinen Schild auf den Rücken und flieht.

»Wer hat dich so zugerichtet?«, fragt Dietrich, als er seinen Waffenmeister blutüberströmt vor sich sieht.

»Hagen von Tronje war es«, stammelt Hildebrand. Jetzt aber schwillt dem sonst so besonnenen Berner die Zornesader. »Das wird er büßen! Ruf mir die Amelungen!«

Hildebrand schüttelt verzweifelt den Kopf. »Herr, sie sind tot, alle liegen erschlagen. Ich bin der Einzige, der diesen Kampf überlebt hat.«

Dietrich starrt seinen Waffenmeister an.

»Reich mir mein Schwert!«, sagt er.

Als der Berner in voller Rüstung die Halle betritt, sieht er zwei Gespenster. Da ist kein Stolz mehr in König Gunthers bleichem, blutverschmiertem Gesicht und Hagens einst so scharfes Raubtierauge stiert dumpf vor sich hin. Beide Kämpfer kauern zu Tode erschöpft auf dem besudelten Boden, neben ihnen türmen sich die Leichen.

Dietrich von Bern legt sein Schwert nieder. »Ihr seid die Einzigen, die in dieser Hölle noch am Leben sind«, sagt er. »Ergebt Euch mir als Geiseln und ich verspreche Euch, mich beim König und bei der Königin für Eure Freiheit einzusetzen. Glaubt mir, es gibt keinen anderen Weg.«

Nichts verrät, was Gunther denkt. Sein Gesicht ist regungslos, als ginge ihn dies alles nichts mehr an. Hagen aber fährt auf und greift nach Balmung. Sein Auge funkelt wie in alten Zeiten, als er keuchend hervorstößt: »Nie! Niemals ergebe ich mich, lieber gehe ich zu Grunde.«

Bevor er zustoßen kann, entwendet ihm Dietrich das Schwert, packt mit seinen Armen den sich verzweifelt Wehrenden und ringt ihn nieder. Dann bindet er ihm die Hände auf den Rücken und führt ihn aus dem Saal.

Gunther bleibt allein zurück. Er hätte nun gehen können, aber wohin sollte er gehen? Der König der Burgunden weiß, dass das Ende seines Geschlechts gekommen ist. Das Schicksal nimmt seinen Lauf, denkt er, die Edelsten meines Volkes sind tot und nun reißt es auch mich mit ins Verderben. Aber der König fürchtet den Tod nicht, er fürchtet ihn nicht mehr.

In den großen hellen Augen Kriemhilds leuchtet Triumph, als Hagen gefesselt vor ihr und Attila steht, und ihr Herz schlägt so schmerzhaft und schnell, dass sie glaubt, es müsste zerspringen. Dietrich von Bern bittet um Gnade für Hagen von Tronje und will König Attila Balmung reichen.

Der aber schüttelt den Kopf: »Dieses Schwert gehört mir nicht, es gehört der Witwe Siegfrieds.« Nun legt es der Berner Kriemhild zu Füßen. Dann geht er mit Hildebrand zurück in den Thronsaal.

Gunther blickt nicht auf, als Dietrich und sein Waffenmeister kommen, um ihn zu holen, und wehrt sich nicht, als Dietrich auch ihm die Hände bindet und zum König und zur Königin der Hunnen führt.

»Schwester«, flüstert Gunther, als er vor ihr steht.

Für einen Augenblick wird das Gesicht der Königin weich, ein Schatten von Trauer legt sich auf ihre Züge. Doch rasch hat sie sich wieder gefasst. Sie winkt einen Hunnen herbei und befiehlt: »Bring ihn in den Kerker!«

König Attila, willenlos und kraftlos, lässt sie gewähren. Mit dem Mord an Ortlieb hat Hagen auch des Königs Seele getötet.

Nun steht er allein vor der Königin. Er senkt den Blick nicht. Sein Raubvogelauge bohrt sich in die Stahlaugen Kriemhilds.

»Warum habt Ihr mir den Mann genommen, Hagen von Tronje?«, fragt sie und weicht seinem Auge nicht aus.

»Das wisst Ihr doch, Königin Kriemhild«, sagt er ruhig und bestimmt. »Siegfried war stärker als Euer Bruder Gunther und eine Gefahr für Burgund, das konnte ich nicht dulden. Ich habe Eurem Vater geschworen, dem Reich und seinem König zu dienen. Gunther wäre immer im Schatten Siegfrieds gestanden, das konnte ich nicht dulden. Und es war zu befürchten, dass der Drachentöter auch die Krone Burgunds an sich reißt. Um den König und das Reich zu schützen, musste ich den Nibelungen töten.«

»Und warum habt Ihr mein und Etzels Kind getötet?«

»Damit Ihr ihn nicht zum Rächer großziehen könnt.«

»Ihr habt mir das Herz gebrochen und alles genommen, was ich geliebt habe. Gebt mir wenigstens mein Gold zurück. Gebt mir den Nibelungenhort und Ihr seid frei.«

»Er liegt am Grunde des Rheins, dort, wo er am tiefsten ist und die Strudel brausen. Auch das wisst Ihr.«

»Nennt mir die Stelle und Ihr rettet Euer Leben.«

Nun verzerrt sich Hagens Mund zu einem höhnischen Grinsen. »Nein. Niemals. Eure Brüder und ich haben geschworen, dass keiner den Ort verrät, solange einer von den andern noch lebt.«

Der rote Zorn steigt in Kriemhild hoch. Vor Wut bebend geht sie vor die Tür und flüstert einem Hunnen, der dort Wache steht, etwas ins Ohr. Der Hunne verschwindet und Kriemhild steht ihrem Todfeind wieder gegenüber. Doch sie sieht ihn nicht an, sie starrt durch ihn hindurch, als würde sie auf etwas warten, das hinter seinem Rücken geschieht. Da geht die Tür auf und ein Schrei gellt durch den Raum. Ein Hunne ist eingetreten und hält in der hocherhobenen Hand den blutlosen Kopf eines Mannes.

Als Hagen das Haupt seines Königs erblickt, bricht er in irres Lachen aus, in ein Gelächter, das dem Heulen eines Wolfes gleicht, bevor es verstummt. Sein Auge scheint aus der Höhle springen zu wollen, als er heiser hervorstößt: »Du Teufelin!« Doch dann ist seine Stimme scharf und klar. »Nun sind alle tot, die das Geheimnis kannten. Ich bin der Einzige, der weiß, wo das verfluchte Gold verborgen ist, und Ihr werdet es nie erfahren.«

Kriemhilds Blick fällt auf Balmung mit dem grün leuchtenden Smaragd zu ihren Füßen. Mit ihren schmalen Händen packt sie das Schwert Siegfrieds, holt weit aus und schlägt Hagen den Kopf ab. Der Tronjer stürzt zusammen. Dietrich von Bern beugt sich über ihn, König Attila steht regungslos daneben.

Der alte Waffenmeister Hildebrand ist entsetzt. Er kann es nicht ertragen, dass ein Mann wie Hagen durch die Hand einer Frau den Tod fand. Kriemhilds Tat widerspricht allen Regeln, die er kennt, ist wider die Gesetze seiner Zeit. Es scheint ihm, als müsste er die Welt, die in Unordnung geraten ist, ins Gleichgewicht bringen. Er zieht sein Schwert und stößt es der Königin in die Brust.

Hildebrands Tat hat die Welt nicht verändert, denn Schwerter schaffen keine Ordnung. Mit Kriemhilds Tod erlosch das Geschlecht König Gibichs. Darauf verließ das Volk der Burgunden abermals seine Heimat. Es zog vom Rhein nach dem Süden und mischte sich mit anderen Völkern wie ein Strom bei der Einmündung mit dem Wasser des Meers.

Nachwort

Die ältesten Überlieferungen vom Schicksal der Burgunden, auch Nibelungen genannt, spielen in der Zeit der Völkerwanderung, in den ersten Jahrhunderten nach der Geburt Christi, als die neue Religion des Christentums mit ihren Idealen und Wertvorstellungen den germanischen Götterglauben zu verdrängen begann und altes und neues Lebensgefühl oft tragisch aneinander stießen.

Wohl noch im 5. Jahrhundert n. Chr. entstanden in Skandinavien Götter- und Heldenlieder mit den immer wiederkehrenden Motiven von Tapferkeit, Tod, Mord und Rache. Eine Sammlung dieser nordischen Dichtungen unbekannter Autoren ist unter dem Namen Edda in verschiedenen Handschriften überliefert. Auf ihr beruht eine Prosaschrift, die so genannte Völsungasaga, die nordische Fassung der Nibelungensage.

Im mittelhochdeutschen Heldenepos »Nibelungenlied«, das ein unbekannter Dichter wahrscheinlich um 1200 in Passau oder im Donauraum zwischen Passau und Wien geschrieben hat, sind wesentliche Elemente der nordischen Überlieferungen enthalten. So wird beispielsweise aus dem Drachentöter Sigurd des Sigurdliedes, der im Drachenblut badet und unverwundbar wird, Siegfried von Xanten im Nibelungenlied und die nordische Brynhild begegnet uns als Brunhild. Nicht übernommen hat der Dichter das Motiv von der Erweckung der Walküre Brynhild, in dem ein Held durch einen Flammenwall reitet, sie erlöst und ihr Treue schwört. Im Nibelungenlied wirbt Gunther als Freier um Brunhild, kann sie aber erst dann gewinnen, wenn er sie im Dreikampf besiegt hat.

Sowohl in der nordischen Überlieferung als auch im Nibelungenlied ist der Verrat für den weiteren Verlauf der Handlung entscheidend. So verrät der Siegfried der Völsungasaga Brunhild, indem er sich von der göttlichen Walküre abwendet und der irdischen Königstochter Kriemhild zuwendet. Im Nibelungenlied verrät Kriemhild das Geheimnis um Gunthers Werbung und Hochzeitsnacht und gibt so Hagen Grund für die Ermordung Siegfrieds. Für die tragische Gestalt Rüdigers von Bechelaren, der in den Konflikt zwischen alten germanischen und neuen Idealen des Christentums gerät, gibt es kein nordisches Vorbild. Im Kampf zwischen der ritterlichen Lehnspflicht und der alten Tugend der Sippentreue hat die Erfüllung des Eides, den Rüdiger Kriemhild geleistet hat, Vorrang vor dem Schwur, den er den Burgunden geschworen hat, mit denen er durch die Verlobung seiner Tochter versippt ist. Wenn er ihnen treu bleibt, wird er Kriemhild untreu und umgekehrt. Wie auch immer er handelt, er lädt Schuld auf sich.

In der hier vorliegenden Erzählung sind Elemente der nordischen Überlieferung, zum Beispiel die Erweckung der Walküre Brunhild durch Siegfried, in die Handlung des Nibelungenliedes verwoben, um die Enttäuschung Brunhilds verständlich zu machen, als Gunther und nicht Siegfried um sie wirbt.

Zu den historischen Grundlagen der Sage in ihren verschiedenen Überlieferungen gehört die Vernichtung des Burgundenreiches, das in der ersten Hälfte des 5. Jahrhunderts n. Chr. am Rhein, möglicherweise mit der Hauptstadt Worms, existierte, durch die Hunnen oder hunnische Hilfstruppen der Römer.

Ein historischer Burgundenkönig Gundahar wird im Nibelungenlied zu König Gunther, der Ostgotenkönig Theoderich der Große zu Dietrich von Bern und der Hunnenkönig Attila, nordisch Atli, zu König Etzel, allerdings mit wesentlich humaneren Charakterzügen als sein geschichtliches Vorbild. Der Hunnenkönig, dessen Herrschaft vom Morgenland bis zum Abendland reichte, ist den Bewohnern seiner Stammgebiete an Donau und Theiß anders in Erinnerung geblieben als den nord- und westeuropäischen Völkern, die ihn die Geißel Gottes nannten.

Vielleicht hat die Erinnerung an die Schlacht auf den Katalaunischen Feldern, bei der Attila von einem auf Seiten der Römer kämpfenden Heer 451 n. Chr. unter Aetius geschlagen wurde, den Dichter des Nibelungenliedes zur Schilderung der Kampfszenen in der Königsburg zu Gran angeregt. Im Nibelungenlied ist Kriemhild die Gemahlin Attilas, die von Hildebrand erschlagen wird. Historisch verbürgt ist, dass Attila die Germanin Hildiko zur Frau nahm und in der Hochzeitsnacht starb. In der nordischen Fassung der Sage tötet Kriemhild Attila aus Rache für den Tod ihrer Brüder, im Nibelungenlied ist es umgekehrt. War in der nordisch-germanischen Welt die Sippenbindung entscheidend, so werden im Mittelalter Ehe und eheliche Liebe – Kriemhilds Bindung an Siegfried – höher bewertet.

Jahrhundertelang haben fahrende Sänger an Fürsten- und Königshöfen ihre eigene Spielart des Sagenstoffes vorgetragen, wobei sich Märchen, Volkssagen und Heldenmythen mischten. Aus den verschiedenen Motiven und Handlungssträngen mündlicher und schriftlicher Überlieferungen wählte der Dichter des Nibelungenlieds aus und schuf in strophischer Versform das gewaltigste mittelhochdeutsche Versepos. Im Mittelalter erfreute es sich größter Beliebtheit und wurde in zahlreichen Handschriften kopiert. Mit dem Ende der Ritterzeit erlosch das Interesse, erst im 18. Jahrhundert begann man sich wieder dafür zu interessieren und nach den alten Handschriften zu forschen. Seither wurde der Stoff immer wieder bearbeitet und auch verfilmt.

Unzählige Generationen haben ihre Erfahrungen, ihre Träume und die Ideale ihrer Zeit einfließen lassen, haben Vorstellungen aus mythischer Vorzeit mit historischen Ereignissen verknüpft, sodass die Dichtung wie ein Spiegel den Zeitwandel von germanischer zur ritterlich-höfischer Kultur reflektiert. Die spannende Handlung bildet den farbigen Rahmen für Charaktere, die bedingungslos ihren einmal gewählten Weg gehen und davon auch nicht abweichen, wenn er in den Untergang führt. Die ewigen Gegebenheiten, die menschliches Dasein bestimmen, Liebe und Hass, Treue und Verrat, Mord und Tod, verleihen der Dichtung ihre immer währende Gültigkeit.